DER BESCHÜTZER

NORCROSS SECURITY BAND 9

ANNA HACKETT

Der Beschützer

Copyright 2023 by Anna Hackett

Aus dem Englischen übersetzt von Lena Springer

Umschlaggestaltung: Lana Pecherczyk

Bildquelle: Wander Aguiar

ISBN (ebook): 978-1-923134-02-7

ISBN (Printversion): 978-1-923134-03-4

Originaltitel: The Protector

ISBN (ebook): 978-1-922414-56-4

ISBN (paperback): 978-1-922414-57-1

KAPITEL EINS

Die Musik schwoll an und Saskia Hawke bewegte sich über die kleine Bühne.

Ihr Körper war im Fluss und sie fühlte sich mit der Musik verbunden. Ihre Muskeln wussten genau, was sie zu tun hatten – dank des jahrelangen Trainings und ihrer Leidenschaft.

Arabesque, jeté, brisé. Liebe und Freude erfüllten sie, hoben sie empor. Ihr winziger Rock flatterte um ihre Schenkel und sie hob die Arme anmutig über den Kopf.

Es spielte keine Rolle, dass die Bühne und das Publikum klein waren. Dies war eine intime, private Aufführung, aber für Saskia war Tanzen gleich Tanzen.

Dabei war es auch egal, ob sie vor einer einzelnen Person oder vor einem riesigen Publikum im Royal Opera House in London auftrat. Sie tanzte mit Herz und Seele.

Sie hatte für Mitglieder von Königshäusern und Präsidenten getanzt. Sie hatte die Hauptrolle in den berühmtesten Stücken gespielt – *Romeo und Julia, Der*

Nussknacker, *Schwanensee*. Sie hatte die Bühne mit einigen der besten Tänzer der Welt geteilt.

Sie gab immer alles, denn das Tanzen war wie ein Feuer, das unablässig in ihrem Inneren loderte. Sie sprang in ein *Grand Jeté*.

Für diese eine Sekunde schwebte sie.

Sie sprang erneut und ließ eine Drehung folgen.

Die Musik endete und Saskia verbeugte sich mit ausgebreiteten Armen.

Einen Moment lang herrschte absolute Stille.

Dann brach Beifall aus.

Sie richtete sich auf und lächelte. Sie befanden sich in einem durchsichtigen Veranstaltungszelt, das im Central Park aufgestellt worden war. Die Bäume draußen leuchteten in den atemberaubendsten Herbstfarben – Schattierungen von Orange, Rot und Braun. Einige warfen bereits ihre Blätter ab, denn der Winter nahte.

Ihr Herz klopfte wild und sie holte mehrmals tief Luft, ohne ihr geübtes Lächeln zu verlieren.

Jetzt, wo ihr Auftritt vorüber war, spürte sie das Pochen in ihrem kaputten Knie und die Schmerzen in ihren Füßen, und ihre Müdigkeit hüllte sie ein wie eine Decke. Es war Mittagszeit an einem Montag – und außerdem einer ihrer freien Tage – und sie hätte es vorgezogen, ihn im Bett zu verbringen, ein Buch zu lesen und heiße Schokolade zu trinken. Sie hatte eine neue Lieferung Schokolade aus Paris erhalten, die sie verkosten wollte, sowie eine ungeöffnete Packung ihrer Lieblingspralinen. Schokolade war ihre Schwäche.

Die Gäste standen auf und klatschten immer noch.

Saskia lächelte weiter, aber innerlich fühlte sie ... nicht besonders viel. Das war in letzter Zeit häufig der Fall. Sie tanzte zwar immer noch liebend gern, aber die Auftritte und das anstrengende Training stellten sie nicht mehr so zufrieden wie früher.

Ja, sie wünschte sich wirklich sehnlichst, gerade in ihrer Wohnung zu sein, mit dieser Tasse heißer Schokolade in der Hand. Ihr Herz zog sich zusammen. Und vielleicht könnte sie später kurz mit dem Mann telefonieren, an den sie immer wieder denken musste.

Andere Tänzerinnen und Tänzer reihten sich hinter ihr auf und verbeugten sich.

Ihre Freundin Danielle, die heute auch getanzt hatte, fing ihren Blick auf und lächelte. Eine hübsche, blonde Tänzerin neben Danie strahlte. Sie wirkte besonders zufrieden und ihre Wangen glühten.

Saskia schaffte es, ihr ein aufrichtiges Lächeln zu schenken. Danie hatte sie angefleht, heute aufzutreten. Nicht alle Tänzerinnen verdienten so gut wie Saskia. Diese privaten Auftritte für wohlhabende Kunden wurden gut bezahlt. Saskia hatte erst gar nicht zusagen wollen, aber Danie hatte gesagt, dass der Auftraggeber Saskia persönlich angefordert hatte.

Sie verbeugte sich erneut. Der Organisator, Chad – ein gut gekleideter Mann mit einem knappen New Yorker Akzent, blondem Haar, perfekt sitzendem Anzug und einem etwas zu breiten Lächeln – kam mit einem Blumenstrauß auf die Bühne.

Er verteilte einzelne Rosen an alle Tänzerinnen, dann drehte er sich um und überreichte Saskia den Rest des Straußes.

„Mr. Mikhailov war überglücklich, dass Sie heute für ihn getanzt haben." Chad machte sich nicht die Mühe, die Tatsache zu verbergen, dass er auf ihre Brüste starrte.

Sie schaffte es nur mit viel Mühe, nicht die Augen zu verdrehen. Sie war gebaut wie die meisten Primaballerinen – schlank, mit langen Beinen und einem langen Hals und nicht besonders viel Oberweite.

„Danke." Sie nahm die Blumen von ihm entgegen.

„Er würde sich freuen, wenn Sie ihm bei einem Getränk Gesellschaft leisten."

„Ich fühle mich geschmeichelt, aber heute kann ich nicht. Nochmals vielen Dank."

Zurück in der winzigen Umkleidekabine, die den Tänzerinnen zugewiesen war, zog Saskia sich um und schlüpfte in Jeans und Pullover. Darüber trug sie einen grauen Mantel und einen cremefarbenen Schal. Sie löste ihr schwarzes Haar aus dem engen Dutt und bürstete es aus, bevor sie es locker zusammenband, damit es ihr keine Kopfschmerzen bereitete.

Dann machte sie sich daran, die dicke Schicht Make-up zu entfernen. Sie träufelte den Make-up-Entferner auf einen kleinen Stofflappen und beugte sich zum Spiegel.

Sie konnte es kaum erwarten, in ihre Wohnung zu kommen und ihre Füße ins warme Wasser zu tauchen. Ihr Bruder hatte ihr letztes Jahr zum Geburtstag ein geniales Sprudelbad für zu Hause geschenkt. Sie lächelte. Es war ein umsichtiges Geschenk gewesen, vor allem, weil ihr großer Bruder der Inbegriff eines knallharten Kerls war. Sie sah ihn nicht oft, da Killian viel reiste. Er besaß eine private Sicherheitsfirma, die sich auf

Cybersicherheit und eine Reihe anderer, zweifellos gefährlicher Dinge spezialisierte, über die er nicht sprach.

Gefährlich. Das Wort war die perfekte Beschreibung für Killian. Bevor er Sentinel Security gründete, hatte er ... nun, sie wusste gar nicht genau, was er davor gemacht hatte. Irgendwas mit Black-Ops für die Regierung. Er trat die Tatsache, dass sie verwandt waren, nicht breit. Wenn die Leute im Web nach ihr suchten, gab es keine Verbindung zu ihm.

Jedenfalls war sie froh, dass seine Arbeit jetzt nicht mehr so gefährlich war wie früher.

An ihren Vater, der die Familie im Stich gelassen hatte, erinnerte sie sich nicht, und ihre Mutter war gestorben, als Saskia achtzehn Jahre alt gewesen war. Sie wollte den einen Menschen in ihrer Familie, der ihr geblieben war, nicht verlieren.

Beim Gedanken an ihren gefährlichen Bruder kam ihr ein zweiter Mann in den Sinn.

Sie lächelte in den Spiegel.

Camden Morgan.

Sie hatte ihn vor ein paar Monaten in San Francisco bei der Vernissage ihrer besten Freundin Savannah kennengelernt.

Savannah hatte in riesigen Schwierigkeiten gesteckt und war von einem geisteskranken Stalker verfolgt worden. Dabei hatte sie sich in den sexy Detective Hunter Morgan verliebt. Cam war sein Bruder.

Er war erst kürzlich aus dem Militär ausgeschieden, hatte frisch verheilte Narben im Gesicht und sein Blick war ernst und wachsam. Das, zusammen mit seinem starken, muskulösen Körper und seiner offensichtlichen Liebe zu seiner Familie und seinen Freunden, hatte sie völlig verzaubert.

In ihrem Leben in New York gab es hauptsächlich selbstverliebte Tänzer und solche Männer, die zu sehr mit ihren Karrieren beschäftigt waren, um Zeit in eine ernsthafte Beziehung zu investieren. Als sie eine Dating-App ausprobiert hatte, war das Ergebnis eine lange Reihe von uninteressanten Männern und schlechten Dates gewesen. Cam könnte nicht unterschiedlicher sein.

Selbst jetzt noch erinnerte sie sich daran, wie jede Zelle ihres Körpers Notiz von ihm genommen hatte, als sie ihn zum ersten Mal sah.

„Danke nochmal für heute, Saskia." Danie ging vorbei und drückte Saskias Arm. „Du warst fantastisch, wie immer."

„Klar doch, Danie. Wir sehen uns morgen beim Training."

„Aber sicher", hauchte sie. „Hab noch einen schönen Tag."

Nun, da ihr Gesicht wieder sauber war, tupfte Saskia etwas Lipgloss auf ihre Lippen. Sie hatte tatsächlich vor, sich noch einen schönen Tag zu machen. Später würde sie sich mit dem Leiter ihres Tanzensembles treffen, aber ansonsten hatte sie frei. Vielleicht würde sie bei ihrer ehemaligen Tanzmentorin vorbeisehen. Cassie war eine Solotänzerin, die sich inzwischen zur Ruhe gesetzt hatte und eine Tanzschule betrieb. Saskia liebte es, sie zu besuchen und den Kindern zuzusehen. Manchmal konnte sie spüren, dass sie selbst gern unterrichten würde. Eines Tages.

Im Moment war der Bühnentanz ihr Leben. Das Tanzen war ein Prüfstein für sie. Es hatte sie in der schwersten Zeit ihres Lebens gerettet.

Sie steckte ihren Lipgloss ein. Die andere Sache, auf die sie heute hoffte, war, dass sie spät abends einen Anruf von Cam bekam.

Bei Savannahs Vernissage war er ihr aus dem Weg gegangen, so gut er konnte, aber sie hatte ihn mehrmals dabei erwischt, wie er sie beobachtete.

Seine Blicke waren heiß und intensiv gewesen, als er sie angestarrt hatte, und sie hatte sie tief in ihrem Innersten gespürt.

Schließlich hatte sie die Sache selbst in die Hand genommen und ihn auf die Tanzfläche geholt. Von seinen starken Armen gehalten zu werden …

Ein wohliger Schauer lief ihr über den Rücken.

Trotzdem hatte er nichts unternommen. Sie hatte ihn auch nicht dazu gedrängt. Sie hatte ihm ihre Telefonnummer gegeben, wohl wissend, dass er sie wahrscheinlich nicht anrufen würde.

Aber dann, eine Woche später, hatte sie spätabends doch einen Anruf erhalten.

Seither hatten sie oft in der Nacht telefoniert. Ihr war klar geworden, dass er Schlafprobleme hatte. Es tat ihr so leid für ihn. Er war ein verwundeter Krieger, der so viel für sein Land geopfert hatte.

Er hatte einen Kameraden verloren und litt am Überlebendensyndrom. Er sprach nie über das Militär oder davon, wie er verletzt worden war. Nein, all das hatte sie herausgefunden, indem sie zwischen den Zeilen las. Sie sprachen nur über alltägliche Dinge. Sie liebte es, seiner tiefen, sexy Stimme zuzuhören, die auch ein klein wenig draufgängerisch klang.

Sie seufzte. Wenn Cam doch nur nicht so unglaublich distanziert wäre und sie nicht auf der anderen Seite des Landes leben würde.

„Ms. Hawke?"

Chad war wieder da. Er kam mit einem Tablett voller eleganter Champagnerflöten, die mit einer sprudelnden, goldenen Flüssigkeit gefüllt waren, herein.

„Mr. Mikhailov hat darauf bestanden, Ihre Eleganz und Anmut zumindest hiermit zu feiern." Chad reichte ihr eine der Flöten.

Sie seufzte innerlich. Sie würde ein paar Schlucke nehmen, lächeln und dann von hier verschwinden.

Eine der anderen Tänzerinnen kam aus einem zweiten Umkleideraum und stieß fast mit Saskia zusammen. „Oh, tut mir leid."

Es war die hübsche Blondine. Die Frau hatte einen niedlichen Südstaatenakzent.

„Komm, trink ein Glas", sagte Saskia.

Die Frau biss sich auf die Unterlippe. „Oh, besser nicht."

Chad reichte auch ihr eine Flöte. „Es ist Bollinger."

„Tja, dann." Sie nippte daran. „Schmeckt wie Gold."

Saskia nahm einen Schluck aus ihrem eigenen Glas. „Das tut es tatsächlich. Ich bin Saskia."

„Oh, ich weiß, wer du bist. Eines meiner Idole." Die Frau errötete. „Ich bin Adaline Harris. Addie für meine Freunde."

„Freut mich, dich kennenzulernen, Addie." Sie stießen mit ihren Gläsern an. „Wo tanzt du?"

„Wo immer ich kann." Sie kicherte verlegen. „Im Moment nur in kleinen Produktionen. *Sehr* kleinen Produktionen."

Saskia kannte viele Tänzerinnen wie Addie, die mit Träumen im Herzen und Sternchen in den Augen nach New York kamen. Nicht immer lief alles so, wie sie es sich erhofften. Eine Karriere als Tänzerin bedeutete viel harte Arbeit, schmerzhafte Muskelkater und eine Menge Enttäuschung und Ablehnung.

Während sie sich unterhielten, spürte sie, wie Chad sie unentwegt beobachtete. Er war ihr ein wenig unheimlich.

Plötzlich wurde ihr schwindlig. Sie war wohl müder, als sie gedacht hatte. „Ich muss gehen."

„Dich auch. Ich meine, *ich* auch." Addie runzelte die Stirn, ihre Wangen wurden rot und ihre Worte klangen verzerrt. „Ich fühle mich seltsam."

Saskia sah sie verwundert an.

Dann taumelte Addie und stürzte zu Boden. Dabei stieß sie einen Hocker um.

„Meine Güte, Ms. Harris." Chad griff nach der Frau.

Saskia spürte, wie ihr übel wurde und sich in ihrem Kopf plötzlich alles zu drehen begann. Sie blickte auf die Champagnerflöte hinunter und ihre Augenlider wurden schwer.

Irgendetwas stimmte nicht.

Ganz und gar nicht. Sie machte sich auf den Weg zur Tür.

„Oh, Sie werden nicht gehen, Ms. Hawke." Chad hielt die nun bewusstlose Addie in den Armen. „Mr.

Mikhailov hat darauf bestanden. Und er ist ein Mann, der immer bekommt, was er will."

Saskia hielt sich an einem kleinen Tisch fest, um aufrecht stehenzubleiben. Ihr war so unglaublich schwindlig. „Was ... will er denn?"

Chads Lächeln wurde hämisch. „Er will Sie." Er warf Addie über seine Schulter. „Und wie es aussieht, bekommt er sogar noch eine Blondine als Zugabe. Ich bin gleich wieder da und hole Sie." Er trug Addie hinaus.

Saskia kramte in ihrer Tasche und zog ihr Handy heraus. Sie stolperte und fiel auf ihre Hände und Knie. Fieberhaft versuchte sie, ihr Handy zu entsperren. Ihre Finger fühlten sich an, als wären sie doppelt so dick wie sonst. Ein Schluchzen bahnte sich in ihrer Kehle an. Das hier durfte einfach nicht passieren.

Sie schaffte es, den richtigen Code einzutippen, und drückte auf das Anrufsymbol.

Bitte, geh ran.

„Saskia?"

Cams tiefe Stimme.

„Cam ..." Ihre Kehle war wie zugeschnürt. Sie war nicht in der Lage, ein Wort herauszubringen.

„Saskia?" Sein Ton wurde ernster. „Bist du da?"

„Ich –"

Das Handy wurde ihr aus der Hand gerissen. Ein wütender Chad schlug es gegen die Tischplatte und es zersprang.

Nein.

Er hob sie hoch. „Zeit für einen kleinen Ausflug."

Die Welt verschwamm, dann wurde ihr schwarz vor Augen.

CAMDEN MORGAN GING HEKTISCH in seinem Wohnzimmer auf und ab und starrte immer wieder auf den Bildschirm seines Handys.

Er hatte den ganzen Tag versucht, Saskia zu erreichen.

Nichts.

Seine Anrufe gingen nicht durch. Sie hatte ihn nicht zurückgerufen.

Cam. Sie hatte seinen Namen gesagt, ihre Stimme kaum mehr als ein Flüstern.

Er blieb am Fenster stehen. Das Wetter war umgeschlagen und der Nebel und die Wolken passten zu seiner Stimmung.

Normalerweise war die Aussicht auf die Stadt atemberaubend. Er mietete eine Wohnung, die seinem Freund Easton Norcross gehörte. Das Geld, das Cam beim Militär verdient hatte, hatte er auf die Seite gelegt, und Easton nutzte sein Händchen auf dem Immobilienmarkt, um für ihn zu investieren. Er könnte sogar etwas direkt in San Francisco kaufen, wenn er wollte. Er wusste nur noch nicht, was oder wo.

Er fühlte sich immer noch, als ... stünde er zwischen den Stühlen. Nichts fühlte sich richtig an. Als trüge er geliehene Kleidung, die zu eng war.

Abgesehen von seinem Job bei Norcross Security für Eastons Bruder, Vander. Dort fühlte er sich wohl.

Dort, und wenn er in Saskias sanfte, braune Augen blickte.

Verdammt. Sie war tabu. Total tabu.

Er ballte die Hände zu Fäusten. Saskia war wunderschön. Lange, gertenschlanke Beine und Arme, aber mit einer verborgenen Stärke, die nach ihm rief. Er war sich bewusst, dass sie, um eine Tänzerin ihres Kalibers zu sein, fit und stark sein und stundenlang trainieren und üben musste.

Aber vor allem war es ihr Lächeln, wenn sie ihn ansah. Das Glitzern in ihren Augen, als ob sie all seine Geheimnisse kannte und sich von ihnen nicht beunruhigen ließ.

Dieser Blick, der ihn herausforderte, sie zu berühren, sie zu küssen.

Cam stieß einen scharfen Atemzug aus. Saskia Hawke sah ihn an und redete mit ihm, als ob sie die Narben und seine dunkle Seele nicht sehen würde.

Mit tapferen Kämpfern kenne ich mich aus, Cam.

Das hatte sie während eines ihrer Gespräche gesagt. Er liebte es, ihrer klangvollen Stimme zu lauschen. Er wusste, dass sie damit ihren Bruder gemeint hatte.

Ich weiß, was du aufgeben musstest, um eine so wichtige Aufgabe zu erfüllen. Eine Aufgabe, zu der du dich berufen fühlst, die dich aber gleichzeitig einen Teil deiner Seele gekostet hat. Ich bin jeden Tag dankbar für Männer wie dich, Camden.

Wo zum Teufel war sie?

Er sah wieder auf sein Handy. Es klingelte immer noch nicht.

Irgendetwas stimmte nicht. Das sagte ihm sein Bauchgefühl. Es war dasselbe verdammte Gefühl, das er gehabt hatte, bevor eine Bombe sein Team in Afghanistan in die Luft gesprengt hatte.

Bevor ein guter Mann gestorben war. Ein Mann, mit dem er Seite an Seite gekämpft, gelacht und geblutet hatte. Bevor sein bester Freund in seinen Armen gestorben war.

Sein Kiefer spannte sich an. *Scheiß drauf.*

Er marschierte aus seiner Wohnung und schlug die Tür hinter sich zu.

Es war eine kurze Fahrt mit dem Aufzug hinunter in die Garage. Auf seinem Parkplatz stand ein glänzender BMW X6 in Schwarz. Er hatte sich noch immer kein Auto gekauft. Der X6 gehörte zur Flotte von Norcross Security. Er wusste noch nicht einmal, was für ein Auto er wollte.

Er stieg ein, ließ den Motor an und fuhr aus der Garage. Die Zentrale von Norcross Security, die sich in einem umgebauten Lagerhaus in der Nähe der South Beach Marina befand, war nur ein kurzes Stück entfernt.

Als er davor hielt, sah er, dass oben in Vanders Loft Licht brannte. Obwohl heute Montag war, hatten die meisten Mitarbeiter von Norcross frei, da viele von ihnen den Sonntag im Krankenhaus verbracht hatten, um auf die Ankunft des Babys ihres Computergenies Ace und seiner Frau Maggie zu warten.

Cam fuhr in die Tiefgarage und parkte neben einer Reihe weiterer X6. Er joggte am Fitnessraum und den Türen zu den Hafträumen vorbei und nahm dann jeweils zwei Treppen gleichzeitig in die obere Etage.

Im Erdgeschoss der alten Lagerhalle befanden sich die Büros. Vander hatte den industriellen Charakter beibehalten, mit viel Holz, schwarzem Metall und Glas.

Wie Cam schon vermutet hatte, war niemand hier, obwohl es Montagnachmittag war.

Alle feierten die Ankunft von Baby Isabel.

„Cam?"

Er drehte sich um und sah Vander. Natürlich hatte der ehemalige Ghost-Ops-Commander kein Geräusch von sich gegeben. Cam konnte sich auf dieselbe Weise bewegen und obwohl Vander schon ein paar Jahre aus dem Dienst ausgeschieden war, hatte der Mann nichts von seiner Gefährlichkeit eingebüßt.

Vander sah ihn mit seinen dunkelblauen Augen unverwandt an.

Er war ein großer, muskulöser Mann, der ein Gefühl kontrollierter Gewaltbereitschaft ausstrahlte. Alle Norcross-Geschwister hatten dasselbe italoamerikanische, gute Aussehen, das sie von ihrer Mutter geerbt hatten. Der Großteil von San Francisco traute Vander Norcross nicht über den Weg. Sie alle witterten das Raubtier in ihm. Cam war einer der wenigen, die ganz genau wussten, wie gefährlich dieser Mann tatsächlich sein konnte.

Und jetzt brauchte er seine Hilfe.

„Was ist los?", fragte Vander.

Cam fuhr sich mit der Hand durch die Haare. „Es geht um Saskia Hawke."

Vander hob seine dunklen Augenbrauen. „Killians Schwester? Du hast etwas mit seiner Schwester am Laufen? Du musst Eier aus Stahl haben, Cam."

Cam schnaubte. „Sie lebt in New York. Wir sind ..." Nun, ihm fiel nicht das richtige Wort ein, um es zu beschreiben. „Freunde. Wir telefonieren gelegentlich."

Cam schüttelte den Kopf. „Ich lasse mich nicht mit einer Frau ein."

Vander schob die Hände in die Hosentaschen, sein Blick immer noch auf ihn gerichtet. „Warum nicht?"

Cam spürte einen Anflug von Wut. „Du weißt, warum. Ich bin … keine gute Partie. Du hast jahrelang ernsthafte Beziehungen vermieden, also weiß ich, dass du es verstehst. Ich habe einer Frau nichts zu geben. Zumindest nichts Gutes."

„Das ist nicht wahr. Und ich schätze, ich habe deine Theorie widerlegt. Immerhin bin ich mit deiner Cousine verlobt. Sie ist mein Ein und Alles, Cam, und ich würde es mit jedem aufnehmen, der versucht, sie mir wegzunehmen."

Cam hielt Vander mit einer Handbewegung auf. Ja, Vander war in Brynn verliebt, aber das bedeutete nicht, dass Cam jemandem seine Liebe schenken könnte. „Deswegen bin ich nicht gekommen. Saskia steckt in Schwierigkeiten. Ich weiß es."

Vander richtete sich auf. „Ich höre?"

„Sie hat mich heute Morgen im Krankenhaus angerufen. Sie hat meinen Namen gesagt, aber ihre Stimme hat seltsam geklungen. Dann wurde der Anruf unterbrochen. Seither versuche ich schon den ganzen Tag, sie zu erreichen, aber die Anrufe werden nicht verbunden und sie hat mich auch nicht zurückgerufen."

„Scheiße." Vander zog sein Handy heraus, tippte auf den Bildschirm und hielt es sich ans Ohr. Er fluchte. „Ich lande direkt in Killians Sprachbox. Das heißt, er ist im Ausland."

Cam krümmte seine Finger.

„Ich rufe Killians Stellvertreter bei Sentinel Security an." Vander schritt zu seinem Büro am Ende des Flurs. Cam folgte ihm.

Das Büro passte zu dem Mann, der darin arbeitete, mit seinen schlichten, klaren Linien. Vander schritt um den glänzenden Schreibtisch herum und ließ sich in den Stuhl fallen. Er klappte seinen Laptop auf und tippte auf der Tastatur.

Cam atmete tief ein und stellte sich neben seinen Boss. Er war angespannt. Er wollte sichergehen, dass es Saskia gut ging. Selbst wenn sie mit einem anderen Kerl unterwegs war ...

Er verkniff sich ein Knurren. Er wollte sie nur in Sicherheit wissen.

Der Videoanruf wurde verbunden.

„Norcross", sagte eine tiefe Stimme.

„Wolf."

Der Mann war groß und breitschultrig und hatte ein raues, kantiges Gesicht, das von einem gepflegten Bart bedeckt war. Sein Haar war dunkelbraun und er trug einen Anzug, der viel teurer aussah als Cams. Aber als der Blick des blauäugigen Mannes den seinen traf, erkannte Cam den Kerl als den routinierten, gefährlichen Soldaten, der er war.

„Camden Morgan, das ist Nick ,Wolf' Garrick", sagte Vander. „Ehemaliger SEAL Team Six und SAC, und Killians Stellvertreter bei Sentinel Security."

Der Kerl war also ein SEAL gewesen und dann zum Special Activities Center der CIA gegangen. Keiner, mit dem man sich anlegen sollte.

„Wolf, Cam gehört zu meinem Team und ist ehemaliger Ghost-Ops. Wir müssen Killian kontaktieren."

Wolf verschränkte seine Finger vor sich. „Er ist im Ausland."

Vander stieß einen Fluch aus. „Das haben wir schon vermutet. Kannst du ihn dort irgendwie erreichen?"

„Was ist los, Vander?", fragte Wolf.

„Saskia Hawke hat Cam heute angerufen."

Etwas veränderte sich in Wolfs Gesicht. „Und weiter?"

Cam lehnte sich vor. „Der Anruf wurde unterbrochen und seither kann ich sie nicht erreichen. Keiner meiner Anrufe wird durchgestellt. Sie steckt in Schwierigkeiten."

Wolfs ohnehin schon schroffer Gesichtsausdruck wich einem tödlichen Blick, der Cam an das Tier denken ließ, nach dem er benannt war.

„Ich werde mir die Sache genauer ansehen."

Der Bildschirm wurde schwarz und Cam kämpfte gegen den Drang an, mit seiner Faust auf etwas einzuschlagen.

KAPITEL ZWEI

O *Gott, was war nur los mit ihr?*

Saskia unterdrückte ein Stöhnen. Sie war wie benebelt und alles drehte sich. Von irgendwoher hörte sie ein lautes, regelmäßiges Trommeln und erkannte, dass es ihr Herz war, das in ihrem Kopf pochte.

Sie trank selten zu viel. Als Solotänzerin konnte sie sich keinen Kater erlauben.

Sie drehte sich um und die Bewegung fühlte sich seltsam an. Ihre Glieder gehorchten nicht und waren schwer wie Blei.

Der Geruch von Leder und Lufterfrischer schlug ihr entgegen und sie blinzelte. Vor ihr hörte sie das Grollen tiefer Stimmen. Ein Auto. Sie lag auf dem Rücksitz eines Autos. Eigentlich fand sie, dass sie besorgter darüber sein sollte, nur war sie zu träge und zu weggetreten. Sie sah eine Frau neben sich. Blondes Haar umspielte ein niedliches Gesicht und sie schlief über die Sitze ausgestreckt.

Saskia blinzelte erneut, als alles verschwamm. Dann driftete sie für eine Weile in einen Dämmerzustand, ohne auf die Bewegungen oder Stimmen um sie herum zu achten.

Als sie die Augen wieder öffnete, war etwas Zeit vergangen. Sie war nicht mehr in einem Auto. Stattdessen spürte sie, wie sich etwas in ihren Magen bohrte und ihr Körper rhythmisch wippte.

Was zum –?

Sie hing kopfüber über jemandes Schulter und wurde *getragen*.

Ein Anflug von Panik durchzuckte sie, doch er flachte ab, bevor er sich zu seiner vollen Größe aufbauen konnte. Warum konnte sie nicht klar denken?

„Schafft die beiden ins Flugzeug. Der Boss will sie so schnell wie möglich in der Luft haben." Die Stimme hatte einen amerikanischen Akzent.

„Er hat gut gewählt. Diese Puppen sind hübsch", sagte der Mann, der sie trug. Er klang eher wie ein Russe.

Der andere Mann grunzte. „Ich mag sie mit ein bisschen mehr Fleisch auf den Rippen, aber Mr. M. mag die Schlanken mit den langen Beinen." Ein leises Glucksen. „Die sich verbiegen können."

Bei diesen Worten zog sich ihr Magen schmerzhaft zusammen. Ihr wurde übel. *Was zum Teufel war hier los?*

Plötzlich ertönte ein brummendes Dröhnen. Sie blinzelte. Sie waren ins Freie getreten. Es war Nacht und ein Flugzeug flog über sie hinweg.

Sie befanden sich auf einem Flughafen.

Saskia schaffte es, den Kopf zu heben, und sah, wie der Mann, der sie trug, auf einen eleganten Privatjet zusteuerte.

Nein, *nein.*

Sie hatte Horrorgeschichten über Menschenhandel gehört. Wenn die Männer sie in dieses Flugzeug verfrachteten, wäre das vielleicht ihr Ende.

Sie sah, dass ein zweiter Mann die blonde Frau trug. Saskia spürte, wie eine Erinnerung in ihrem Geist wach wurde, wie eine Luftblase unter Wasser, die sich ihren Weg an die Oberfläche bahnte. Südstaaten-Akzent. *Addie.* Saskia musste sich selbst und Addie retten.

Sie wehrte sich gegen den Griff des Mannes.

Ihr Entführer geriet ins Wanken und fluchte auf Russisch.

Saskia packte ihn bei den Haaren, vergrub ihre Finger darin und zerrte daran.

Er heulte auf und ließ sie fallen.

Sie schlug auf dem Asphalt auf und ein höllischer Schmerz fuhr ihr in die Knie. Sie rappelte sich auf, aber ihre Beine fühlten sich an wie Wackelpudding. Trotzdem machte sie einen Schritt auf den Mann zu, der Addie trug, als wäre sie ein Sack.

Plötzlich packte eine Hand sie an ihrem Pferdeschwanz und zerrte sie brutal daran hoch.

„Hure." Der Typ rammte ihr erst eine Schulter in den Bauch und hob sie dann wieder in die Luft.

Sie kämpfte, wand sich, versuchte, ihn zu kratzen. Doch er überwältigte sie mit solcher Leichtigkeit, dass ihre Angst ihr die Kehle zuschnürte. Und Wut.

Wie *konnte es* jemand *wagen,* sie einfach zu entführen? Als wäre sie ein Gegenstand und keine Person.

Wenn sie es schaffte, sich zu befreien und zu fliehen, würde sie sich von Killian in all den Methoden ausbilden lassen, die er kannte, um jemanden zu töten.

Wenn sie es schaffte – ihr Herz zog sich schmerzhaft zusammen –, würde sie nach San Francisco fliegen und Camden Morgan küssen.

Der Kerl trug sie ins Flugzeug. Saskia nahm cremefarbenes Leder und glänzendes Holz wahr.

Sie wurde auf eine Couch geworfen und dort mit einem Knie niedergedrückt. Sofort versuchte sie, das Arschloch von sich zu stoßen, aber der Typ war zu schwer.

„Leg die andere dort drüben hin", brummte er.

Saskia drehte den Kopf und sah, wie der zweite Kerl eine bewusstlose Addie in einen Sessel fallen ließ. Ihre Gliedmaßen hingen schlaff herunter und ihr blondes Haar fiel ihr ins Gesicht.

Saskias Magen krampfte sich zusammen. Die Tänzerin erinnerte sie ein wenig an ihre beste Freundin Savannah, die ebenfalls blond war.

Würde sie ihre Freundin jemals wiedersehen?

Ja, verdammt.

Sie kämpfte härter. Sie würde sich und Addie aus dieser Situation herausholen.

Der Mann fluchte und versuchte, sie zu packen. Saskia drehte ihren Kopf und biss ihm durch die Hose hindurch in die Wade.

„Miststück." Er schlug ihr mit dem Handrücken ins Gesicht.

Sie schrie auf, drückte ihre Hand an ihre Wange und plumpste auf den Sitz. Ihr Kopf tat weh und fühlte sich an, als wäre er mit Watte gefüllt.

Das Arschloch fixierte sie wieder, dann spürte sie einen Stich in ihrem Hals.

„Lassen Sie mich los!" Ihr Puls schnellte erst in die Höhe und wurde dann unregelmäßig.

Sie sah, wie er sich aufrichtete und grinste. Er hielt eine Spritze in der Hand.

„Nein", flüsterte sie.

Trägheit überkam sie wie eine Flutwelle in Zeitlupe. Sie sank auf das Leder zurück, unfähig, sich aufrecht zu halten.

„Jetzt wird es ein friedlicherer Flug", murmelte der Mann.

Das Dröhnen von Motoren war zu hören. Saskia spürte, wie die Dunkelheit sie einhüllte.

Sie kippte zur Seite und presste ihre Wange an das kühle Leder.

Eine Träne glitt ihr über die Wange.

CAM STAPFTE AUFGEWÜHLT in Vanders Büro auf und ab. Es waren Stunden vergangen.

Aus New York gab es immer noch keine Neuigkeiten.

Verdammt. Seine innere Anspannung machte es ihm schwer, zu denken. Sie streckte die Krallen nach ihm aus und bombardierte ihn mit Bildern von dem, was mit ihr passiert sein könnte. Vielleicht sollte er einfach einen Flug buchen und nach New York fliegen ...

„Hier." Vander drückte Cam ein Glas in die Hand. „Trink das."

Cam nippte daran. Es war Vanders Lieblingsbourbon – Eagle Rare 17. Das Zeug kostete ein Vermögen, aber in diesem Moment schmeckte es wie flüssiger Dreck. „Wenn ihr jemand wehgetan hat ...“

„Warten wir darauf, dass Wolf sich meldet“, sagte Vander. „Und du weißt selbst, dass es nichts bringt, sich das Schlimmste auszumalen.“

Cam schluckte den Rest des Bourbons hinunter. Das Brennen rüttelte ihn auf.

Und festigte seine Entschlossenheit.

Er wusste, dass er sich keine Horrorszenarien ausmalen sollte. Bei ihren Einsätzen hatten sie sich immer darauf konzentriert, welche Ressourcen sie zur Verfügung hatten und wie sie diese am besten nutzen konnten. Sie hatten unvorhergesehene Ereignisse zwar eingeplant, aber immer das Beste gehofft. Nur war diese Sache etwas anderes als ein Kampfeinsatz.

Nein. Was auch immer geschehen war, er würde nicht ruhen, bis er sie gefunden hatte.

„Hey.“ Brynn Sullivan stürmte herein, ihr Gesicht von Sorge gezeichnet. Sie musste direkt vom Revier gekommen sein, denn sie trug einen dunklen Hosenanzug, eine blaue Bluse und ihre Dienstmarke am Gürtel. Seine Cousine ging direkt auf Cam zu und umarmte ihn. „Vander hat mir alles erzählt. Wir werden herausfinden, was zum Teufel hier los ist.“

Dann wandte sich Brynn an Vander. „Norcross.“

„Detective.“ Vander legte einen Arm um Brynn und zog sie zu sich heran. Er drückte seine Lippen auf ihre.

Brynn lehnte sich an Vander und erwiderte seinen Kuss.

Cam beobachtete die beiden eine Sekunde lang. Ihre Liebe war unübersehbar. Vander hatte es geschafft, nach einer langen Militärkarriere, von der er mehrere Jahre als Legende bei den streng geheimen Ghost-Ops verbracht hatte, ins zivile Leben zurückzufinden. Er hatte ein Unternehmen aufgebaut und nun hatte er sich in eine Frau verliebt.

Der Moment erschien ihm zu intim und Cam sah weg.

Manche Männer schafften es, andere waren zu kaputt dafür.

Cam wusste, in welche Kategorie er fiel.

Wie er Vander schon gesagt hatte, würde er keine Frau mit seinen seelischen Problemen belasten.

Ein Klingelton unterbrach die Stille. Es war ein Anruf auf dem Laptop auf Vanders Schreibtisch und Cams Puls beschleunigte sich. Er stellte sein Glas ab und ging hastig hinüber.

„Wolf, schieß los", sagte Vander.

Der knallharte Kerl auf dem Bildschirm machte ein finsteres Gesicht. „Sie ist nicht in ihrer Wohnung. Keiner hat sie gesehen."

Verflucht. Cam ballte seine Hand zur Faust.

„Sie hätte sich am späten Nachmittag mit dem Leiter ihres Ensembles treffen sollen", fuhr Wolf fort. „Dort ist sie nie aufgetaucht."

„Wir müssen sie finden", sagte Cam. „Irgendetwas stimmt definitiv nicht."

Wolfs Stirnrunzeln vertiefte sich. „Wir übernehmen das."

Nein. Cams Bauchgefühl rebellierte und er biss die Zähne zusammen. Ein leises Knurren entwich ihm.

„Wolf, wir wollen helfen", sagte Vander. „Cam und

Saskia sind regelmäßig in Kontakt. Sie sind Freunde. Du kannst das nicht im Alleingang regeln."

Brynn räusperte sich und hielt ihren Blick auf Cam gerichtet. „Ich vermute, dass mein Cousin im ersten Flugzeug nach New York sitzen wird, bereit, dir das Leben zur Hölle zu machen, wenn du ihn nicht in die Ermittlungen einbeziehst."

Wolfs blauer Blick huschte zu Cam, als ob er versuchen würde, ihn einzuschätzen.

„Ach, komm schon, Wolf", sagte eine scharfe Frauenstimme. „Je mehr Hilfe wir haben, desto schneller finden wir Saskia." Eine zierliche Frau lehnte sich von der Seite ins Bild und versperrte ihnen die Sicht auf Wolf. Sie hatte ein zartes Gesicht mit eleganten, feinen Zügen und kurzes, schwarzes Haar mit blassrosa Spitzen.

„Hallo, Hex", sagte Vander.

„Hallo, gefährlicher, heißer Adonis." Die Frau zwinkerte.

Wolf starrte finster auf das rosa Haar der Frau.

Cam hatte ihren Namen schon zuvor gehört. Jet ‚Hex' Adler war die Sentinel-Version von Ace. Eine Hackerin, ein Computergenie und Hüterin aller erdenklichen elektronischen Spielzeuge.

Brynn lehnte sich näher an den Bildschirm. „Hi, Hex, ich bin Brynn."

„Oh, die Frau, die Vander Norcross gezähmt hat." Hex grinste. „Du bist eine Berühmtheit, selbst auf unserer Seite der Staaten."

Cam sah, wie Vander seinen Blick zur Decke richtete.

„Was habt ihr über Saskia?", fragte Cam.

Hex' hübsches Gesicht wurde ernst. „Ich habe eine Reihe von Suchabfragen durchgeführt und die Überwachungskameras angezapft."

„Und ich habe ihre Freunde und Tänzerkolleginnen befragt", sagte Wolf. „Sie hatte heute Morgen einen privaten Auftritt im Central Park."

„Saskia hat diese Art von Engagements erwähnt", sagte Hex. „Reiche Leute zahlen viel Geld, damit die Ballerinen an privaten Partys und Veranstaltungen teilnehmen."

„Ist sie dort aufgetreten?", fragte Cam.

„Ja", sagte Hex. „Ich habe ein Foto gefunden, das von einer anderen Tänzerin gepostet wurde. Sie ist eine Freundin von Saskia, Danielle Ingram. Das Foto zeigt die beiden in ihren Kostümen im Central Park."

Hex tippte auf den Bildschirm ihres hochleistungsfähigen Tablets.

Ein Bild erschien auf Vanders Laptop. Cams Brust zog sich zusammen.

Sie sah wunderschön aus.

Auf dem Foto war Saskia stärker geschminkt als sonst und ihre Lippen leuchteten rot. Ihr Haar war streng zurückgesteckt, was ihr atemberaubendes Gesicht noch stärker zur Geltung brachte.

Wo war sie?

„Ich habe Hades gebeten, Danielle ausfindig zu machen", sagte Hex. „Er hat sich noch nicht gemeldet."

„Hades?", fragte Brynn.

„Matteo ‚Hades' Mancini", sagte Wolf. „Er ist ehemaliger DIA, Direzione Investigativa Antimafia, und Interpol."

„Gibt es weitere Details zu dieser Privatvorstellung?", fragte Vander.

Hex machte ein langes Gesicht. „Das Festzelt und der Caterer wurden von einer gewissen Lukom Inc. gebucht. Das Unternehmen ist auf den Britischen Jungferninseln registriert."

„Es könnte also jeder sein", überlegte Vander.

„Ich prüfe gerade ein paar Dinge", sagte die Hackerin.

Vander sah Wolf an. „Hast du Killian benachrichtigt?"

Der andere Mann schüttelte den Kopf. „Er ist für mindestens weitere vierundzwanzig Stunden nicht erreichbar."

„Verdammt", murmelte Vander.

Cam spürte, wie seine Sorge wuchs. Nichts hasste er mehr, als keinen Plan zu haben.

Zu warten, war das Schwierigste für einen Ghost-Ops-Soldaten.

„Warte, ich bekomme gerade einen Anruf von Hades." Wolf zog ein schnittiges, schwarzes Handy heraus und drückte es an sein Ohr. „Schieß los, H."

„Wir werden sie finden", sagte Hex mit Nachdruck.

„Okay. Ja, wir sehen es uns an." Wolf nickte. „Danke, Mann. Halte mich auf dem Laufenden." Wolf setzte sich wieder hin. „Hades hat Danielle Ingram in einem Restaurant in Soho aufgespürt. Sie hat bestätigt, dass Saskia bei der Vorstellung war."

„Und dann ist sie gegangen?", fragte Cam.

„Danielle sagte, sie sei kurz vor Saskia gegangen,

hätte aber gesehen, wie sie sich selbst auch umgezogen hat. Da schien noch alles in Ordnung zu sein."

„Sie wäre mit der U-Bahn gefahren." Hex tippte auf ihren Bildschirm. „Ihre Wohnung ist in Chelsea. Ich überprüfe die Kameras an allen Stationen."

„Und Danielle hat uns den Namen des Mannes gegeben, der die Aufführung organisiert hat", fügte Wolf hinzu. „Chad Palmer. Hades ist gerade dabei, ihn zu finden."

„Dieser Chad hat sie also für diesen Auftrag kontaktiert?" Cams Gedanken überschlugen sich.

Wolf hob sein Kinn. „Ja. Und er hat *speziell* nach Saskia gefragt. Klingt, als hätte er den Tänzerinnen viel Geld geboten, aber nur unter der Bedingung, dass Saskia auftritt."

Verdammte Scheiße. Cam gefiel die Sache immer weniger.

„Ich habe einen Treffer bei Chad Palmer." Hex zog einen Stift hinter ihrem Ohr hervor und tippte damit auf ihr Tablet. „Oh, verdammt." Die Frau erstarrte.

Wolf runzelte die Stirn. „Hex?"

Cam spannte sich an. Er spürte, wie Brynn sich neben ihn stellte.

„Palmer wurde letztes Jahr vom NYPD verhört. Damals verschwand eine Frau."

„Was?", keuchte Cam.

„Sie war ein Model, das an einer schicken Party teilnahm, die Palmer für ein paar reiche, japanische Geschäftsleute organisiert hat."

Cam holte tief Luft. Sie waren an etwas dran. Palmer hatte eindeutig etwas auf dem Kerbholz.

„Das Model?", fragte Cam.

„Wurde nie gefunden. Palmer blieb bei seiner Behauptung, nichts über ihr Verschwinden zu wissen. Sie habe seine Party glücklich und unversehrt verlassen."

Cam ballte wieder die Fäuste. „Dieser Palmer weiß etwas."

„Hades wird ihn finden und zum Reden bringen." Wolfs Tonfall war düster. „Ich melde mich wieder."

Als der Bildschirm schwarz wurde, holte Cam tief Luft.

„Cam, du solltest nach Hause fahren", sagte Vander. „Dich ausruhen."

Cams Kopf schnellte hoch. Vander hatte den Verstand verloren, wenn er glaubte, er würde einfach herumsitzen und sich entspannen.

Sein Boss begegnete seinem Blick. „Aber ich weiß, dass du das nicht tun wirst."

„Ich ... kann mich nicht entspannen, solange ich nicht weiß, wo zum Teufel sie ist oder –", seine Stimme brach, „– was mit ihr passiert."

Brynn streckte die Hand aus und griff nach Cams.

Vander nickte. „Lasst uns in Aces Büro gehen. Er hat größere Bildschirme. Wir werden selbst ein wenig nachforschen, während wir auf Neuigkeiten von Wolf warten."

Cam brachte nur ein Nicken zustande.

Wir kommen, Saskia. Halte verdammt noch mal durch.

KAPITEL DREI

S askia konnte Musik hören.

Wimmernd schluckte sie. Ihr Mund war so trocken, dass er schmerzte. Sie hörte Adele zu, die davon sang, tief in eine Liebesgeschichte verwickelt zu sein. Saskia fühlte sich, als wäre sie auch tief verwickelt. Nur war ihre Geschichte nicht besonders romantisch.

Wo war sie?

Sie drehte den Kopf und sah Addie auf dem Autositz neben sich, immer noch bewusstlos. Saskias Herz schlug ein paar Takte schneller. Dann fiel ihr alles wieder ein.

Die Vorstellung. Die Drogen in ihrem Champagner. Das Flugzeug.

Sie schluckte erneut. Das Radio war an und die beiden Gorillas aus dem Flugzeug saßen vorn. Sie nahm sich einen Moment Zeit, um sich vorzustellen, wie sie die Tür öffnete und einfach hinaussprang.

Dieser Plan hatte jedoch zwei gravierende Mängel. Erstens, sie fühlte sich immer noch schwach. Wenn sie es tatsächlich schaffte, aus dem Auto zu springen, war sie nicht sicher, ob sie fliehen konnte. Und zweitens, sie konnte Addie nicht alleinlassen.

Das Auto bog in eine lange Einfahrt ein. Es war dunkel, aber die Bäume, die sie säumten, waren beleuchtet. Dahinter erkannte sie die Schatten von unzähligen Reihen von Weinstöcken.

Ein Weingut?

Dann kam das Haus in Sicht. Sie unterdrückte ein Keuchen. Es ein Haus zu nennen, war eine gewaltige Untertreibung. Nein, es war ein riesiges Gebäude aus Stein, Stuck und schwarzem Eisen. Hier hatte sich jemand den Traum von einer italienischen Villa erfüllt.

Das Auto fuhr um einen großen, runden Brunnen und hielt an.

Als die beiden Männer aus dem Auto stiegen, spannte sie jeden Muskel in ihrem Körper an. Die hinteren Türen der Limousine wurden aufgerissen. Einer der beiden packte Saskia und zerrte sie heraus. Der andere hob Addie hoch.

Die große Doppeltür des Hauses öffnete sich. Ein großer Mann in einem dunklen Anzug erschien, sein Gesicht völlig ausdruckslos. Als der Kerl sie die Treppe hinaufführte, tauchten die Lichter im Garten den Ort in einen märchenhaften Schein.

Doch dies war kein Märchen. Es war ein Albtraum.

Der große Mann beäugte erst sie und dann Addie und nickte.

Sie wurde wütend. Es war, als wären sie Vieh, das begutachtet wurde.

„Oben sind Zimmer für sie vorbereitet", sagte der Mann zu den beiden. „Bei den anderen."

Es gab noch andere?

Saskias Entführer stieß sie vorwärts und sie stolperte durch die Tür. Das Innere des Hauses war genauso opulent wie das Äußere. Viel Holz und Stein. Die Türen und Fenster waren allesamt Rundbögen. Sie wurde in Richtung einer breiten, geschwungenen Treppe mit einem Eisengeländer geschubst.

Wenige Augenblicke später wurde sie in einen Raum gestoßen und hörte, wie die Tür hinter ihr versperrt wurde.

Saskia nahm einen zittrigen Atemzug.

Das Schlafzimmer war geräumig und luftig, mit einem modernen Himmelbett und einer Sitzecke mit Plüschsofas auf einer Seite. Sie ging zu den großen Fenstern hinüber.

Im Garten unten brannten Lichter, die einen großen Pool einrahmten. Dahinter sah sie die Schatten weiterer Weinstöcke.

Der Mann hatte von anderen gesprochen. Gab es hier noch mehr Frauen? Denen weiß Gott was angetan wurde?

Ihr Magen krampfte sich zusammen. Ein Schluchzen entwich ihr und sie beugte sich vornüber. *Tief einatmen, Saskia.* Sie versuchte, Luft in ihre Lunge zu saugen.

Das konnte doch nicht wahr sein. Wie konnte sie einfach entführt werden? Aus ihrem Leben gerissen?

Sie drehte sich um und betrachtete ihr Spiegelbild in einem runden Spiegel mit Holzrahmen, der an der Wand hing. Sie sah blass aus und ihr Haar war ganz zerzaust.

Nicht mit mir. Sie richtete sich auf und löste ihre Haare aus dem Haargummi, um ihren Pferdeschwanz neu zu binden. Dann marschierte sie in das angrenzende Badezimmer und spritzte sich Wasser ins Gesicht. Sie trank auch etwas davon, um ihre trockene Kehle zu beruhigen.

Sie hatte nicht vor, die Nerven zu verlieren. Sie würde nicht abwarten, was geschah.

O nein, sie würde genau eines tun, nämlich von hier verschwinden.

Diese Arschlöcher hatten die falsche Frau entführt.

Sie öffnete alle Schubladen des Waschtischs. Sie waren mit Dingen für Frauen gefüllt – mit allen Arten von Toilettenartikeln, Cremes und Make-up. Sie fand eine kleine Dose mit Haarspray und steckte sie in ihre Tasche. Dann fand sie ein paar Haarnadeln. Sie hielt eine hoch und lächelte.

Saskia machte sich auf den Weg nach draußen und ihre Gedanken kreisten. Sie würde das Schloss knacken, sich hinausschleichen und dann ein Telefon finden.

Sie waren auf einem Weingut. Sie biss sich auf die Unterlippe, während sie nachdachte. Vielleicht in Kalifornien?

Das bedeutete, dass Cam in der Nähe sein könnte. Ihr Herz schlug wie wild.

Dann machte sie sich daran, das Schloss zu knacken. Killian hatte ihr im Laufe der Jahre ein paar nützliche Fähigkeiten beigebracht.

Sie schaffte es, sich am Finger zu kratzen und sich zweimal damit zu stechen, bevor sie das Klicken des Schlosses hörte.

Sie grinste und öffnete die Tür vorsichtig einen Spaltbreit.

Auf dem breiten Flur war niemand zu sehen.

Saskia huschte hinaus. Ihr Herz klopfte wie wild. Als sie die Treppe erreichte, hörte sie unten tiefe Stimmen, die sich unterhielten.

Mist.

Sie wich zurück. Sie musste sich einen anderen Weg ins Erdgeschoss suchen.

Kurzerhand huschte sie den Flur entlang zurück und versuchte, ihre Schritte abzufedern. Der Hochflorteppich half dabei. Die Türen, an denen sie vorbeikam, waren alle geschlossen. Hinter einer hörte sie eine Frau weinen.

Sie wurde langsamer. War es Addie? Sie war hier irgendwo und offensichtlich auch andere Frauen. Sie fasste Mut. Der beste Weg, ihnen zu helfen, war, von hier zu fliehen und Hilfe zu holen.

Sie entdeckte eine kleinere Treppe.

Ja!

Sie eilte hinunter und landete in einem Bereich der Villa, der eindeutig von den Angestellten genutzt wurde. Es war der Bereich, in dem sie ihre Arbeit verrichten konnten, ohne gesehen oder gehört zu werden. Sie hörte das Klappern von Töpfen und Pfannen in einer Küche. In einem anderen Raum hörte sie Stimmen, die sich unterhielten. Sie spähte hinein. Es war ein Waschraum. Mehrere Frauen in schwarz-weißen Uniformen falteten Laken.

Saskia eilte daran vorbei. Dann hörte sie männliche Stimmen, die Russisch sprachen.

O nein. Das Herz schlug ihr bis zum Hals. Die Stimmen kamen näher.

Sie riss die nächstgelegene Tür auf. Es war ein

Abstellraum. Sie schlüpfte hinein, drückte sich gegen Wischmopps und Besen und zog die Tür zu.

Während sie die Männer vorbeigehen hörte, atmete sie nervös aus. Das Adrenalin schoss durch ihre Blutbahnen und ihre Hände zitterten.

Als alles wieder ruhig war, wagte sie sich hinaus.

Sie kam an der Küche vorbei. Dampf stieg aus einigen Töpfen auf dem Herd auf, aber es war niemand zu sehen.

Dann entdeckte sie ein Handy, das neben einem Funkgerät und einem Schlüsselbund auf dem Tresen lag.

Ihr Herz pochte wild in ihrer Brust.

Sie lief zum Tresen und schnappte sich das Handy, eilte um eine Ecke und tippte auf den Bildschirm.

Er war nicht gesperrt. *Ja.* Das Hintergrundbild war ein Logo mit einem Springbrunnen, der genauso aussah wie der draußen. Es musste eine Art Haustelefon sein.

Killian war nicht in den Staaten und sie schätzte, dass sie mit großer Wahrscheinlichkeit in Kalifornien war. Sie leckte sich über die Lippen. Außerdem wusste sie Cams Nummer auswendig.

Sie tippte sie ein. „Bitte, heb ab. Bitte, heb ab …"

„Morgan."

Der Klang seiner rauen Stimme ließ sie schwach werden. „Cam!"

„Verflucht, Saskia. Geht es dir gut? Wo bist du?"

„Es geht mir gut." Sie musste schluchzen. „Ich wurde entführt. Ich bin nicht sicher, wo ich bin …"

„Ty che blyad?"

Ein Mann im Anzug stürzte auf sie zu und riss ihr das Handy aus der Hand.

„Cam!", schrie sie.

Der Mann rammte sie so heftig gegen die Wand, dass ihr die Luft wegblieb. Dann verpasste er ihr eine schallende Ohrfeige und ihr Kopf schlug gegen den Verputz. Sie war benommen und konnte sich kaum auf den Beinen halten.

Er trat mit seinem Schuh auf das Handy, bis es knirschte.

Verzweiflung stieg in ihr auf. Nein, sie würde die Hoffnung nicht aufgeben. Cam wusste jetzt, dass sie am Leben war und dass jemand sie entführt hatte.

Der Gorilla packte sie vorn an ihrem Pullover und starrte sie an. Er zog sie zu sich und sie versuchte, nach ihm zu treten.

Mit einem weiteren Fluch auf Russisch hob er sie hoch.

Sie wehrte sich, verdrehte sich, wollte ihn wieder beißen, aber er brachte sie mit seinen riesigen Händen unter seine Kontrolle. Er trug sie den Korridor hinunter und in einen großen Wohnbereich, der mit einem Steinboden, Ledersofas und einen riesigen Kamin aus Stein eingerichtet war. Jetzt fehlte nur noch ein italienischer Graf.

Ihr Entführer stellte sie unsanft auf dem Boden ab. Sie warf den Kopf zurück und erstarrte.

Statt eines italienischen Grafen war es ein älterer Mann mit einem fetten Doppelkinn und grauem Haar. Er steckte in einem Designeranzug, der sich um einen Körper spannte, der vielleicht einmal muskulös, mit den Jahren aber aus der Form geraten war. Er saß in seinem Sessel, als wäre er ein Thron.

„Ah, Miss Hawke." Er hatte einen starken, russischen Akzent. „In natura sind Sie noch schöner."

Saskia schluckte. Der Mann erhob sich aus dem Sessel und das Licht brachte die großen Goldringe an seinen Fingern zum Funkeln.

„Ich liebe es, wie Sie tanzen", sagte er.

„Lassen Sie mich gehen", sagte sie. „Sie können nicht einfach Menschen entführen."

„Ich bin Yaroslaw Mikhailov. Und ich tue, was ich will."

„Sie hat versucht, zu fliehen", sagte der Wachmann.

„Ah, ich bewundere Ihren Kampfgeist." Der Mann kam näher und fasste ihr ans Kinn. Sie versuchte, sich von ihm loszureißen.

Dann beugte er sich vor und presste seinen Mund auf ihren.

Saskia roch Zwiebeln und Wein. Sie versenkte ihre Zähne in seiner Unterlippe.

Er fluchte und gab ihr eine Ohrfeige.

Autsch. Als sie sich aufrichtete, zog er ein Taschentuch hervor und tupfte sich die blutende Lippe ab.

Ihre Wange brannte, aber sie starrte ihn nur an und weigerte sich, ihn ihren Schmerz oder ihre Angst sehen zu lassen.

Der Mann sah sie erst wütend an, doch dann fing er an, zu lachen. „Sie haben Feuer und Esprit. Das macht Sie zu einer so hervorragenden Tänzerin." Er beugte sich vor und seine blassblauen Augen funkelten. „Ich freue mich darauf, diesen Geist zu brechen, schöne Saskia."

„Sie können mich mal."

„Das werde ich. Und ich kann es kaum erwarten,

dass Sie für mich tanzen." Sein Lächeln wurde breiter. „Nackt."

„Niemals", sagte sie zittrig und bekam eine Gänsehaut.

Mikhailov lächelte nur und machte eine abweisende Handbewegung.

Der Gorilla zerrte sie weg.

„FUCK. *Fuck.*" Cam konnte gerade noch verhindern, dass er sein Handy gegen die nächste Wand schleuderte. Er presste sich die Hände in den Nacken.

Auf dem großen Bildschirm an der Wand beugte sich Hex über einen schicken Laptop und ihre Hände huschten über die Tastatur.

„Woher kam der Anruf?", rief Wolf neben ihr.

Hex rümpfte die Nase. „Ich arbeite daran, Großer. Entspann dich."

„Gibt es etwas Neues von Hades?", fragte Vander.

Wolf schüttelte den Kopf und lehnte sich in dem Stuhl neben Hex zurück. „Noch nicht. Aber keine Sorge, Hades wird dieses Arschloch Palmer finden."

„Hades findet jeden", sagte Hex.

Cam begegnete Vanders Blick. Sein Boss saß auf einem Stuhl und klopfte mit den Fingern auf die Armlehne.

„Ich habe einen Mann gehört, der Russisch gesprochen hat", sagte Cam. „Wer auch immer es war, er hat das Gespräch unterbrochen."

„Sie lebt, Cam", sagte Vander. „Und sie kämpft. Halte dir das immer vor Augen."

Brynn kam mit zwei Bechern Kaffee herein. Sie hatte sich Jeans und einen grünen Pullover angezogen.

„Hier." Sie reichte einen der Becher Cam.

„Nein, danke."

„Trink ihn, Camden. Es ist spät und wenn wir sie finden, wird sie dich brauchen."

Er nahm den Kaffee und hob das Kinn. Er hoffte inständig, dass Brynn recht hatte. Damit, dass sie sie fanden.

Brynn ließ eine Hand über Vanders Schultern wandern.

Er warf einen Blick auf den Becher. „Für mich?"

„Ja." Sie gab ihm einen schnellen Kuss auf den Mund und reichte ihn ihm.

Cam beobachtete die beiden. Diese Leichtigkeit, diese enge Verbindung.

Vander begegnete seinem Blick und sah nicht weg.

Cam wusste, dass sein Boss versuchte, ihm eine Botschaft zu vermitteln. Er sah wieder auf die Bildschirme und nahm einen weiteren Schluck von seinem Kaffee.

Hex stieß eine beeindruckende Menge von Flüchen aus. Sie beugte sich noch weiter über ihren Laptop und arbeitete unter Hochdruck.

Scheiße, Cam wollte sofort losfahren und nach Saskia suchen.

Es brachte ihn fast um, keine Ahnung zu haben, wo sie war.

„Gibt es etwas Neues?", fragte eine tiefe Stimme von der Tür her.

Cam drehte sich um. Sein Bruder.

„Noch nicht", sagte Cam.

Hunt war leger in Jeans und Pullover gekleidet. Neben ihm machte die blonde, wunderschöne Savannah ein besorgtes Gesicht.

„Ich kann das alles nicht glauben", sagte sie zittrig.

Savannah und Saskia waren beste Freundinnen. Sie hatten keine Kontakt gehabt, als Savannah auf der Flucht vor einem Stalker gewesen war, aber sie waren immer noch eng befreundet und hatten schnell wieder zueinandergefunden, nachdem Hunt das Arschloch, das Savannah jahrelang terrorisiert hatte, hinter Schloss und Riegel gebracht hatte.

Hunt ging auf Cam zu, packte ihn an der Schulter und musterte ihn genau.

„Sie hat mich gerade angerufen", sagte Cam. „Sie ist am Leben, aber jemand hat sie erwischt und aufgelegt."

Savannah keuchte und Hunt zog seine Frau in seine Arme.

„Wir werden sie finden", versprach er.

Cam nickte knapp. Aber er konnte sie nicht finden, bis sie einen verdammten Standort hatten.

„Ich wusste, dass zwischen euch beiden etwas läuft", sagte Savannah.

Cam atmete tief aus. „Da läuft überhaupt nichts. Wir sind nur Freunde."

Savannah hob eine Augenbraue.

„Wir reden. Das ist alles. Das ist ... alles, was ich zu bieten habe."

Das Geräusch einer zuschlagenden Tür erklang und auf dem Bildschirm zuckte Hex zusammen und Wolf richtete sich in seinem Stuhl auf.

Ein dunkelhaariger Mann kam herein und zerrte einen sich wehrenden, schluchzenden Mann mit hellem Haar hinter sich her.

Der dunkelhaarige Mann stieß den blonden auf einen Stuhl und stemmte dann die Hände in die Hüften.

Cam starrte ihn an. Der Typ sah verdammt gut aus und war eindeutig Italiener. Er erinnerte Cam ein wenig an Vander, aber sein Haar war länger und leicht gewellt. Er hatte dunkle Augen, ausgeprägte Wangenknochen und dunkle Bartstoppeln an seinem kräftigen Kiefer.

Er trug ein weißes Hemd, eine Anzughose und einen knielangen, dunkelblauen Mantel.

Der blonde Mann schnaufte immer noch wild. Er war zerzaust und eindeutig panisch. Er trug einen schicken Anzug und war sehr charismatisch.

„Chad Palmer." Der dunkelhaarige Mann hatte einen leicht italienischen Akzent. Er musste Hades sein.

„Gute Arbeit, Hades." Wolf erhob sich. „Wir haben ein paar Fragen an Sie, Mr. Palmer."

„Dieser Psycho –" Palmer deutete mit einer Hand auf Hades, „hat mich aus einem Club gezerrt. Die Flasche Macallan, die noch dort steht, hatte ich kaum angerührt."

„Ein paar Lines Koks waren auch dabei", fügte Hades hinzu.

Palmer blickte auf den Bildschirm und schluckte. „Wer zum Teufel sind Sie? Sie können nicht einfach jemanden gegen seinen Willen entführen."

Cam stellte seine Tasse lautstark auf dem Schreibtisch ab. Alle Blicke im Raum und auf dem Bildschirm richteten sich auf ihn.

„Ist das nicht ganz genau das, was Sie mit schönen, jungen Frauen machen?" Cam wusste, dass man die Mordlust in seiner Stimme hören konnte.

Palmers Augen weiteten sich. „Nein. Nein, ich –"

„Die Tanzaufführung im Central Park heute", sagte Wolf. „Für wen haben Sie sie organisiert?"

Palmer schluckte.

„Stellen Sie meine Geduld nicht auf die Probe, Palmer", sagte Wolf.

„Lukom Inc."

„Wer steht hinter Lukom?", bohrte Wolf nach.

„Das weiß ich nicht. Ich mache nur meinen Job und werde dafür bezahlt –"

Cams Hände ballten sich wieder zu Fäusten. *„Antworten* Sie ihm."

Palmer zuckte zusammen.

„Seien Sie froh, dass er nicht hier ist", sagte Wolf. „Es ist seine Frau, die Sie entführt haben, und er kennt viele Wege, Ihnen wehzutun."

Palmer rutschte auf dem Stuhl hin und her und hob eine zittrige Hand vor seinen Mund. Sein Blick huschte zur Seite. „Ich weiß wirklich nicht –"

Hades bewegte sich blitzschnell. Sein erster Schlag traf Palmer am Kinn und ließ den Kopf des Mannes nach hinten schnappen. Der zweite landete in Palmers Bauch und er krümmte sich vor Schmerzen.

„Name. Sofort", drohte Hades.

„Mikhailov." Palmer warf einen Arm in die Luft.

Cams Magen zog sich zusammen und er hörte sowohl Hunt als auch Brynn fluchen.

„Yaroslaw Mikhailov?", fragte Hunt.

Palmer nickte.

„Mikhailov hat Geschäfte hier in San Francisco laufen", sagte Hunt.

„Gehört er zur Mafia?", fragte Wolf.

„Nein, er ist ein reicher Russe mit Kontakten zur russischen Regierung. Seine Geschäfte sind nicht immer legal, aber wir konnten ihm bisher nie etwas anhängen. Er schmeißt gern teure Partys und hat Immobilien und Jachten auf der ganzen Welt."

Brynn verschränkte die Arme. „Und eine Vorliebe für schöne Frauen. Models, Schauspielerinnen, Tänzerinnen."

„Er war besessen von einer der Tänzerinnen", sagte Palmer. „Er wollte sie. Sasha irgendwas. Sasha Hawke. Nein, Saskia Hawke. Er wollte, dass sie für ihn tanzt."

Cam knirschte mit den Zähnen. „Sie ist kein verdammtes Spielzeug. Wenn er eine Frau entführen wollte, dann hat er sich definitiv die falsche ausgesucht."

„Sie hat weder einen Freund noch Familie", sagte Palmer.

„Falsch gedacht, Sie kranker Wichser", knurrte Wolf. „Sie bringen also alles über die Frauen in Erfahrung, bevor Sie ihre Entführung planen, ja?"

Palmer erstarrte.

„Oh, wenn Sie denken, dass ich Ihnen wehtun werde", Wolfs Stimme senkte sich zu einem bedrohlichen Knurren, „sage ich nur, es ist nichts im Vergleich zu dem, was mein Boss mit Ihnen machen wird. Saskias Bruder."

„Oder ich", fügte Cam leise hinzu.

Palmers erschrockener Blick hob sich, um Cam auf dem Bildschirm anzusehen.

„Ich wurde von Uncle Sam sehr gut darin trainiert, Dreckssäcke zu töten."

„Ich ... Mikhailov hat sie entführt! Nicht ich."

„Wohin?", donnerte Cam.

Palmer wischte sich mit einer Hand über den Mund. „Er besitzt ein Weingut. Ein großes Anwesen in Napa."

Cam erstarrte. Napa? Das war nur ein paar Stunden entfernt.

„Ich konnte den Anruf auf dem Handy zurückverfolgen", sagte Hex. „Napa Valley. Ein Anwesen im Besitz der Yusal Corporation."

„Das ist eine von Mikhailovs Firmen", sagte Palmer.

Cam wandte sich an Vander. „Wir gehen rein und holen sie."

„Du weißt, dass wir das Haus nicht einfach stürmen können, Cam. Er wird bewaffnete Wachen haben. Wir brauchen Informationen und Zeit zur Vorbereitung."

Ein Muskel in Cams Kiefer zuckte. „Ihr bleibt vielleicht keine Zeit."

„Wir leiten alles so schnell wie möglich in die Wege. Aber tot nützt du ihr nichts." Vander nickte nur knapp. „Wir werden sie zurückholen."

Ja, verdammt, das würden sie, versprach Cam sich im Stillen. *Koste es, was es wolle.*

KAPITEL VIER

Saskia saß zusammengekauert auf dem großen Bett, die Knie an die Brust gezogen.

Der späte Nachmittag ging in den Abend über. Sie war den ganzen Tag in diesem protzigen Zimmer eingesperrt gewesen. In ihrem vergoldeten Gefängnis.

Essen auf einem Tablett war vor die Tür gestellt worden. Es sah köstlich aus, aber sie hatte zu viel Angst, es zu essen, weil sie befürchtete, dass es mit Drogen versetzt sein könnte.

Im Laufe des Tages hatte sie ein paar unruhige Nickerchen gemacht, an die Wand des Badezimmers gelehnt, mit verriegelter Tür und einem unter die Türklinke gekeilten Stuhl. Sie hatte panische Angst, dass einer von Mikhailovs Gorillas hereinplatzen und sie im Schlaf zu seinem Boss schleppen würde.

Außerdem hatte sie einen bitteren Geschmack im Mund und kämpfte mit den Tränen. Immer wieder stellte sie sich vor, wie Cam die Villa stürmte, um sie zu retten.

Sie wischte sich die Tränen weg. Sie wusste, dass er nach ihr suchen würde. Genauso wie das gesamte Team von Sentinel Security.

Aber sie hatten keine Ahnung, wo sie war.

Sie hörte Stimmen außerhalb des Hauses und trat ans Fenster.

Am Pool war alles für eine Dinnerparty dekoriert worden. Lichterketten hingen überall und Holzscheite brannten in Feuerschalen. Die Gäste – hauptsächlich Männer in Anzügen – standen in kleinen Gruppen zusammen und unterhielten sich. Sie nippten an Getränken und aßen Häppchen von Tabletts, die von weiß gekleideten Kellnern angeboten wurden.

Alles sah verdammt vornehm aus und doch war es nichts weiter als eine Fassade für einen Sexhandelsring. Sie war so unbeschreiblich wütend.

Zuvor hatte eine Frau ein Kleid und Schuhe in Saskias Zimmer gebracht und ihr gesagt, sie solle sich für die Party heute Abend umziehen.

Saskia hatte das Kleid in den Flur geworfen. Als eine Wache gekommen war und sie gewarnt hatte, dass sie, wenn sie nicht angezogen und bereit sei, splitterfasernackt zur Party gebracht würde, hatte sie fast geschrien.

Sie war so wütend, so frustriert. Sie stapfte zurück zum Bett.

Das Kleid, das darauf lag, war wunderschön. Es war ein vom Ballett inspiriertes Abendkleid mit einem blauen Tüllrock, der bis zur Mitte der Wade reichte, und einem dunkelblauen Mieder mit V-Ausschnitt. Hängeohrringe mit Diamanten und silbern schimmernde High Heels, die sie an Aschenputtel erinnerten, vervollständigten das Outfit.

Sie stieß einen trotzigen Atemzug aus. Auf keinen Fall wollte sie nackt vor einer Menge von Fremden stehen.

Beim Gedanken an die ekelerregende Lust in Mikhailovs Augen, als er sie angestarrt hatte, wurde ihr schlecht.

Sie *musste* von hier verschwinden.

Saskia zog sich schnell an. Sie beließ ihr Haar in dem schlampigen Dutt und legte nur dezentes Make-Up auf. Eines war klar, sie würde sich ganz sicher nicht mehr herausputzen als nötig. Sie steckte die Ohrringe in ihre Ohrläppchen. Wie sie vermutet hatte, war das Kleid wunderschön und passte wie angegossen.

Sie ging zurück zum Fenster und sah, wie einige Frauen von Wachen auf die Party begleitet wurden. Alle von ihnen trugen aufreizende, glitzernde Kleider, aber selbst aus der Ferne wirkten sie steif und unglücklich.

Dann entdeckte sie eine Frau mit blonden Locken und holte tief Luft. *Addie.* Die Frau trug ein schlichtes, langes Kleid in Pink. Sie weinte und die Wache neben ihr schien sie anzuschreien.

„Scheiße. Scheiße. *Scheiße.*" Saskia stieß das Fenster auf. Der Klang eines Streichquartetts drang an ihre Ohren. Sie sah in die Richtung, aus der die Musik kam, und entdeckte eine kleine Tanzfläche.

Bei dem Gedanken, für Mikhailov tanzen zu müssen, wurde ihr wieder übel.

Ihr Blick fiel auf den Sims vor ihrem Fenster. Ihr

Herz pochte wild und sie lehnte sich hinaus. Das Fensterbrett war ziemlich breit.

Breit genug, um darauf zu gehen.

Saskia dachte nicht weiter darüber nach. Sie hielt sich am Fensterrahmen fest und trat hinaus.

Die kühle Abendbrise wehte ihr entgegen und eine Gänsehaut lief ihr über ihre nackten Arme. Ein Cocktailkleid und bloße Füße waren nicht das beste Outfit, um aus einer Villa zu fliehen. Sie bewegte sich behutsam am Sims entlang und kam an mehreren anderen Fenstern vorbei. Sie erhaschte ein paar flüchtige Blicke auf weitere, schwülstig eingerichtete Schlafzimmer.

Vor ihr verlief ein Regenrohr an der Hauswand entlang, von der Dachrinne bis zum Boden. Es wäre nicht leicht, daran hinunterzuklettern, aber sie war sportlich und stark, also –

Jemand rief etwas.

Hastig sah sie zurück und entdeckte einen Wachmann, der sein wütendes Gesicht aus dem Fenster ihres Zimmers steckte.

O nein.

Saskia bewegte sich schneller vorwärts. Der Wachmann hob ein Funkgerät an seinen Mund.

Jemand rief etwas von unten. Eine weitere Wache stand im Garten und deutete auf sie.

Verdammt noch mal.

Mit zusammengebissenen Zähnen erreichte sie das Regenrohr. Nach unten konnte sie nicht. Dann eben nach oben.

Sie griff nach dem Metallrohr und begann, zu klettern.

Es war schwieriger, als sie es sich vorgestellt hatte. Sie legte ihre nackten Füße um das Rohr. Das Kleid blieb an etwas hängen und sie hörte den Stoff reißen.

Die Wache stand jetzt auf dem Sims und arbeitete sich zu ihr vor.

Saskia erreichte das Dach des Hauses und zog sich mit aller Kraft über den Rand.

Sie blieb einen Moment flach liegen und schnappte nach Luft.

Beweg dich, Saskia.

Sie stemmte sich nach oben und der Wind blähte ihren Rock auf. Sie war sich der Tatsache schmerzlich bewusst, dass sie keine Ahnung hatte, was sie als Nächstes tun sollte.

Also lief sie übers Dach und betete, dass sie nicht abrutschte. Sie erreichte das andere Ende und riskierte einen Blick nach unten – dort stand allerdings eine weitere Wache, die zu ihr hochsah.

Nein. Wenn sie unten ankam, würde der Gorilla schon auf sie warten.

Sie blieb in Bewegung.

Wieder rief jemand etwas.

Sie warf einen Blick über ihre Schulter. Einer der Wachmänner stand jetzt auf dem Dach. Er kam in ihre Richtung.

Das Herz schlug ihr bis zum Hals. Sie musste einen Weg von diesem Dach herunterfinden.

Sie hörte das knackende Rauschen eines Funkgeräts und sah, wie sich ein weiterer Wachmann von der anderen Seite aufs Dach hievte.

O Gott.

Sie würden sie erwischen. Sie würden sie zurück nach unten bringen.

Sie unterdrückte ihre aufkeimende Panik und änderte den Kurs – bis sie sich an der Dachkante wiederfand und auf die schicke Party und den Pool hinunterstarrte.

Sie sah, wie ein älterer Mann im Anzug eine kurvige Brünette an sich zog. Die Frau sah aus, als ob sie sich am liebsten übergeben würde, als der Mann ihren Hintern durch ihr weißes Kleid betatschte.

Die Wachen kamen immer näher.

Saskia hob ihr Kinn. Sie war eine Hawke. Sie würde nicht zulassen, dass diese Arschlöcher sie vergewaltigten und missbrauchten.

Ihre Gedanken wanderten zu Camden.

Gott, sie würde alles dafür geben, in diesem Moment bei ihm zu sein. Seine starken Arme um sich zu spüren.

„Bleib stehen!", schrie ein Wachmann.

„Fick dich!", schrie sie zurück.

Die Partygäste unten bemerkten sie, einige von ihnen deuteten zu ihr hoch.

Plötzlich hallte ein Schuss durch die Nacht.

Saskia schrie auf und duckte sich. Sie sah, wie eine der Wachen auf dem Dach mit einer Waffe auf sie zielte.

Sein Kollege fuchtelte mit den Armen. „Nein! Mr. Mikhailov will sie lebend."

Mr. Mikhailov sollte sich doch ins Knie ficken.

Saskia wich zurück und ihr Herzschlag pochte laut in ihren Ohren.

Dann lief sie los.

Der Mann hinter ihr rief wieder etwas. Doch sie

blieb nicht stehen – sie setzte zum Sprung an und stürzte sich vorwärts.

Gott, sie hoffte, dass sie es schaffte.

Ihr Kleid flatterte um sie herum und der Wind blies ihr ins Gesicht.

Mit einem gewaltigen Platschen tauchte sie in den Pool ein.

Ihr Kleid schwebte hoch und wickelte sich um ihren Körper. Sie strampelte. Wenigstens war das Wasser warm.

Ihr Kopf durchbrach die Oberfläche. Menschen riefen und schrien.

Auf der Party brach Chaos aus.

Saskia schwamm mit kräftigen Zügen zur Treppe. Leute starrten sie mit weit aufgerissenen Augen an.

Sie kletterte aus dem Becken und das Wasser tropfte von ihrem Körper. Die Luft fühlte sich plötzlich eiskalt an.

Zeit, zu gehen.

Sie setzte sich in Bewegung und stolperte an fassungslosen Menschen vorbei. Die verwirrte Menge teilte sich für sie. Frauen machten ihr den Weg frei.

Ein Mann versuchte, sie zu packen, aber sie stieß ihn weg.

Irgendwo hinter ihr brüllten Wachen, dann hörte sie weitere Schüsse.

Nein.

Sie schlug einen Haken, um von der gepflasterten Fläche ins Gras zu gelangen und rannte, so schnell sie konnte, zwischen die Weinstöcke.

CAM SAH ZU, wie die Situation außer Kontrolle geriet.

Er hockte mit Vander und dem Rest des Norcross-Teams zwischen den Weinstöcken: Saxon Buchanan, Siv Pedersen, Rome Nash und Vanders Bruder Rhys.

Hunt wartete auf ihren Anruf, sobald sie polizeiliche Hilfe benötigten.

Cam trug eine kugelsichere Weste wie die anderen und eine Glock 22 in einem Holster an seinem Oberschenkel.

Er konnte nicht fassen, dass diese Arschlöcher – reiche, arrogante Wichser – eine verdammte Party veranstalteten, auf der gekidnappte Frauen die Unterhaltung darstellten. Diese Männer hatten wahrscheinlich Bestellungen aufgegeben: eine Blondine, eine Rothaarige. Eine Ballerina.

Er ballte die Fäuste und jeder Muskel in seinem Körper war angespannt.

Er würde dafür sorgen, dass das ihre letzte Party war.

Dann sah er etwas Blaues übers Dach laufen und sein Herz blieb stehen.

Saskia.

Sie war auf dem verdammten Dach. Er beobachtete, wie eine Wache sie verfolgte, und sein Magen zog sich zusammen. Wenn sie ausrutschte ...

Er berührte seinen In-Ear. „Vander."

„Ich sehe sie. Saxon, Rhys, umkreist das Haus und schaltet alle Wachen aus."

„Mit Vergnügen", säuselte Saxon.

„Wurden diese Frauen alle entführt?", murmelte Siv.

„Davon gehen wir aus", antwortete Vander.

Sie fluchte auf Norwegisch.

Cams Blick blieb auf Saskia haften. Er hörte den Knall und sah, wie eine der Wachen auf sie schoss. Dieses Arschloch.

„*Scheiße*", stieß er hervor.

Dann sah er Saskia am Rande des Daches. Eine üble Vorahnung beschlich ihn, denn er wusste genau, was sie vorhatte.

„Tu es bloß nicht."

Hilflos musste er dabei zusehen, wie sie sich vom Dach stürzte.

Cam sprang auf. Als sie im Wasser aufschlug, rannte er bereits durch die Reihen von Weinstöcken.

„Cam!" Vanders eindringliche Stimme. „Cam, verdammt."

Aber Cam war fertig mit Warten. Er hatte den ganzen verdammten Tag gewartet, während sie die Baupläne von Mikhailovs Anwesen in Napa zusammen-getragen hatten. Hex hatte jede erdenkliche Information über die Anzahl der Wachen und Angestellten und die Gästeliste für die Party herausgefunden.

Die Gäste des heutigen Abends waren eine Mischung aus seriösen und nicht ganz so seriösen Geschäftsleuten.

Cam hörte weitere Schüsse und die Menschen gerieten in Panik.

Verflucht.

Er stürmte in die Menge. Gäste zerstreuten sich und Schreie brachen aus. Cam feuerte einen Schuss in die

Luft ab und Männer und Frauen liefen blind in alle Richtungen.

Mitten in dem Chaos entdeckte er Saskia, die sich aus dem Pool kämpfte und losrannte.

Sie hatte den Sprung tatsächlich überlebt.

Er stürmte auf sie zu.

Eine der Wachen nahm die Verfolgung auf. Ein tödliches Kribbeln durchzuckte ihn. Diese Leute taten Frauen weh. Sie taten Saskia weh.

Ein harter Schlag und die Waffe des Wachmannes flog durch die Luft. Cam ließ einen brutalen Fausthieb in den Bauch des Mannes folgen, bevor er ihm den Ellbogen ins Gesicht rammte.

Der Kerl sackte zusammen wie ein nasser Kartoffelsack.

Cam rannte weiter. Er konnte Saskia nirgendwo sehen.

Verdammt! Hatte eine Wache sie erwischt?

Dann sah er eine Wasserspur auf den Pflastersteinen. Sie führte direkt zwischen die Weinstöcke.

Er stürmte in die Richtung und sah aus dem Augenwinkel, wie eine der Wachen hinter Saskia her war.

Vergiss es, Arschloch.

Cam rannte dem Mann hinterher und sprintete zwischen zwei langen Reihen von Weinstöcken hindurch.

Vor sich hörte er eine Frau schreien und in der Dunkelheit sah er den Schatten des Wachmannes, der sich über eine zappelnde Saskia beugte. Ihr Kleid war blassblau auf dem dunklen Boden.

„Lass mich los!", schrie sie.

Cam entfesselte all seine Wut.

Er schlang einen Arm um die Kehle des Wachmannes und drückte mit aller Kraft zu.

Er schnürte ihm die Luft ab, bis der Mann würgte.
Dann zerrte er ihn zu Boden und ein paar Kinnhaken
später sank er stöhnend ins Gras.

Cam richtete sich auf.

Saskia starrte ihn an, mit blassem Gesicht und
offenem Mund.

Verdammt. Sie hatte gerade zugesehen, wie er einen
Mann gewürgt und bewusstlos geschlagen hatte. Sie
musste panische Angst haben.

„Camden." Sie sprang auf und fiel ihm in die
Arme.

Er fing ihren durchnässten Körper auf und zog sie
fest an sich.

Gott. Sie war lebendig und fühlte sich so perfekt an,
als sie sich an ihn drückte.

„Cam. Gott, *Cam.* Ich habe gebetet, dass du mich
finden würdest."

„Ich habe seit deinem ersten Anruf nach dir
gesucht."

Sie gab einen Laut von sich, schmiegte sich an ihn
und er schlang seine Arme enger um sie.

„Ich hatte solche Angst." Sie hob den Kopf und ihre
Blicke trafen sich in dem schwachen Licht. Sie legte ihre
Finger an seine stoppeligen Wangen, stellte sich auf die
Zehenspitzen und küsste ihn.

Er hatte all die Gefühle, die er für diese Frau
empfand, seit Monaten unterdrückt.

Als ihre weichen Lippen nun seine berührten, als er

zum ersten Mal ihren süßen Geschmack kostete, explodierte etwas in ihm.

Sie war am Leben.

Sie lag in seinen Armen.

Sie küsste ihn.

Er vertiefte den Kuss und zog sie fester an sich. Er ließ seine Zunge in ihren Mund gleiten.

Sie keuchte gegen seine Lippen und Cam ließ eine Hand nach unten wandern, um ihren Hintern durch die feuchten Schichten ihres Kleides hindurch zu kneifen.

Sie gab einen lustvollen Laut von sich und griff nach seinem Shirt.

Das Geräusch weiterer Schüsse holte Cam zurück in die Realität und er löste sich von Saskia.

Sie zitterte und ihm wurde klar, wie kalt ihr sein musste.

Er berührte seinen In-Ear. „Vander, ich habe sie. Wir sind irgendwo auf dem Weinhang.“

„Verstanden.“ Vanders forsche Stimme. „Die Wachen türmen. Ich habe Hunt grünes Licht gegeben.“

In der Ferne hörte Cam bereits das Heulen von Sirenen.

„Mikhailov?“, fragte er.

Bei dem Namen drückte sich Saskia verängstigt an ihn. Er streichelte mit einer Hand ihren Rücken.

„Haben wir noch nicht gefunden“, sagte Vander grimmig.

„Finde diesen Abschaum, Vander, oder ich werde es tun.“

„Deine Priorität ist es, Saskia in Sicherheit zu bringen.“

Und das würde er. Noch einmal würden sie sie nicht in die Finger bekommen.

Sie zitterte und er zog sie enger an sich.

„Alles wird gut. Vander und die anderen kümmern sich um die Russen. Die Polizei ist auf dem Weg."

„Es sind –", ihre Zähne klapperten, „– noch andere Frauen im Haus, Cam. *Gott.*" Sie drückte ihr Gesicht an seine Brust. „Sie haben uns unter Drogen gesetzt und entführt."

„Ich weiß." Er ließ seine Hand über ihren Rücken gleiten. Ihr Gefühl von Sicherheit und Geborgenheit war erschüttert worden. Er war zur Armee gegangen, um Unschuldige in seiner Heimat zu beschützen. Um sicherzustellen, dass Kinder, Familien, normale Menschen ein normales Leben führen konnten. Um sie vor allem Bösen zu beschützen.

Es machte ihn fertig, dass Saskia in ihrem eigenen Land nicht sicher gewesen war.

Wenn sie deine Frau wäre, würdest du sie beschützen.

Cam versuchte, die gefährliche Stimme in seinem Kopf zum Schweigen zu bringen. Wenn sie seine Frau wäre, würde sie das Böse in ihm sehen.

Es würde ihn umbringen, wenn sie ihn mit Entsetzen in ihren Augen ansähe.

„Na komm." Die Sirenen waren jetzt lauter und niemand schoss mehr.

Als sie sich dem Pool näherten, sah er, wie Siv aufsprang und einem Wachmann einen Tritt verpasste. Sie brachte den Mann schnell zu Boden und eine Sekunde später hatte sie ihn mit dem Gesicht nach unten fixiert und seine Hände mit Kabelbinder hinter seinem Rücken gefesselt.

Cam streichelte Saskia über die Arme. „Wir warten hier –"

Ein Mann stürzte zwischen ein paar Weinstöcken hervor. „Die Frau kommt mit mir."

Er war ein hässlicher Schlägertyp, hatte einen starken Akzent und eine wulstige Narbe am Hals.

Cam antwortete nicht. Das Arschloch zog ein Messer. Eindeutig wollte er ihre Position nicht durch Schüsse verraten. Das tödliche Funkeln in den Augen des Mannes verriet ihm, dass er wusste, wie man die Klinge benutzte.

Saskia keuchte und Cam schob sie hinter sich.

Der Typ stürzte sich auf ihn und schwang seinen Arm.

Cam wich zur Seite aus, aber das Messer erwischte ihn. Er ignorierte den Schnitt, holte aus und verpasste dem Mann einen fiesen Schlag in die Rippen. Der Kerl grunzte. Cam ließ nicht locker und drosch auf den Ellbogen des Mannes ein, bis er das Messer fallenließ und fluchte. Er schwang halbherzig nach Cam und landete einen Glückstreffer in seine Seite. Es war kein richtiger Schlag, aber der Kerl hatte Kraft. Cam ließ sich die Schmerzen nicht anmerken, ging in die Hocke und schnappte sich das Messer.

Er wich dem Tritt des Wachmannes haarscharf aus und rappelte sich auf.

Im nächsten Augenblick rammte er ihm das Messer mit brutaler Effizienz in die Flanke.

Der Mann gab ein gurgelndes Geräusch von sich und sackte zu Boden.

„Saskia, geht es dir gut?" Cam verlor keine Zeit und warf die Waffen des Kerls zwischen die Weinstöcke. „Saskia?"

„Alles okay", sagte sie leise.

Er half ihr auf. Er sah, dass sie kurz davor war, die Nerven zu verlieren, aber sie riss sich zusammen.

„Ich werde nicht zulassen, dass dir jemand wehtut", sagte er.

Ihre Lippen zitterten und sie sah ihn an. „Ich weiß."

KAPITEL FÜNF

Saskia konnte nicht aufhören, zu zittern.

Ihre Haare und ihre Haut waren immer noch feucht und die kalte Nachtluft war dabei nicht gerade hilfreich. Sie zog die Decke, die ihr jemand gegeben hatte, fester um ihren Körper.

Aber zum Glück wärmte die Hitze, die Cams Körper ausstrahlte, sie langsam auf.

Sie saßen am Pool, während die Polizei über das Anwesen lief. Die Gäste waren zum Verhör ins Haus gebracht worden. Polizeibeamte betreuten die Frauen.

Saskia saß auf Cams Schoß auf einem Gartensessel und lehnte ihren Kopf an seine Schulter. Sie zitterte wieder und er zog seine Arme enger um sie.

„Wie geht es ihr?", fragte eine tiefe Stimme.

„Ihr ist kalt. Sie ist immer noch durchnässt und hat einen leichten Schock." Cams Stimme grollte unter ihrem Ohr durch seine Brust.

„Es geht mir gut", flüsterte sie und sah zu Hunt auf.

Der Mann ihrer besten Freundin war heiß, mit einem

muskulösen Körper unter seinem Anzug und einem rauen Gesicht. Es war offensichtlich, dass er und Cam Brüder waren, obwohl Hunt ganz der Cop war, während Cam eine härtere, düstere Ausstrahlung hatte.

„Wie geht es den anderen Frauen?", fragte sie.

„Sie werden befragt und versorgt." Hunt atmete tief ein und aus. „Einige von ihnen sind schon eine Weile hier." Wut schwang in seiner Stimme mit.

Saskia wurde wieder schlecht. Sie klammerte sich an Cams Shirt.

„Mikhailov?", fragte Cam.

Ein Muskel in Hunts Kiefer zuckte. „Ist entkommen. Zeugen sahen einen Bentley wegfahren, kurz nachdem die ersten Schüsse fielen."

Saskia erstarrte. „Das Monster ist immer noch da draußen?"

„Hey." Cam hob ihr Gesicht an. „Du bist in Sicherheit. Wir werden nicht zulassen, dass dir *irgendetwas* zustößt. *Ich* werde nicht zulassen, dass dir etwas zustößt."

Sie nickte nur, denn ihre Kehle war wie zugeschnürt. Es war schockierend, wie sicher sie sich bei ihm fühlte.

„Mikhailov ist ein schrecklicher Mensch."

Cams Gesichtsausdruck veränderte sich. „Hat er dich angefasst?"

„Nein. Nicht wirklich."

Cam spannte die Finger um ihre Arme an. „Was heißt *nicht wirklich?*"

„Cam ..." In Hunts Stimme schwang eine Warnung mit.

„Er hat es versucht", flüsterte sie. „Er hat mich geküsst. Ich habe ihn gebissen."

Jetzt war es Cams Kiefer, in dem ein Muskel zuckte. Sie merkte, wie steif sein Körper unter ihrem geworden war.

Sie berührte seine Wange und spürte die Erhebung seiner Narbe unter ihren Fingern. Sie streichelte über seine Haut. „Ich komme schon klar. Manche der Frauen mussten viel schlimmere Dinge ertragen als ich."

Er zog sie näher an seinen Körper. „Ich werde diesen kranken Wichser ausschalten."

„Aber nicht allein."

Diese neue Stimme jagte Saskia einen Schauer über den Rücken. Sie schnitt durch die Luft wie eine frisch gewetzte Klinge.

Sie sah zu Vander Norcross auf.

Objektiv betrachtet sah er gut aus, aber seine bedrohliche Ausstrahlung ließ ihn gefährlich erscheinen. Dieser Mann erinnerte sie stark an ihren Bruder.

Vanders Team stand hinter ihm. Sie erkannte Rome, Rhys, Siv und Saxon. Vanders finsterer Blick wanderte über sie, machte sich ein Bild. Killian hatte die gleiche Ausstrahlung, aber ihr Bruder war ihr Bruder, so dass sie keine Angst vor ihm hatte.

Vander hingegen sah aus, als könnte er einen Putsch verüben, der vorbei wäre, bevor irgendjemand überhaupt bemerkt hätte, dass er schon angefangen hatte. Und das Team hinter ihm wirkte aufgekratzt, als würde es liebend gern noch weiteren Bösewichten den Arsch aufreißen.

„Mikhailov ist in unser Revier eingedrungen und hat hier seine schmierigen Geschäfte abgewickelt." Vander schüttelte heftig den Kopf. „Nein, wir werden *alle* Jagd auf ihn machen."

„Vander, du solltest die Sache der Polizei überlassen", sagte Hunt.

Vander verschränkte nur die Arme vor der Brust.

Hunt seufzte. „Verdammt."

Saskia schmiegte sich noch enger an Cam. Zum ersten Mal, seit diese schreckliche Tortur begonnen hatte, fühlte sie sich wirklich sicher.

Dank Cam. Einem Mann, den sie nicht gut kannte, dessen innere Stärke und Ehrgefühl aber durch sein raues, vernarbtes Äußeres hindurch erkennbar waren.

Sie wusste, dass er dachte, er sei zu kaputt für eine Beziehung. Sie war da anderer Meinung. Und ihre Entführung machte nur deutlich, wie zerbrechlich das Leben sein konnte. Wie man von einem Moment auf den anderen alles verlieren konnte.

Von nun an wollte sie ihr Leben voll auskosten. All die Dinge tun, von denen sie träumte.

Sich die Dinge nehmen, die ihr wichtig waren.

„Saskia!"

Die weibliche Stimme ließ ihren Kopf hochschnellen.

Addie, immer noch in dem pinken Kleid, aber nun in eine Decke gehüllt, rannte aus dem Haus.

„*Addie*." Saskia stand auf, konnte sich aber nicht dazu durchringen, Cam loszulassen. Er stand mit ihr auf und hielt ihre Hand.

„O mein Gott." Addie warf ihre Arme um Saskia. „Ich bin *so* froh, dass es dir gut geht."

Saskia schlang einen Arm um die Frau. „Bist du verletzt, Addie? Hat dir jemand wehgetan?"

„Mir geht es gut. Wirklich, alles bestens."

Tränen liefen ihr über die Wangen. „Meine Güte, als du vom Dach in den Pool gesprungen bist ...“ Dann sah sie auf und ihr Blick blieb an Cam, Hunt, Vander und den anderen hängen. Addie blinzelte. „Ähm ...“

„Addie, das sind meine Freunde. Sie haben uns gefunden. Leute, das ist Addie, eine Tänzerin aus New York, die mit mir zusammen entführt wurde.“

Hunt nickte. „Ich bin Detective Hunter Morgan. Es tut mir leid, was dir passiert ist, Addie.“

„Danke. Es geht ... jetzt geht es mir gut, Detective.“ Addies Blick fiel auf die verschränkten Hände von Saskia und Cam.

„Hunt ist der Verlobte meiner besten Freundin“, erklärte Saskia ihr.

„Und wer ist das?“ Addie sah Cam an und ein leichtes Lächeln umspielte ihre Lippen.

„Das ist mein ... Cam. Das ist Cam.“

„Dein Cam, ja? Nun, ich bin sehr froh, dass du mit einem Team von knallharten Typen befreundet bist, Saskia.“ Dann brach Addies Stimme.

„O Addie.“ Saskia nahm die Hand der Frau und drückte sie.

„Alles okay.“ Die Blondine schniefte und hob ihr Kinn. „Ich habe gehört, wie einige der Frauen drinnen ihre Geschichten erzählt haben ...“ Sie erschauderte.

Hunt legte Addie eine Hand auf die Schulter und winkte eine Polizistin herbei. „Warum besorgen wir dir nicht ein heißes Getränk, Addie?“

Addie nickte. „Das wäre schön.“

Addie und Saskia umarmten sich wieder. Saskia sah

der Frau hinterher, als sie hocherhobenen Hauptes davonging.

„Saskia, Savannah hat das Gästezimmer bei uns zu Hause für dich vorbereitet", sagte Hunt. „Sie kann es kaum erwarten, dich zu sehen. Sie hat mir ungefähr zwanzig Nachrichten geschickt."

Sofort wurde Saskia panisch, bekam kaum noch Luft. „Nein. Ich ..." Sie konnte sich ihre Gefühle nicht erklären. Ihre Finger umklammerten Cams.

Sie wusste, dass sie bei Hunt und Savannah in Sicherheit wäre. Immerhin war er ein verdammter Cop. Aber ... sie fühlte sich bei Cam sicher. Sie wollte nicht von ihm getrennt werden.

„Ich ..." Sie drehte sich zu Cam.

Sein grüner Blick war unleserlich, seine Lippen eine flache Linie. „Du solltest mit Hunt gehen. Savannah wird sich um dich kümmern."

Es fühlte sich wie eine Abfuhr an. Saskia trat einen Schritt zurück und sah, wie er die Lippen noch fester zusammenpresste. Aber sie hielt immer noch seine Hand.

„Ich will aber mit dir kommen", sagte sie.

„Saskia ..." Er hob ihre Hand.

„*Bitte*", flüsterte sie. „Ich möchte mich sicher fühlen. Ich ..." Ihr kamen die Tränen. Zu viele Emotionen tobten in ihr und sie war am Ende ihrer Kräfte.

Cam fluchte leise und zog sie an sich.

Sie schlang ihre Arme um ihn. „Du willst mich wahrscheinlich nur loswerden ..."

„Nein, das ist es nicht. Savannah kann sich um dich kümmern. Frauen können das besser."

„Aber Savannah will ich nicht. Ich will dich."

Sie spürte, wie er sich anspannte. Sie packte ihn fester, konnte ihn nicht loslassen.

„Saskia", sagte Hunt in einem tiefen, beruhigenden Ton. „Ich verspreche dir, wir werden –"

„Nein. *Nein.*" Sie schüttelte den Kopf.

Wahrscheinlich hielten sie alle für verrückt.

„Sie kommt mit mir", sagte Cam schließlich.

Im selben Moment legte sich Saskias Panik.

CAM SCHLOSS seine Haustür auf und führte Saskia hinein.

„Schön hier." Sie betrat seine Wohnung und sah sich um.

„Ich miete die Wohnung nur von Easton."

Die Zweizimmerwohnung befand sich in einem schicken Gebäude in SoMa, nur eine kurze Fahrt von der Norcross Zentrale entfernt. Die raumhohen Fenster boten einen großartigen Blick auf die Stadt und er mochte die Holzböden.

Sie nickte und schlang ihre Arme um sich. Sie trug immer noch das hübsche, blaue Kleid und die Decke um ihre Schultern. „Sie ist stilvoll und männlich. Ich mag das Holz und die dunklen Schränke in der Küche." Ihr Blick wanderte zu ihm. „Hast du dir eine Mietwohnung genommen, weil du mit einem Eigentum warten willst, bis du dich besser eingelebt hast?"

Er widerstand dem Drang, unbehaglich von einem Fuß auf den anderen zu treten. Sie hatten Gespräche am

Telefon geführt und er hatte ihr einiges erzählt, aber nicht alles.

Er zuckte mit einer Schulter. Verdammt, als er nach San Francisco zurückgekommen war, war er nicht sicher gewesen, ob er überhaupt bleiben würde. Er hatte sich von der Bombenexplosion erholt und um seinen besten Freund Kris getrauert, der dabei ums Leben gekommen war. Cam war sich nicht sicher gewesen, ob er bleiben konnte.

Zum Glück gefiel ihm sein Job bei Norcross Security.

Und seine Familie war unerbittlich. Seine Mutter kam häufig vorbei. Er ging mit seinen Brüdern regelmäßig aus, um Bier zu trinken und Burger zu essen. Allerdings könnte das jetzt, wo die beiden sich in ihre Frauen verliebt hatten, seltener werden.

Cam hatte kein Problem damit. Er freute sich für Hunt und Ryder und er mochte Savannah und Siv. Mit Siv war er jetzt, wo sie zusammen arbeiteten, auch befreundet. Sie war eine tolle Kollegin.

Saskia zitterte.

„Du brauchst eine Dusche", sagte er. „Um dich aufzuwärmen."

Sie starrte auf den Boden. „Um den Dreck abzuwaschen."

Er ermahnte sich, sie nicht zu berühren. Er konnte nicht riskieren, ihr zu nahezukommen. Er hatte ihr versprochen, dass er sie vor den bösen Jungs beschützen würde, und da schloss er sich selbst mit ein.

„Ich werde dir etwas zum Anziehen suchen und dann mache ich dir ...", sie brauchte etwas Warmes und Beruhigendes, „... einen Tee."

Sie nickte. „Tee klingt gut."

Verdammt, er hoffte, dass er Tee im Haus hatte.

Er führte sie ins Gästezimmer. Das Bett war mit einem cremefarbenen Laken bezogen und an der Wand hing ein geometrisches Kunstwerk in Blau und Orange. Er deutete auf das angrenzende Badezimmer. „Saubere Handtücher sind im Schrank."

Große, braune Augen sahen ihn an. „Danke, Cam."

Er nickte.

Sobald er hörte, dass die Dusche anging, machte er sich auf den Weg in sein eigenes Zimmer.

Es war nur spärlich dekoriert. Eine dunkelblaue Wand hinter dem Metallbett brachte etwas Farbe ins Spiel. Die weiche, graue Tagesdecke hatte ihm seine Mutter geschenkt und das kleine Gemälde war von Savannah.

Es zeigte eine langbeinige, graziöse Tänzerin, die sich gerade drehte.

Er kramte in seinem Kleiderschrank und fand ein sauberes T-Shirt und eine Jogginghose. Er wusste, dass beides für Saskia viel zu groß sein würde, aber für den Moment mussten die Sachen reichen.

Er ging zurück, um sie vor der Badezimmertür auf den Boden zu legen. Dann hörte er sie schluchzen.

Seine Hände krampften sich zusammen. Er wusste, dass er gehen sollte, aber ein tief verborgener Teil von ihm musste sie beschützen.

Auch vor ihrem eigenen Schmerz.

Cam öffnete die Badezimmertür und der Anblick, der sich ihm bot, tat ihm im Herzen weh.

Saskia saß auf dem Boden der Dusche, immer noch

in ihrem Kleid. Ihr Haar war offen und nass. Sie weinte, als ob ihr das Herz gebrochen worden wäre.

Er schlüpfte aus seinen Schuhen und trat in die Dusche, setzte sich neben sie und zog sie auf seinen Schoß.

Mit einem weiteren Schluchzen schmiegte sie sich an ihn und hielt sich fest. Das Wasser durchnässte seine Kleidung, aber er hatte schon weitaus Schlimmeres erlebt.

„Alles wird gut", sagte er.

„Ich weiß." Sie hickste. „Ich weiß nicht einmal, warum ich weine. Ich bin in Sicherheit, ich bin nicht verletzt. Manche der Frauen dort haben es viel schlimmer erwischt als ich. Was ihnen angetan wurde ..."

Cam spürte ein unangenehmes Brennen im Bauch. Er kannte dieses Gefühl nur zu gut. Er wusste, wie es war, zu überleben, während andere gute Menschen starben oder verletzt wurden.

Kris war sein bester Freund gewesen, ein Bruder in jeder Hinsicht. Sie waren zusammen zur Armee gegangen, hatten es zusammen zur Delta Force geschafft und später sogar zu den Ghost-Ops. Er war ein verdammt guter Mann mit einem mörderischen Sinn für Humor gewesen. Und weil Cam es vermasselt hatte, war er jetzt tot.

Ihm fehlten die Worte, um sie zu trösten, also zog er sie einfach enger an sich.

Lange Zeit saßen sie so da, während das Wasser über sie hinwegfloss.

Ihr Schluchzen wurde immer leiser und irgendwann

holte sie zittrig Luft. Sie spielte mit dem Knopf an seinem Hemd.

„Warum fühle ich mich bei dir so sicher?"

Verdammt. Er wollte ihr sagen, dass sie das nicht tun sollte. Aber in diesem Moment, mit Saskia in seinen Armen, konnte er es nicht.

„Du bist in Sicherheit, Saskia. Das verspreche ich dir." Er nahm ihr Kinn zwischen seine Finger.

Ihr Blick traf seinen und er sah den Hunger und das Verlangen, das sie nicht verbarg.

Mist.

„Ich lasse dich jetzt in Ruhe duschen. Da sind ein paar saubere Klamotten auf dem Badewannenrand. Jetzt gehe ich Tee kochen."

Sie wirkte enttäuscht, nickte aber. „Danke, Cam."

Selbst wenn er sich auf sie einlassen würde, würde er es nicht heute Abend tun. Nicht, solange sie sich nicht von ihrem Trauma erholt hatte und so verletzlich war.

Er schnappte sich ein Handtuch und ging hinaus. In seinem eigenen Badezimmer zog er sich die nassen Sachen aus. In seinem Kopf sah er ihr schönes Gesicht, die zarten Schultern, ihr dichtes, schwarzes Haar.

Verdammt. Sein Schwanz reagierte. Er knurrte, ignorierte ihn und trocknete sich ab. Er konnte sie nicht haben. Sie war nicht für ihn bestimmt. Das durfte er niemals vergessen.

Er zog sich Jeans und ein graues T-Shirt an.

In der Küche kochte er Teewasser und steckte ein paar Scheiben Toastbrot in den Toaster. Sie musste essen und wieder zu Kräften kommen.

Eine Bewegung in seinem Augenwinkel ließ ihn den

Blick heben. Sie kam mit einem zurückhaltenden Lächeln herein. Ihr Haar war ausgebürstet und offen.

Seine Jogginghose war ihr viel zu groß, aber sie hatte den Bund umgeschlagen, und sein T-Shirt hatte sie an der Seite verknotet. Sie sah aus wie ein kleines Mädchen, das Verkleiden spielte.

„Besser?", fragte er.

Sie nickte.

Er zog einen Stuhl unter dem runden Tisch heraus. „Der Tee ist fertig und ich habe dir Toast gemacht."

„Ich bin nicht hungrig."

„Wann hast du das letzte Mal gegessen?"

Sie biss sich auf die Lippe und winkelte die Beine unter sich an, als sie sich setzte. „Ich konnte es nicht riskieren, etwas zu essen. Ich hatte Angst, dass sie vielleicht Drogen ins Essen gemischt haben."

Er stellte den Teller und den Becher vor ihr auf den Tisch. „Iss", befahl er.

„Ich hätte nicht gedacht, dass du so gut im Rumkommandieren bist." Sie nippte an dem Tee, den er gemacht hatte.

„Darin bin ich sogar sehr gut."

Er setzte sich neben sie und sah ihr dabei zu, wie sie an einem Stück Toast knabberte.

Sie war am Leben. Die Erleichterung, die sich in ihm breitmachte, traf ihn schwer.

Sie strich sich ein paar feuchte Strähnen hinters Ohr. „Ich muss Sentinel Security anrufen und meinen Ensembleleiter, und dann –"

Er legte eine Hand auf ihre. „Du musst dich ausruhen. Vander hat sich bereits mit Wolf in Verbindung gesetzt. Und deinen Ensembleleiter kannst du morgen Früh auch noch anrufen."

„Killian?", fragte sie.

„Noch immer untergetaucht. Wolf wird ihn erreichen."

Sie aß eine halbe Scheibe Toast und wärmte ihre Hände an dem warmen Becher, als ihre Augenlider schwer wurden.

Er nahm ihr den Becher aus der Hand und stellte ihn auf den Tisch. „Bett." Das Adrenalin, das sie während ihrer Tortur angetrieben hatte, war abgeklungen. Sie brauchte Schlaf.

Saskia nickte gehorsam. Er führte sie ins Gästezimmer. Das Bett war ordentlich gemacht und er hatte die Nachttischlampe angelassen.

Sie fummelte am Saum seines T-Shirts herum. „Das hier ist wirklich schön."

Er streichelte ihre Wange und kämpfte gegen den Drang an, sie in seine Arme zu ziehen. „Denk daran, hier bist du sicher. Ich werde nicht zulassen, dass dich jemand stört."

„Okay", flüsterte sie.

Er küsste sie auf die Stirn. „Schlaf ein wenig."

Dann zwang er sich, zu gehen, und marschierte zurück ins Wohnzimmer. Er selbst könnte sowieso nicht schlafen. Er schaffte selten mehr als ein paar Stunden pro Nacht. Außerdem würde er dafür sorgen, dass niemand ihr auch nur eine Sekunde Schlaf raubte. Aber vor allem konnte er nicht riskieren, schreiend aus einem Albtraum hochzuschrecken. Es passierte zwar nicht mehr so oft, aber er würde es nicht darauf ankommen lassen.

Er ließ sich auf die Couch fallen und surfte durch die Kanäle. Er fand einen Thriller und ließ sich auf seine weiche Ledercouch zurücksinken, den Blick auf den Fernseher gerichtet, die Gedanken bei der schönen Ballerina ein Zimmer weiter.

Er hörte zwar kein Geräusch, sah aber vom Bildschirm auf und wusste, dass sie da war.

Sie hatte die Jogginghose ausgezogen und trug nur sein T-Shirt. Ihre langen, schlanken Beine waren nackt.

Verdammt. Er wurde sofort hart.

„Es ... es tut mir leid. Ich kann nicht schlafen. Ich will nicht allein sein."

Er schaffte es nicht, sie abzuweisen. Er war ja sowas von am Arsch.

Er öffnete seine Arme und sie ging geradewegs auf ihn zu. Er zog sie auf seinen Schoß und legte sich mit ihr seitlich auf die Couch. Gleichzeitig schnappte er sich die Decke, die seine Mutter ihm gekauft hatte – hellgrün und superweich – und zog sie über sie beide.

Saskia schmiegte ihren schlanken Körper an ihn und drückte ihr Gesicht an seine Brust. Sie stieß einen leisen Seufzer aus und er spürte, wie ein Teil der Anspannung von ihr abfiel.

Cam hielt einen starken Arm um sie gelegt und starrte an die Decke.

Er musste einen Weg finden, sie vor ihm zu schützen. Er konnte ihr nicht geben, was sie brauchte. Er lag da und hielt sie, bis sie eingeschlafen war.

KAPITEL SECHS

Saskia erwachte auf der Couch, umschlungen von starken, muskulösen Armen. Ihr Rücken war an Cams Körper gepresst und seine Morgenlatte drückte gegen ihren Hintern.

Sie fühlte sich sicher und kuschlig warm.

Sie kniff die Augen zusammen. Wie war es möglich, dass ihr Leben sie in Lichtgeschwindigkeit vom tiefsten Tiefpunkt zum höchsten Höhenflug katapultiert hatte?

Sie genoss, wie er sich anfühlte, seine Wärme und das Geräusch seines gleichmäßigen Atems.

Als sie spürte, dass er sich bewegte, rührte sie sich nicht und blieb mucksmäuschenstill. Seine Hand bewegte sich an ihrer Hüfte und sie hörte, wie er scharf einatmete.

„Morgen", sagte sie.

„Morgen." Er setzte sich aufrecht hin. „Tut mir leid, ich hatte nicht geplant, dass wir auf der Couch schlafen."

„Schon in Ordnung." Sie setzte sich auch auf. „So gut habe ich seit Ewigkeiten nicht mehr geschlafen."

Er runzelte die Stirn. „Ich auch nicht." Er stand auf und rieb sich die Stoppeln am Kinn. „Äh ... ich gehe schnell ins Bad und dann mache ich uns Frühstück. Wie fühlst du dich heute?"

Sie lächelte. „Viel ruhiger. Eine Mütze voll Schlaf ist die beste Medizin."

Er nickte, dann ging er hinaus.

Die Art, wie seine Jeans sich an seinen straffen Hintern schmiegten ...

Sie biss sich auf die Lippe. Eine Nacht in Camden Morgans Armen war tatsächlich die beste Medizin für sie.

Sie schlenderte zu dem schicken Soundsystem hinüber und spielte mit den Reglern. Aus den Lautsprechern ertönte Musik.

Sie musste lächeln, wippte mit den Hüften und ihre Sorgen verflogen. Die Musik floss durch ihren Körper und sie hob die Arme über den Kopf.

Sie drehte sich, hob ihr Bein und tanzte. Für ein paar kostbare Momente spürte sie nichts als pures Glück.

Sie machte eine Pirouette und ihr Blick fiel auf Cam, der sie von der Tür aus beobachtete.

„Oh." Stolpernd hielt sie inne und presste sich eine Hand auf die Brust. „Tut mir leid. Die Musik hat angefangen, zu spielen, und ich –" Sie machte eine Bewegung mit ihrer Hand.

„Und du hast dich davon mitreißen lassen?"

Sie nickte. Er beobachtete sie wie ein Falke. Sein Blick fiel auf ihre nackten Beine, bevor er wieder nach oben wanderte.

Die Hitze, die sie in seinen Augen sah, bewirkte, dass

ihre Beine sich anfühlten wie gekochte Spaghetti. Ihre Finger krümmten sich, ihre Nägel bohrten sich in ihre Handflächen. Er wollte sie. Sie hatte es von dem Moment an gespürt, als sie sich kennengelernt hatten, aber manchmal fragte sie sich, ob er sie genauso sehr wollte wie sie ihn.

Saskia glaubte nicht an die Liebe auf den ersten Blick. Liebe – wahre Liebe – brauchte Zeit.

Aber sie glaubte an Potenzial auf den ersten Blick.

Und je besser sie diesen knallharten, von Narben gezeichneten Mann kennenlernte, desto besser gefiel er ihr. Er war nicht egoistisch, nicht darauf bedacht, die neueste Mode zu tragen oder sich im angesagtesten Club fotografieren zu lassen.

Er war echt, ehrlich und hatte Rückgrat. Er besaß innere Stärke und Integrität.

Er trat an ihr vorbei. „Ich mache dann mal Frühstück. Sind dir Rühreier recht?"

Sie beobachtete ihn. Diese kontrollierten Bewegungen seines kraftvollen Körpers. Er schien keine Schwierigkeiten zu haben, die Anziehung zwischen ihnen zu ignorieren. Sie seufzte. Vielleicht war das, was sie fühlte, stärker.

„Saskia?"

Sie sah auf. Er beobachtete sie von der Kücheninsel aus.

Sie setzte ein strahlendes Lächeln auf. „Ich liebe Rührei." Sie ging in seine Richtung. „Wie kann ich dir helfen?"

„Du kannst dich um den Toast kümmern."

„Das ist wahrscheinlich eine gute Idee. Ich bin keine gute Köchin. Im Training esse ich sehr wenig und gesund. Joghurt ist mein Grundnahrungsmittel."

„Ist dir kalt?" Sein Blick lag wieder auf ihren Beinen. „Irgendwo habe ich vermutlich einen Morgenmantel."

Sie runzelte die Stirn. „Nein, mir ist nicht kalt. Und du wirkst auf mich nicht wie ein Mann, der einen Morgenmantel besitzt."

Seine Mundwinkel zuckten. „Tue ich aber. Er war ein Geschenk meiner Mutter. Ich habe einen ganzen Schrank voll mit Dingen, die sie mir geschenkt hat und die ich noch nie benutzt habe."

„Ich brauche wirklich keinen." Ein Mann, der seine Mutter nicht verärgern wollte und Geschenke aufbewahrte, mit denen er nichts anfangen konnte, hatte etwas für sich.

Saskia machte sich daran, das Toastbrot aus dem Brotkasten zu holen und in den Toaster zu stecken. Cam fing an, die Zutaten aus dem Kühlschrank zu holen.

„Ich muss heute meinen Ensembleleiter anrufen", sagte sie. „Und ein paar neue Sachen zum Anziehen kaufen."

„Übertreib es nicht. Nimm dir die Zeit, dich zu erholen."

Sie biss sich auf die Lippe. Die schrecklichen Erinnerungen versuchten wieder, in ihren Kopf zu kriechen, aber sie verdrängte sie. „Ich werde auch Addie anrufen. Ich will wissen, wie es ihr geht. Gott, diese armen Frauen."

„Sie sind jetzt in Sicherheit."

Sie nickte. „Dank dir. Du bist mein Held. Wenn du nicht bemerkt hättest, dass etwas nicht stimmt ..."

Die Musik wechselte zu einem schnellen Popsong und sie tanzte zum Kühlschrank hinüber. Als sie sich mit einer Flasche Saft in der Hand umdrehte, starrte Cam sie an.

Alles andere um sie herum verschwand und es waren nur noch sie beide da.

„Ich bin kein Held", sagte er.

„Für mich bist du einer. Ich weiß, dass du schreckliche Dinge gesehen –", sie zögerte und stellte den Saft ab, „und wahrscheinlich auch getan hast. Dafür bin ich dir dankbar. Du hast gekämpft, damit ich solche Dinge niemals erleben muss. Du hast dich geopfert, damit ich es niemals muss, und dafür kann ich dir gar nicht genug danken."

Er wirkte ergriffen. „Ich will keinen Dank."

Sie warf den Kopf zurück. „Ich weiß, aber du bekommst ihn trotzdem. Und ein extra Dankeschön dafür, dass du gekommen bist, um mich zu retten." Sie stellte sich dicht vor ihn und drückte eine Hand auf sein T-Shirt. „Ich werde immer nur den Helden sehen, auch wenn er ein paar Schrammen und Dellen abbekommen hat."

Er gab einen Laut von sich, ein tiefes, gedämpftes Grollen. Er ließ den Holzlöffel fallen, den er in der Hand hielt, und seine Arme schlossen sich um ihre Taille.

Saskias Puls ging durch die Decke. Ihre Körper prallten aufeinander.

Er legte eine Hand an ihren Hinterkopf und küsste sie.

Oh. *O Gott*.

Er schmeckte nach Pfefferminz-Zahnpasta und Mann. Sie öffnete ihre Lippen und seine Zunge glitt dazwischen hindurch.

Der Kuss wurde leidenschaftlich und begierig. Ihr Verlangen – ein loderndes Feuer – war wie eine Explosion der Lust in ihrem Unterleib.

Sie stöhnte und ließ ihre Hände über sein kurzes Haar gleiten. Cam gab ein Geräusch von sich, das wie ein Blitz zwischen ihren Beinen einschlug. Hätte sie ein Höschen getragen, wäre es jetzt klatschnass.

Sein Arm wanderte nach unten. Er umfasste mit den Händen ihren Hintern und hob sie hoch.

Ihr Herz pochte. Er tat es mit solcher Leichtigkeit, als ob sie leicht wie eine Feder wäre. Ihre Schenkel berührten den kühlen Stein, als er sie auf den Tresen setzte, ohne ihren Kuss zu unterbrechen.

Ganz im Gegenteil, er vertiefte ihn weiter und sie zog ihn an sich, zwischen ihre gespreizten Beine. An diesem Kuss war nichts Liebliches oder Nettes oder Unschuldiges.

Er war heiß, sexy und wild und sie brauchte mehr.

Seine Hand glitt ihren Schenkel hinauf. Sie zitterte. Sie spürte das berauschende Kratzen seiner Schwielen. Seine Hände waren nicht weich oder gepflegt. Seine starken Finger streiften die Haut ihrer Innenschenkel und sie keuchte.

„Verflucht, du bist nackt", presste er durch zusammengebissene Zähne hervor.

„Ich ... musste mein Höschen mit der Hand waschen."

Er knurrte. „Du bist so verdammt schön." Seine Finger streichelten über ihre Falten und sie zuckte zusammen. Er streichelte sie wieder.

O Gott. Es fühlte sich so gut an. Saskia konnte nicht mehr denken, nur noch fühlen. Sie küsste ihn fordernder und wand sich unter seinen Fingern. Sie saugte an seiner Zunge.

Er ließ seinen Finger in sie gleiten und sein Daumen fand ihre Klitoris.

Sie klammerte sich an seine starken Oberarme und rieb sich an seiner Hand.

„Hör nicht auf", keuchte sie gegen seine Lippen.

Ein weiterer Finger dehnte sie und er rieb ihre Klitoris. Saskias Höhepunkt brach über sie herein.

Als sie aufschrie und ihr Orgasmus ihren ganzen Körper zum Beben brachte, klammerte sie sich an ihn.

Er war ihr Zufluchtsort. Ihr Beschützer.

„*Gott.*" Er küsste sie erneut. „Wunderschön."

Keuchend griff sie nach dem Bund seiner Jeans.

Er packte ihr Handgelenk. „Saskia."

Sein Tonfall ließ sie aufblicken und schlagartig verflog jedes Glücksgefühl.

O nein. Sein Gesicht war angespannt, der innere Kampf darin deutlich zu lesen. Er trat zurück und sie schloss ihre Beine. Plötzlich war ihr eiskalt.

„Cam ..."

„Ich bin ein Arschloch."

„Nein, das bist du nicht", entgegnete sie.

„Ich hätte das nicht tun sollen." Er starrte auf den Boden und seine Brust hob sich.

„Ich wollte es."

Er hob den Kopf. „Ich kann dir nicht geben, was du verdienst. Ich wünschte, ich könnte es, mehr als alles andere, aber ich kann es nicht."

Sie biss sich auf die Lippe und spürte eine Welle der Traurigkeit. Sein Gesicht ... es lag so viel Schmerz darin.

Sie wollte ihm so sehr widersprechen. Ihn anflehen, für sie zu kämpfen. Aber sie merkte, dass sie es nur noch schlimmer für ihn machte.

„Es tut mir leid", sagte er mit gequälter Stimme.

Sie schlug die Hände zusammen. „Du hast mir von Anfang an gesagt, dass du ... im Moment keine Beziehung willst." Aber sie hatte ihn gedrängt und gehofft, dass er seine Meinung ändern würde.

Diese Hoffnung musste sie begraben.

Gott, alles, was sie miteinander gehabt hatten, waren ein heißer Kuss und ein paar Gespräche am Telefon gewesen, und doch fühlte sich das hier wie ein Schlag ins Gesicht an – schlimmer als ihre letzte Trennung.

„Du bist eine wunderbare Frau, Saskia. Du bist herzlich, wunderschön, talentiert und eine gute Freundin."

Autsch. Das war noch schlimmer.

„Es tut mir leid, wenn das –", er deutete zwischen sie – „dich glauben hat lassen, ich wäre dazu in der Lage."

Er war ein guter Mensch und bemühte sich, sie nicht zu verletzen.

Er brauchte nicht zu wissen, dass sie innerlich gerade zerbrach.

Sie sprang von der Theke. „Du bist ein guter Kerl, Cam." Sie bemühte sich, zu lächeln. „Ich bin dir so dankbar, dass du mich gefunden und dich um mich gekümmert hast."

Er presste eine Hand in seinen Nacken. „Ich wünschte, ich hätte dich kennengelernt, bevor ich zur Armee gegangen bin. Bevor ..."

„Du bist immer noch mein Held."

Er verzog das Gesicht. „Bin ich nicht."

„Das bist du, aber ich verstehe, dass du es nicht sehen kannst. Ich sehe auch den Mann, weißt du? Er ist genauso faszinierend wie der knallharte Soldat." Sie stellte sich dicht vor ihn und drückte ihm einen sanften Kuss auf die Wange. „Ich hoffe, du findest, was du brauchst. Was dich glücklich macht."

Auch wenn das nicht sie war.

Er starrte sie nur an und in seinen Augen tobte eine Vielzahl von Emotionen. „Es tut mir leid."

„Ich weiß. Ich gehe jetzt duschen." Sie zog sich von ihm zurück und lächelte nach außen hin weiter, obwohl ihr innerlich zum Heulen zumute war. „Und danach werde ich Savannah anrufen."

CAM STÜRMTE in sein Büro bei Norcross und klatschte eine Akte auf seinen Schreibtisch.

Er hatte zu tun. Bei Norcross Security gab es immer genug Arbeit. Er atmete tief aus und steckte die Hände in die Hosentaschen. Es fiel ihm schwer, sich zu konzentrieren.

Du bist mein Held, Cam.

Bin ich nicht.

Das bist du, aber ich verstehe, dass du es nicht sehen kannst. Ich sehe auch den Mann, weißt du? Er ist genauso faszinierend wie der knallharte Soldat.

Ging es ihr gut? Sie war so ruhig gewesen, als Savannah sie vor seiner Wohnung abgeholt hatte. Er hatte sie die Treppe hinunterbegleitet und bis ins Auto gebracht.

Machs gut, Camden.

Ihr Ton war so verdammt endgültig gewesen.

Sie nahm sich ein oder zwei Tage Zeit, um sich zu erholen, bevor sie zurück nach New York fliegen würde.

New York. Auf die andere Seite des gottverdammten Landes.

Er hatte das Richtige getan. Für sie. Das musste er sich immer wieder vor Augen führen. Sie verdiente einen Mann, der ihr alles geben konnte.

Nicht jemanden wie ihn.

Ein Muskel kribbelte in seinem Kiefer. Sosehr er sich auch etwas anderes wünschte, er war nicht der richtige Mann für sie.

Aber warum zur Hölle tat es dann so verdammt weh? Er starrte auf seinen Schreibtisch und versuchte, all diese Gedanken aus seinem Kopf zu verbannen.

„Alles klar?", fragte eine tiefe Stimme.

Er drehte sich um. Rome Nash stand in der Tür. Der große Bodyguard beobachtete ihn.

Cam stieß einen Atemzug aus. „Ich bin immer noch stinksauer, dass Mikhailov entkommen ist." Er wäre viel glücklicher, wenn der Russe im Knast säße. Er musste zwar längst über alle Berge sein, aber trotzdem.

„Ich habe gehört, dass die Bundespolizei alle seine Anwesen im ganzen Land durchsucht", sagte Rome.

Cam nickte. „Das Arschloch ist wahrscheinlich in einen Privatjet gestiegen und sonnt sich gerade in Mexiko oder auf Tahiti oder Bora-Bora."

Rome hob sein Kinn. „Wie geht es deiner Ballerina?"

„Sie ist nicht meine Ballerina."

Der Mann hob eine dunkle Augenbraue. „Weiß sie das auch?"

„Ich habe es ihr gesagt." Cam schluckte seine Frustration hinunter. In Wahrheit kannte er Saskia doch kaum und deshalb sollte es auch nicht so verdammt wehtun, das zu verlieren, was hätte sein können. „Ich … kann ihr nicht geben, was sie braucht."

Romes grüner Blick war wie ein Laser. „Bist du dir da sicher?"

„Ich bin mir sicher", sagte Cam knapp.

Rome hob eine breite Schulter. „Für mich hat es sogar sehr danach ausgesehen, dass du ihr ganz genau das gegeben hast, was sie braucht." Mit einem Nicken ging er den Flur entlang zurück in sein Büro.

Cam stand einen langen Moment da und starrte durch die Glaswände in die Lagerhalle hinaus. Eine Sekunde später tauchte ein weiteres bekanntes Gesicht auf.

„Hey", sagte sein Bruder Ryder. Er trug seine Sanitäteruniform nicht, was wohl bedeutete, dass er eine Schicht in der öffentlichen Klinik im Tenderloin geschoben hatte, in der er freiwillig arbeitete. Sein braunes Haar war fast so lang, dass es ihm über die breiten Schultern fiel.

„Hey", antwortete Cam.

„Wie geht es Saskia?"

„Heute Morgen ging es ihr noch gut. Sie ist jetzt bei Savannah."

Ryder legte den Kopf schief. „Aber sie wohnt doch bei dir, solange sie hier ist, oder?"

„Nicht mehr. Sie bleibt ein paar Tage bei Hunt und Savannah, bevor sie zurück nach New York fliegt."

Ryder schüttelte den Kopf. „Du Idiot."

Cam funkelte seinen Bruder an. „Fang gar nicht erst damit an, Ryder."

„Sie steht auf dich. Sie hatte den schlimmsten Tag ihres Lebens und sie wollte *dich*."

„Ich habe sie doch rausgeholt", presste Cam hervor.

„Sie brauchte mehr als das."

„Das weiß ich, Ryder. Deshalb habe ich sie doch weggeschickt."

Sein Bruder schüttelte den Kopf. „Du belügst dich selbst."

Wut brodelte in seinem Bauch. Es hatte angefangen, als er zugesehen hatte, wie Saskia in Savannahs Auto gestiegen war. „Hör zu. Du, Hunt, die anderen, ich verstehe, dass ihr alle verliebt seid. Ihr habt wunderschöne Frauen, ihr habt eure Leben im Griff –" Er fluchte und sah weg. „Ihr seid viel länger wieder zurück als ich ... und ich bin mir nicht sicher, ob ich dieses Leben jemals im Griff haben werde." Nicht so, dass er einer Frau wie Saskia alles geben konnte, was sie brauchte.

Ryder war für einen Moment still, dann seufzte er. „Ich liebe dich, Bro. Ich bin für dich da. Ich denke immer noch, dass du dir da selbst etwas vormachst, und du machst einen Fehler mit Saskia, aber ich verstehe es."

Cam nickte ihm nur knapp zu.

„Hast du die Nummer dieses Psychologen?", fragte Ryder.

Cam versteifte sich. „Ja." Er hatte bisher keinen Termin mit dem Mann vereinbart. Die Dinge, die geschehen waren, wieder auszugraben, über Kris zu reden, die Umstände zu zerpflücken, unter denen sein Kamerad und Freund gestorben war, als wäre er nichts weiter als ein Problem, das es zu lösen galt, gefiel Cam nicht.

„Er ist gut, Cam. Wir waren alle nach unserer Rückkehr bei ihm. Er ist selbst ein ehemaliger Soldat. Er versteht uns." Ryder drückte Cams Arm. „Du bist es wert, diesen Mist hinter dir zu lassen. Und ist sie es wert?" Mit einem Klaps auf Cams Schulter ging Ryder nach draußen. „Jetzt besuche ich meine Frau." Er erhob seine Stimme. „Wo ist meine wunderschöne norwegische Blume?"

Cam schüttelte den Kopf. Ryder hatte Glück, dass Siv ihm nicht eine knallte.

Er ließ sich Ryders Worte durch den Kopf gehen. Vielleicht sollte er ernsthaft darüber nachdenken, mit diesem Psychologen zu reden. Er könnte es zumindest versuchen.

Er ging den Flur entlang zu Vanders Büro und klopfte an. Sein Boss stand an seinem Schreibtisch und telefonierte. Er hob einen Finger, als er Cam sah.

„Okay, wenn du noch etwas herausfindest, ruf mich an. Ja." Vander beendete das Gespräch.

„Irgendwas Neues über Mikhailov?"

Vander umrundete den Schreibtisch und lehnte sich dagegen. „Nein. Wir haben keine Bestätigung, dass er San Francisco oder das Land verlassen hat. Offen gesagt, haben wir überhaupt nichts."

„Er würde es nicht riskieren, in der Stadt zu bleiben."

„Sollte man meinen. Der Typ mag seinen protzigen Lebensstil und das FBI durchkämmt seine Besitztümer in den Staaten. Aber zumindest an einen Teil seines Geldes kommt er trotzdem ran und das macht es schwieriger, ihn zu finden."

Es war gut, dass das Arschloch keinen Zugriff auf sein gesamtes Vermögen hatte. Es war zumindest eine kleine Genugtuung für Cam. Für die Frauen, die Mikhailov gefangen gehalten hatte, war es jedoch ein schwacher Trost.

„Hunt sagt, dass ein paar der Wachen, die sie auf dem Anwesen festgenommen haben, reden", fuhr Vander fort. „Es gab im letzten Jahr noch mehr Frauen. Manche wurden ins Ausland verfrachtet, andere verschwanden, nachdem sie ... in Ungnade gefallen waren." Wut schwang in Vanders Stimme mit.

Cam presste die Lippen zusammen. „Mikhailov ist ein gigantisches Arschloch."

„Ja."

„Leute." Saxon tauchte in der Tür auf. Er trug Anzug und Mantel und sein goldblondes Haar war vom Wind ganz zerzaust. „Ich habe da was."

Vander richtete sich auf. „Schieß los."

„Ein Informant hat Mikhailov mit zwei seiner besten Bodyguards gesehen. Einer ist Russe, der andere Amerikaner. Ein Ex-Militär, der unehrenhaft entlassen wurde."

„Wo wurden sie gesehen?", fragte Cam.

Saxons Blick traf den seinen. „Hier. In der Stadt. Er hat San Francisco nicht verlassen."

Vander holte tief Luft.

Cam spürte, wie sich seine Sinne schärften. „Er will Saskia immer noch."

„Das wissen wir nicht", sagte Vander.

„Er ist besessen von ihr. Der Typ ist doch krank." Cams Magen zog sich zusammen. Er hatte ein mieses Gefühl bei dieser Sache.

„Ich habe bereits alle Informanten in unserem Netzwerk auf ihn angesetzt", sagte Saxon.

„Wo genau wurde er gesehen?", fragte Vander.

„Nob Hill. Auf dem Weg zu einem Makler, der hochwertige Waren veräußern kann."

„Er versucht also, Geld aufzutreiben, das nicht nachverfolgbar ist." Vanders Blick wurde nachdenklich. „Er hat nicht mehr Zugang zu all seinen Konten und er ist schlau genug, zu wissen, dass wir sie überwachen."

„Er wird versteckte Konten im Ausland haben", sagte Cam. „Das tun diese Ratten immer."

„Ich will, dass er gefunden wird", sagte Vander.

„Es ist wahrscheinlich, dass er sich das Geld beschafft, damit er die Stadt und das Land verlassen kann", sagte Saxon.

Cam hoffte es. Er hätte Mikhailov gern tot oder im Gefängnis gesehen, aber er würde sich schon damit zufriedengeben, dass das Dreckschwein weit, weit weg von Saskia war.

Cam wollte, dass sie wieder sicher war. Dann wurde ihm die traurige Wahrheit wieder bewusst. Es war nicht seine Aufgabe, sie zu beschützen, denn sie gehörte nicht zu ihm.

Sie war ohne ihn besser dran.

KAPITEL SIEBEN

„Hier, bitte." Saskia schenkte ihrer besten Freundin ein Lächeln und nahm den Kaffee von Savannah entgegen. „Danke."

Sie winkelte die Beine unter sich auf Savannahs Couch an und drehte sich dann zur Seite, um aus dem großen Fenster zu schauen. Das Stadthaus von Savannah und Hunt lag südlich der Stadt in der Bucht. Sie sah mehrere Frachtschiffe, die weit draußen vor Anker lagen. Der Himmel über ihnen war bewölkt.

Er passte zu ihrer Gefühlslage. Sie nippte an ihrem Kaffee und versuchte trotz allem, nicht den Kopf hängen zu lassen.

Ihr Herz fühlte sich an, als wäre es grün und blau geschlagen worden. Sie nippte erneut an ihrem Kaffee und konzentrierte sich darauf, ihren Kummer zu ignorieren.

Sie hatte nicht vor, an Cam zu denken.

„Danke, dass du mich abgeholt hast. Und dass ich bei euch bleiben kann."

„Jederzeit." Savannah ließ sich neben sie fallen und legte einen Arm um Saskia.

Saskia lehnte sich vor. Savannah roch nach Farbe. Sie hatte ihre Freundin so sehr vermisst, während sie auf der Flucht vor ihrem Stalker gewesen war. Savannah war immer auf dem Sprung gewesen, hatte sich nirgendwo lange aufgehalten und weder Saskia noch ihre Familie kontaktieren können. Saskia hatte sich während der ganzen Zeit riesengroße Sorgen um sie gemacht.

Dann war Savannah ins Nachbarhaus von Detective Hunter Morgan eingezogen und er hatte alles verändert. Savannahs Stalker saß im Gefängnis und sie konnte endlich wieder ihre Kunst öffentlich zeigen. Und sie war schwer verliebt in Hunt.

„Ich habe dich vermisst, Savannah."

„Ich habe dich auch vermisst, Sass."

Saskias Blick wanderte zu dem Gemälde an der Wand.

Es war in Savannahs typischem Stil gemalt, mit Farbtupfern, die ihm ein impressionistisches, verträumtes Aussehen verliehen. Der Mann trug Hemd und Krawatte. Die Frau war nackt, nach hinten gebeugt und ihr hellblondes Haar fiel wie ein Wasserfall hinab, während ihr Liebhaber ihren Schenkel fest an seine Hüfte presste und sich über sie beugte.

Es steckte so viel Leidenschaft in diesem Bild. Es war offensichtlich, dass es sich bei dem Paar um Hunt und Savannah handelte. Ob auf einem Gemälde oder im wirklichen Leben, die Art, wie der älteste Morgan-Bruder Savannah ansah, war atemberaubend.

„Hast du mit deinem Ensembleleiter gesprochen?", fragte Savannah.

Saskia nickte. Sie hatte ihn gleich angerufen, nachdem sie bei Savannah angekommen war. „Anthony hat mir ein paar Tage freigegeben. Er ist einer der besten Leiter, mit denen ich je gearbeitet habe, und er kümmert sich wirklich um seine Tänzer. Er wird meinen Platz freihalten. Ich mache meine Dehnübungen und trainiere weiter, und wenn ich zurück in New York bin, steige ich nahtlos wieder ins Training ein."

Aber sie fragte sich, wo ihr üblicher Funke der Begeisterung geblieben war. Sie fühlte sich immer noch so düster, wie der Himmel draußen aussah.

Savannah berührte Saskias Arm. „Willst du darüber reden, was mit Cam passiert ist?"

Saskias Magen zog sich zusammen. „Ich war ein Problem für ihn", sagte sie leise.

Savannah legte den Kopf schief. „Was meinst du damit?"

„Er hat mich gewarnt, dass er noch nicht bereit für eine Beziehung ist. Er findet sich gerade erst in seinem neuen Leben ein. Versucht, über das hinwegzukommen, was davor passiert ist. Er hat … viel durchgemacht. Das hat ihn gezeichnet."

„Das weiß ich. Aber ich glaube, er braucht Liebe und Zuneigung, damit seine Wunden heilen."

„Das hatte ich auch gehofft." Saskia seufzte. „Ich fühle mich wirklich zu ihm hingezogen. Ich möchte mit ihm reden, mit ihm zusammen sein, ihn schmecken, seine

Haut auf meiner spüren. Ich möchte neben ihm schlafen, mit ihm aufwachen, mit ihm kochen."

„Oh, Saskia." Savannah sah ihre Freundin mitfühlend an.

„Er gibt mir das Gefühl, etwas Besonderes zu sein, Savannah, wunderschön, und es hat nichts mit dem Tanzen zu tun. Bei ihm fühle ich mich sicher. Ich weiß, wenn er mir die Chance gäbe, könnte ich mich Hals über Kopf in ihn verlieben."

„Das ist nicht nur Anziehung. Das ist etwas viel Tieferes, Saskia. Du musst ihm sagen, was du fühlst."

Sie schüttelte den Kopf. „Nein. Ich bin so weit gegangen, wie ich konnte. Er hat gesagt, er schafft es nicht. Und ich konnte sehen, wie hart es für ihn ist." Sie seufzte. „Du kannst einen Mann nicht dazu zwingen, dich zu wollen, Savannah. Er hat eine Mauer zwischen uns hochgezogen und ich muss auf meiner Seite davon bleiben."

Savannah nahm ihre Hand und drückte sie.

„Außerdem will ich das, was du hast." Ihr Blick wanderte wieder zu dem Gemälde an der Wand. „Einen Mann, der mich sosehr will, dass er es mit jedem aufnehmen würde, um mich zu kriegen." Und diese Worte machten Saskias Liebeskummer noch viel schlimmer.

„Camden Morgan ist verrückt nach dir, Saskia", sagte Savannah entschlossen. „Er will es sich nur nicht eingestehen und lässt seine Dämonen den Kampf gewinnen."

„Lassen wir das Thema einfach, okay?"

Savannah seufzte. „In Ordnung. Ich werde in meinem Atelier ein bisschen malen."

Saskia wusste, dass Hunt ein Zimmer im obersten Stockwerk für Savannah umgebaut hatte. „Geh." Sie scheuchte ihre Freundin weg. „Du brauchst dich nicht um mich zu kümmern. Ich mache ein paar Dehnübungen."

Savannah steckte sich eine blonde Locke hinters Ohr. „Wir haben für heute Abend etwas geplant. Mit der Gang. Gia hat es organisiert. Es ist eine Veranstaltung für Firelight, ihre PR-Agentur. Alle sind eingeladen." Savannah hielt inne. „Auch Cam. Er taucht nicht immer auf –"

„Ist schon gut, Savannah. Ich werde ihm nicht aus dem Weg gehen. Und ich glaube, auszugehen, täte mir gut." Sie war wild entschlossen. Sie würde nicht zulassen, dass sie wegen der Entführung oder ihres Liebeskummers etwas im Leben verpasste. „Ich kriege das schon hin."

Savannah sah nicht hundertprozentig überzeugt aus. „Okay, wenn du dir sicher bist? Und Cocktails können eine Menge Probleme lösen." Ihre Freundin lächelte. „Zumindest vorübergehend. Wollen wir heute Nachmittag shoppen gehen? Du brauchst ein paar neue Sachen."

Saskia hob eine Schulter. „Vielleicht morgen?" Sie war nicht in der Stimmung für eine Shoppingtour.

„Klar doch. Für heute Abend kannst du dir ein Kleid von mir leihen."

„Hab dich lieb", sagte Saskia.

Savannah beugte sich hinunter und umarmte sie. „Ich dich auch. Bald geht es dir wieder gut."

„Ich weiß." Irgendwann. Irgendwann würde sie über

dieses unstillbare Bedürfnis nach Camden Morgan hinwegkommen.

Ihr neues Handy klingelte und sie hob ab. „Es ist eine Nachricht von Wolf. Killian hat sich immer noch nicht gemeldet." Saskia spielte mit dem Handy und versuchte, sich keine Sorgen um ihren Bruder zu machen. „Er wird so wütend sein, dass das alles passiert ist und er nicht hier war."

„Wenn er zurückkommt, wird er dafür sorgen, dass Mikhailov bezahlt. Ich habe keinen Zweifel, dass er das Arschloch zur Strecke bringen wird. Deinen Bruder möchte ich niemals zum Feind haben."

„Er war nicht da, als unsere Mutter starb. Er fühlt sich deswegen immer noch schuldig." Saskia war achtzehn Jahre alt und ganz allein gewesen.

„Ich weiß." Savannah verschränkte ihre Hände mit denen ihrer Freundin. „Aber du bist kein Teenager mehr. Du hast Freunde und Menschen, denen du wahnsinnig wichtig bist. Dazu gehört auch die ganze Gang hier ... und Cam, ganz egal, was da zwischen euch beiden los ist."

Saskia schenkte ihrer Freundin ein trauriges Lächeln. Sie wollte nicht an Cam denken, denn sonst müsste sie sich damit abfinden, dass überhaupt nichts zwischen ihnen los war – und auch nie sein würde.

ALS SASKIA GIAS PARTY BETRAT, setzte sie ein Lächeln auf.

Die Location war beeindruckend – Gia hatte die

Rooftop-Bar im Marriott Marquis-Hotel dafür gemietet und alles hier war einfach atemberaubend. In der View Lounge gab es ein riesiges, vom Jugendstil inspiriertes Rundbogenfenster, das einen sensationellen Blick auf die Stadt bot.

Sie zupfte am Saum des roten Kleides, das sie sich von Savannah geliehen hatte. Sie war ein paar Zentimeter größer als ihre Freundin, deshalb saß es ein wenig knapp. Es war ein blutrotes Wickelkleid mit langen Ärmeln. Ihr Haar trug sie offen und es reichte bis zur Mitte ihres Rückens.

Sie sah sich unauffällig in der Menge um. Von Cam war nichts zu sehen. Ihr Herz pochte. Sie war enttäuscht und erleichtert zugleich.

Hunt drückte sowohl ihr als auch Savannah eine Hand in den Rücken und führte sie hinein. Er sah in seinem Anzug unglaublich gut aus.

Als er heute nach Hause gekommen war, hatte er ihr erzählt, dass Mikhailov in San Francisco gesichtet worden war. Die Neuigkeit hatte ein unangenehmes Kribbeln in ihrem Magen ausgelöst. Sie hatte wirklich gehofft, dass der Mann weit, weit weg war.

Dennoch hatte Hunt es so klingen lassen, dass Mikhailov Wertgegenstände verpfändete, um an Geld zu kommen. Das bedeutete doch bestimmt, dass er bereits seine Flucht plante.

„Hallöchen." Gia Norcross eilte herbei. Die kleine, kurvige Brünette trug ein schwarzes Kleid mit V-Ausschnitt, das ihr Dekolleté zur Schau stellte. Am unteren Rand des tiefen Ausschnittes hing ein goldenes Dolce & Gabbana-Logo. An ihren Ohren baumelten

Diamanten. „Meine Damen, ihr braucht beide den Cocktail, den ich speziell für diese Party kreiert habe."

Saxon, der in seinem blauen Anzug sehr elegant aussah, schlenderte hinter Gia heran. „Ich nenne ihn die Contessa. Weil er genauso reinhaut wie meine Contessa." Er drückte seiner Verlobten einen Kuss auf den Mund.

Gia hielt sich an seinem Revers fest und erwiderte den Kuss, wobei sie für einen Moment ihre Pflichten als Gastgeberin vergaß. So wie der Kuss aussah, konnte Saskia es ihr allerdings nicht verübeln.

Bald stand Saskia mit Gia, Savannah, Rhys' Verlobter Haven, Harlow und Prinzessin Sofia von Caldova in einer geselligen Runde zusammen. Sofia war mit dem großen, heißen Bodyguard Rome Nash verlobt. Zum Glück war sie genauso liebenswert und wunderschön wie die Medien sie darstellten, und es war klar, dass sie Rome um den kleinen Finger gewickelt hatte.

Brynn steckte bei der Arbeit fest und war nicht da, und Ryder hatte sich mit Siv einen ruhigeren Platz gesucht. Ganz in der Nähe tranken die restlichen Norcross-Männer Bier und unterhielten sich. Nur Cam war immer noch nicht aufgetaucht.

Ihr Blick wanderte zu Ryder und Siv, die an der Bar flirteten. Es war schön, die beiden zu beobachten. Sie waren frisch verliebt und es war offensichtlich, dass zwischen ihnen die Funken flogen. Saskia mochte den gut aussehenden, charmanten Sanitäter, und die taffe Siv schien perfekt zu ihm zu passen.

„Ich bin so froh, dass es dir gut geht, Saskia." Sofie

legte ihr eine Hand auf den Arm. „Es war einfach schrecklich, was dir passiert ist."

„Danke", sagte Saskia.

„Ich hatte selbst einmal einen unglücklichen Zusammenstoß mit der russischen Mafia." Haven schüttelte sich. „Eine Erfahrung, die ich nicht wiederholen möchte."

„Ich bin Vander und den anderen wirklich dankbar, dass sie mich da rausgeholt haben", sagte Saskia.

„Wieder einmal sind die Männer von Norcross Security zur Rettung geeilt", sagte Gia. „Und Frauen – Siv ist jetzt auch Teil des Teams."

„Wenn mein Bruder hier gewesen wäre, hätte er mich bestimmt gefunden, aber er ist im Ausland unterwegs." Saskia legte den Kopf schief und schwenkte ihr fast leeres Glas. „Was wahrscheinlich ein Glück ist. Er hätte ... ein riesengroßes Durcheinander angerichtet."

Das Gespräch verlagerte sich und als die Frauen sich weiter unterhielten, spürte Saskia ein Kribbeln in ihrem Nacken. Sie drehte sich um und sah Cam.

Ihr Mund wurde trocken. Er lächelte nicht und sah so verdammt gut in seinem dunkelgrauen Anzug aus. Als er in die Lounge kam, sah sie, wie manche der Frauen ein Auge auf ihn warfen.

Ihre Blicke trafen sich.

Sie straffte ihre Schultern. *Sei einfach höflich. Du wirst das durchstehen.* Sie musste es ihm nicht noch schwerer machen. Die Leute hier waren seine Freunde und Familie.

Außerdem wäre sie in ein paar Tagen wieder weg. Sie nickte ihm zu und wandte sich dann ab.

Doch obwohl sie sich innerlich Mut zusprach, spürte sie, wie ihre Brust sich zusammenzog. Sie bekam kaum noch Luft.

„Wer braucht noch eine Contessa?", fragte sie und hielt ihr Glas hoch.

Drei der Frauen meldeten sich und sie machte sich auf den Weg zur Bar. Dort ergatterte sie einen freien Platz, lehnte sich gegen die glatte Oberfläche und atmete tief durch.

In Cams Nähe zu sein, würde weniger schmerzhaft werden ... irgendwann.

CAM STARRTE AUF SASKIAS RÜCKEN. Er ließ seinen Blick über sie wandern, in diesem roten Kleid, das ihm den Atem raubte. Es saß nicht hauteng, aber trotzdem schien es sich an ihren schlanken Körper zu schmiegen wie eine zweite Haut. Und es zeigte sehr viel von ihren schlanken Beinen.

„Hier, sieht aus, als könntest du es brauchen." Hunt drückte Cam ein Bier in die Hand.

Seine Finger legten sich um das kühle Glas. Saskia stand an der Bar, die Haare offen, schwarz auf rotem Hintergrund. Eine atemberaubende Kombination.

Er bekam sie nicht aus seinem verdammten Kopf. Heute im Büro war er abwechselnd besorgt über die Tatsache gewesen, dass Mikhailov noch in der Gegend war, und dann hatten ihn wieder Gedanken an Saskia gequält.

Du hast das Richtige getan, Arschloch.

Er musste sich zwingen, seinen Griff um die Bierflasche zu lockern, bevor sie noch zerbrach.

„Hast du nicht behauptet, dass du die Frau nicht willst? So wie du Saskia ansiehst, würdest du am liebsten gleich hier über sie herfallen", sagte Hunt. „Oder sie erst in deine Höhle zerren und dann nicht mehr gehen lassen."

Cam riss seinen Blick von Saskia los und begegnete Hunts ernsten, grünen Augen.

„Ich will sie mehr als alles andere. Sie ist wunderschön, herzlich und talentiert." Er schüttelte den Kopf. „Das ist nicht das Problem."

Hunt legte die Stirn in Falten. „Cam –"

„Bitte. Ich ... kann nicht darüber reden." Er würde nur ein Bier trinken und gehen.

Sein Bruder seufzte und nickte. „Ich bin für dich da."

Er nickte nur knapp zurück. „Ich weiß."

Cam zwang sich, Gia zu begrüßen. Dabei bemerkte er, dass Savannah ihn aufmerksam beobachtete, und fragte sich, was Saskia ihr erzählt hatte.

Sie war immer noch nicht zurück und er konnte nicht anders, als sich nach ihr umzusehen. Sie stand noch an der Bar. Er versteifte sich. Und sie war nicht allein. Ein Business-Typ mit breitem Kiefer, gut sitzendem Anzug und übertrieben gestyltem Haar redete mit ihr.

Sie lächelte den Mann an und erwiderte etwas.

Der Mann lachte und konnte seinen Blick nicht von ihr abwenden.

Cam handelte, ohne zu denken. Er marschierte los, stellte sich hinter sie und drückte seine Vorderseite an ihren Rücken. Es erinnerte ihn daran, wie perfekt ihr Körper zu seinem passte.

Sie erstarrte und klammerte sich mit den Fingern am Tresen fest.

„Wie sieht es mit den Cocktails aus? Die Mädels sind durstig." Er warf dem Mann einen drohenden Blick zu.

Das charmante Lächeln des Mannes verflog. „Einen schönen Abend noch." Er verschwand in der Menge.

„Ich habe keinen Retter gebraucht." Saskia sah nicht zu ihm hoch.

Cam starrte auf ihr seidiges Haar. Sie trug ein Parfüm, das seine Sinne kitzelte. Es war nicht ihr üblicher Duft – den hatte er sich eingeprägt. Sie musste sich etwas von Savannah ausgeliehen haben, aber darunter roch er Saskia pur.

Er beugte sich hinunter, drückte sein Gesicht in ihr Haar und atmete ihren Duft tief ein. Dann legte er einen Arm um sie und breitete seine Handfläche auf ihrem Bauch aus.

Sie stöhnte leise und lehnte sich an ihn.

Gott, er wollte sie so sehr.

„Cam, warum tust du das?", flüsterte sie zittrig.

Er fuhr mit seiner Nasenspitze an ihrem Nacken entlang. „Weil ich mich einfach nicht von dir fernhalten kann."

Sie keuchte und packte seinen Unterarm. Sie drückte sich enger an ihn und rieb ihren Hintern an seinem Schwanz, der bereits hart wurde.

Dann gab sie einen erstickten Laut von sich. „Das hier ... ist nicht fair. Es ist für keinen von uns fair."

Verdammt. Er rührte sich nicht. Sie hatte recht. Er

hatte sie abgewiesen und sich selbst ermahnt, sich von ihr fernzuhalten, und doch war er jetzt hier, berührte sie und jagte einen Kerl in die Flucht, der mit ihr flirtete.

Seine Finger ballten sich auf ihrem flachen Bauch zusammen, dann zog er seine Hand zurück. „Es tut mir leid."

Sie sah ihn nicht an. „Ich weiß." Ihre Stimme war heiser. Ihre Finger gruben sich in seinen Arm, bevor sie ihn losließ.

Er blieb eine Sekunde lang so stehen, eng an sie gepresst, und nahm das Gefühl von ihr in sich auf. Die Luft zwischen ihnen knisterte förmlich.

Es tat weh, sich von ihr zurückzuziehen.

Er sagte kein Wort, drehte sich einfach um und verließ die Party, ohne sich von irgendjemandem zu verabschieden.

Als er in den X6 sprang, hatte er sich noch nicht beruhigt und fuhr wie ferngesteuert zurück zu seiner Wohnung.

Als er dort ankam, schaltete er das Licht nicht ein. Die Lichter der Stadt fielen durch die Fenster herein und tanzten an der Decke.

Er warf seine Schuhe ab und zog sich wütend die Jacke aus. Seine Haut war heiß und fühlte sich an, als wäre sie zu eng für seinen Körper. Seine Dämonen waren zurück.

Er roch Saskia. Seine Finger krümmten sich. Er konnte sie unter seinen Fingerspitzen spüren.

Sein brennendes Verlangen nach Saskia quälte ihn wieder.

In der Küche riss er einen der Schränke auf. Er holte

eine Flasche Old Forester 1920 Bourbon heraus. Kris hatte das Zeug geliebt. Cam schenkte sich einen Schluck ein und kippte ihn hinunter. Dann noch einen.

Er drehte sich um. Er hatte Saskia geküsst, genau hier, als sie zusammen gekocht hatten.

Seit er nach der Explosion aufgewacht war, hatte er sich innerlich tot gefühlt. Er hatte sich für keine Frau interessiert und war eiskalt gewesen.

Bis er sie gesehen hatte.

Jetzt war er lebendig und begierig und er wollte nur sie.

Er schloss die Augen und sah sie vor sich. Ihre nackte Pussy unter seinem T-Shirt, ihren sich windenden Körper, ihre Lippen, die seinen Namen stöhnten, während er sie rieb.

Fuck. Sein Schwanz fühlte sich so hart an wie purer Stahl.

Mit einem Mal war er so scharf, dass sein Körper förmlich in Flammen stand. Und alles nur, weil er an Saskia dachte. An Saskia in diesem roten Kleid, hier auf seinem Küchentresen, wie er mit seinen Fingern ihre süße Klitoris massierte.

Er fluchte leise, öffnete seine Hose und schob seine Boxershorts hinunter, um seinen schmerzenden Schwanz zu befreien. Er legte eine Hand um ihn und fing an, ihn zu pumpen. Wieder und wieder. Kraftvolle Stöße.

Er stellte sie sich hier vor. Ihren nackten Körper, der ihm gehörte, braune Augen, die ihn hitzig und voller Verlangen ansahen und ihm das Gefühl gaben, etwas wert zu sein.

Er pumpte härter und sein Schwanz schwoll an. Er

wollte, dass sie hier war, wollte sich in sie stoßen, ihre Schreie hören, sich in ihrer engen Hitze ergießen.

„Gottverdammt." Beim nächsten Stoß kam er und bei der Intensität seiner Erlösung musste er sich vornüberbeugen. Er stöhnte ihren Namen, als er seine Ladung über seine Hand und den Boden spritzte.

Sein Körper bebte und hielt sich am Tresen fest, während er schwer atmete.

Seine heiße Haut kühlte ab. Hier war keine Saskia.

Er war allein in seiner leeren Wohnung.

Es war, wie es sein musste. Sein Kinn sank auf seine Brust. Sosehr er sich auch wünschte, die Dinge wären anders, Saskia war ohne ihn besser dran.

KAPITEL ACHT

„**D**u bist mies drauf", sagte Rhys. Cam blickte von seinem Laptop auf und sah ihn finster an. „Ich sitze nur hier und arbeite."

„Du grübelst."

Cams Blick verfinsterte sich nur weiter.

„Du hast die Party gestern Abend früh verlassen."

„Rhys, wolltest du etwas Bestimmtes?"

„Ja. Vander hat mir einen Fall geschickt. Ein bisschen Wirtschaftsspionage. Ich dachte, du willst mir vielleicht dabei helfen."

Cam atmete tief ein und nickte. „Klar doch."

„Oh, und Vander sagte, dass Mikhailov heute Morgen bisher nicht gesehen wurde", fügte Rhys hinzu.

Cam lehnte sich in seinem Stuhl zurück. „Gut."

„Und er hat mit Wolf gesprochen. Das Team von Sentinel Security sorgt dafür, dass Mikhailov nicht in New York auftaucht. Wenn Saskia wieder zu Hause ist."

Als er Saskias Rückkehr nach New York erwähnte, spürte Cam, wie eine innere Anspannung sich regte. Er versuchte, die Muskeln in seinem Kiefer zu lockern. „Sie werden sie beschützen."

Rhys musterte ihn. „Du bist echt mies darin, zu verbergen, was du für sie empfindest."

Cam sagte kein Wort.

Rhys warf eine Hand in die Luft. „Gut. Wenn du dir dein Leben versauen willst, nur zu."

Cams Handy klingelte. Er holte es aus seiner Tasche und runzelte die Stirn. „Es ist Savannah." Er berührte das Display. „Savannah –"

„Cam, ich kann Hunt nicht erreichen. Er musste heute vor Gericht aussagen." Ihre Stimme war atemlos, ängstlich. „Saskia und ich sind beim Shoppen."

Cams Hand umschloss das Handy fester. „Geht es euch gut? Wo seid ihr?"

„Union Square. Cam, wir werden verfolgt."

Er sprang auf. „Bleibt dort, Savannah, im Freien. Ich bin auf dem Weg." Er sah Rhys an. „Savannah und Saskia glauben, dass sie verfolgt werden."

Rhys' Miene verfinsterte sich. „Na los, fahren wir."

SASKIA UMKLAMMERTE ihre Einkaufstüten und eilte mit Savannah den Bürgersteig hinunter.

Sie warf einen Blick über ihre Schulter. Von dem Mann, den sie vorhin gesehen hatte, fehlte jede Spur.

Es war ein Gorilla im Anzug gewesen. Sie war sich sicher, dass es sich bei ihm um eine der Wachen von Mikhailovs Anwesen in Napa handelte.

Ein kalter Wind schlug ihr entgegen. Der Himmel

hing wie eine graue Decke über ihnen und verhieß Regen. Zum Glück kannte Savannah sie gut und hatte Saskia neue Jeans in ihrer Größe, niedliche, braune Stiefel, einen weißen Pullover und einen dunkelblauen Blazer gekauft. Sie hatte die Sachen heute Morgen für Saskia bereitgelegt. Dazu trug sie einen weichen, grauen Schal. Sie musste zugeben, dass sie sich in den schönen Klamotten gleich ein bisschen besser fühlte. Und noch mehr schöne Sachen zu kaufen, half auch.

Es heilte vielleicht nicht ihr gebrochenes Herz, aber es half.

Sie verdrängte die Gedanken an Cam.

Sie waren bei Saks und Macy's gewesen und dann hatte Saskia den Mann im Anzug entdeckt. Er hatte sie beobachtet.

Sie und Savannah überquerten die Straße zum Union Square.

„Vielleicht habe ich es mir nur eingebildet. Vielleicht ist er nur ein stinknormaler Geschäftsmann aus San Francisco und mein paranoides Gehirn hat einen russischen Schlägertypen aus ihm gemacht", sagte sie.

Savannah packte sie am Arm. „Wir werden kein Risiko eingehen. Ich habe Cam angerufen. Er kommt gleich. Er sagte, wir sollen im Freien bleiben und uns in der Nähe anderer Leute aufhalten."

„Ich bin so froh, dass du hier bist." Saskia umarmte ihre Freundin.

„Oh, Saskia, ich bin immer für dich da." Ihre Freundin erwiderte die Umarmung. „Es tut mir so leid, was du durchmachen musstest."

„Ich bin entkommen, bevor mir jemand etwas antun

konnte. Ich hatte Glück." Saskia sah sich um. Sie sah den Kerl nicht, von dem sie dachte, dass er sie verfolgte. Sie betete, dass es nur Einbildung gewesen war.

Ihr Blick wanderte zur Säule in der Mitte des Platzes. Cam war auf dem Weg.

Gott, letzte Nacht in der Bar. Die Art, wie er sie berührt hatte. Ein Zittern durchfuhr sie. Sie hatte gespürt, wie sehr er sie wollte.

„Du denkst an Cam", sagte Savannah.

Saskia riss den Kopf hoch. „Ist das wirklich so offensichtlich?"

„Nur für mich. Er kommt uns holen. Vielleicht solltet ihr reden –?"

Saskia schüttelte den Kopf. „Ich habe dir doch gesagt, dass ich mich ihm nicht aufdrängen werde."

„Er hat dich gestern Abend auf der Party die ganze Zeit beobachtet."

Ein Stich in ihrem Herzen. „Savannah –"

Ihre Freundin zog die Nase kraus. „Okay. Ich sage ihm, er soll uns einfach nach Hause fahren."

„Vermutlich haben wir gar keinen Verfolger. Mikhailov hat sicher längst das Land verlassen und ich bilde mir nur ein, dass hinter jeder Ecke ein Entführer lauert."

„Glaub mir, nach allem, was du durchgemacht hast, und auch aus eigener Erfahrung weiß ich, dass es sich lohnt, auf Nummer sicher zu gehen."

Saskia nickte und packte ihre Einkaufstaschen fester. Trotz des kalten, grauen Wetters waren Leute unterwegs. Saskia sah einen Mann im Anzug, der mit einer zierlichen Blondine spazieren ging und seinen Arm um sie gelegt hatte. Sie strahlte zu ihm hoch.

Saskia sah weg. Blöde verliebte Menschen. Es war, als ob das Universum sie ihr unter die Nase reiben wollte.

Dann fiel ihr Blick auf einen Mann in einem zerknitterten, schlecht sitzenden Anzug. Er hatte ein raues Gesicht und eine auffallend stark vorgewölbte Stirn.

O Gott. Der Wachmann aus Napa.

„Savannah, wir müssen hier weg." Sie schob ihren Arm durch den ihrer Freundin und zog Savannah in die entgegengesetzte Richtung davon.

„Was? Aber wir ..."

„*Na los.*" Saskia warf einen Blick zurück und sah, wie der Mann losrannte. „Lauf!"

Jetzt sah Savannah ihn auch. Sie setzten zum Sprint an und ließen ihre Einkaufstaschen fallen. Die Leute stolperten ihnen aus dem Weg.

Am Ende des Platzes sahen sie die historische Fassade des Westin Hotels.

Sie mussten es hineinschaffen und hetzten über die Straße. Autos hielten mit quietschenden Reifen und ein Hupkonzert brach aus.

„Rein hier", keuchte Saskia.

Dann stieß sie mit einem Mann in Lieferantenuniform zusammen. Sie prallte von ihm ab und landete mit dem Hintern auf dem Bürgersteig.

„Hey, Lady, geht es Ihnen gut?", fragte der besorgte Lieferant.

„*Saskia*", rief Savannah.

Der Gorilla rannte über die Straße, sein Blick starr auf sie gerichtet.

„Lauf in die Lobby, Savannah", rief Saskia.

„Nein." Ihre Freundin setzte einen entschlossenen Blick auf. Sie ergriff Saskias Hand. „Ich werde dich nicht alleinlassen."

Savannah zog sie hoch. Der Typ kam mit großen Schritten den Bürgersteig entlang und stieß Leute beiseite.

Aus einem Taxi stieg gerade eine Familie mit Gepäck und blockierte ihm den Weg.

Savannah und Saskia stürzten in die Lobby des Westin Hotels, die von herrschaftlicher Pracht gezeichnet war und historischen Charme versprühte. In der Mitte befand sich ein Tisch mit frischen Blumen. Von der Decke hingen runde Kronleuchter und eine riesige Uhr aus längst vergangenen Zeiten.

Sie rannten über den polierten Boden, so schnell sie konnten.

Schwer atmend sah Saskia sich um. Sie brauchten ein sicheres Versteck.

Eine Hand packte sie hinten an ihrer Jacke und zerrte sie rückwärts. Saskia stolperte und ein stechender Schmerz bohrte sich in ihr ohnehin schon schmerzendes Knie. Sie riss sich los und fuhr herum.

„Du kommst mit mir", knurrte der Mann in seinem starken Akzent.

„Niemals! Unsere Männer sind fast hier. Also verschwinde."

„Nein, Mr. Mikhailov will dich."

Sie schäumte vor Wut. „*Mikhailov* ist ein Frauen

vergewaltigendes Dreckschwein. Er sollte in einer Gefängniszelle hocken."

Der Ausdruck des Mannes verhärtete sich. Er schob seine Jacke beiseite, so dass die Pistole im Holster an seiner Hüfte sichtbar wurde.

„Komm sofort mit, dann wird niemand verletzt." Sein Blick wanderte flüchtig über die anderen Menschen in der Lobby.

Saskias Herz pochte wie verrückt. Sie sah ihm in die Augen und ihr wurde klar, dass er es tun würde. Und zwar ohne jeden Skrupel.

Plötzlich stürmte Savannah mit einem Regenschirm in der Hand auf sie zu. Saskia hatte keine Ahnung, wo sie ihn aufgetrieben hatte. Mit einem wilden Kampfschrei zog sie dem Gorilla damit eins über.

Der Mann stieß ein leises, wütendes Grollen aus, holte mit dem Arm aus und verpasste Savannah einen Schlag.

Saskias Freundin stolperte zurück, fiel und schlug mit der Seite auf dem Boden auf.

„Savannah!"

Ihre Freundin setzte sich auf, hielt sich den Arm und verzog schmerzerfüllt das Gesicht.

In der Nähe begannen Leute zu rufen.

„Holt den Sicherheitsdienst!", schrie eine Frau.

Der Blick des Mannes verfinsterte sich und er trat auf Saskia zu.

„Lauf, Saskia!", rief Savannah.

Verdammt, nein. Saskia schnappte sich eine der Blumenvasen vom Tisch und warf sie auf den Kerl. Sie prallte von ihm ab und zerschellte auf dem Boden. Hastig schnappte sie sich eine zweite und zielte diesmal auf seinen Kopf.

Plötzlich stürzte er sich auf sie. Wasser tropfte über sein hässliches Gesicht.

Er verpasste ihr eine schallende Ohrfeige, von der sie kurz Sternchen sah. Während sie noch ganz benommen war, packte er sie an den Schultern und drehte sie herum. Er verschränkte ihre Arme hinter ihrem Rücken und schob sie in Richtung Ausgang.

Nein, verdammt.

Dann zerrte der Gorilla sie zurück ins Freie.

DER X6 RASTE die Straße hinunter. Cam konnte den Union Square schon vor sich sehen.

Er biss die Zähne fest zusammen. Wenn Saskia oder Savannah etwas zugestoßen war ...

„Hast du dich im Griff?", fragte Vander vom Fahrersitz aus.

„Ja."

„Wers glaubt, wird selig", sagte Rhys vom Rücksitz aus.

Vanders Bruder sah aus wie ein Filmstar-Bad-Boy oder ein Rocksänger, aber Cam wusste, dass Rhys ein ehemaliger Ghost-Ops-Soldat war und einiges drauf hatte. Er war Vanders bester Ermittler.

„Ich habe ihnen gesagt, sie sollen draußen auf dem Platz auf uns warten." Cam sah angestrengt aus dem Fenster.

Sein Handy klingelte. „Savannah?"

„O Gott, o Gott."

Sein Puls beschleunigte sich. „Beruhige dich, Savannah. Atme tief ein und aus."

„Ein Mann hat uns angegriffen. Er hatte einen Akzent. Er hat Saskia mitgenommen."

„Verflucht. Okay. Wo bist du, Savannah?"

„In der Lobby des Westin am unteren Ende des Union Square."

Cam drehte den Kopf, bis er das Hotel im Blick hatte.

„Er hat mich niedergestoßen und Saskia mitgenommen."

„Alles okay bei dir?"

„Ich habe mich am Arm verletzt, aber sonst geht es mir gut. Finde Saskia. *Bitte*."

„Ich werde sie finden. Bleib in der Hotellobby, bis dich einer von uns holen kommt."

„In Ordnung, Cam." Ihre Stimme klang zittrig. „Finde sie."

Cam steckte sein Handy ein. „Savannah ist im Westin. Ein Mann hat Saskia."

Er konzentrierte sich, verlangsamte seine Atmung und suchte den Union Square ab. Kurz darauf entdeckte er einen bärigen Mann im Anzug, der eine Frau hinter sich herschleppte, die sich mit aller Kraft wehrte.

„Dort! In der Mitte des Platzes."

Vander riss das Steuer herum. Sie fuhren über den Bordstein und kamen mit quietschenden Reifen auf dem Bürgersteig zum Stehen.

Cam und Rhys sprangen aus dem Geländewagen, bevor er zum Stehen kam.

Cam rannte los.

Der Mann sah ihn kommen und schob Saskia wie einen Schild vor sich. Sie hatte einen großen, roten Handabdruck auf der Wange.

Das Arschloch war tot. Cam zog seine Glock und näherte sich. „Duck dich."

Saskia ließ sich blitzschnell und ohne das geringste Zögern fallen.

Aber er konnte nicht riskieren, sie zu treffen. Stattdessen stürzte er sich auf den Mann und rammte ihm den Kolben der Waffe ins Gesicht.

Einmal, zweimal.

Der Griff des Mannes um Saskia lockerte sich und Cam befreite sie. Er packte sie und stieß sie in Rhys' Richtung.

Dann konzentrierte er sich auf den Wachmann.

Er war einer von Mikhailovs Männern. Der zum zweiten Mal versucht hatte, Saskia zu entführen. Eine eisige Kälte kroch durch seinen Körper, als seine Wut ihr volles Ausmaß annahm.

Er steckte seine Waffe weg und griff an. Ein fester Schlag, dann wirbelte Cam herum und rammte dem Mann einen Ellbogen ins Gesicht. Der Gorilla stieß ein schmerzhaftes Grunzen aus.

Cam holte noch einmal Schwung und verpasste ihm einen kräftigen Tritt. Er schlug und boxte ihn immer wieder, ging dabei systematisch vor. Der Mann ging auf ein Knie und Cam schlug ihm ins Gesicht.

Es knirschte laut, als sein Nasenbein brach.

„Du wirst sie nie wieder anrühren", sagte Cam. „Sie existiert nicht für dich." Er packte den Mann vorn am

Shirt und schlug immer wieder mit der Faust auf ihn ein.

Der Mann sackte zusammen, aber Cam hörte nicht auf.

„Cam. Cam, es reicht", schaltete Vander sich ein.

Cam ließ den Kerl fallen und atmete schwer. „Keine Sorge, ich habe alles im Griff."

Vander musterte ihn aufmerksam. „Kümmere dich um Saskia. Rhys, du suchst Savannah."

Saskia stand etwas abseits, blass und ein wenig geschockt. Ihr Blick fiel erst auf den Mann auf dem Boden und wanderte dann wieder zu Cam.

Er erstarrte. Das wars. Er hatte etwas von seiner inneren Finsternis durchblitzen lassen. Gleich würde sie ihn mit Entsetzen in den Augen ansehen.

Ihr dunkler Blick traf seinen.

Dann ging sie auf ihn zu.

„Fass mich nicht an", sagte er.

Sie hielt nur wenige Zentimeter vor ihm inne. „Und warum nicht?" Ihre Unterlippe bebte. „Wenn du mich wirklich nicht in deiner Nähe haben willst, dann geh."

Sie nicht in der Nähe haben wollen? Er runzelte die Stirn. „Ich habe den Kerl gerade windelweich geprügelt." Er bewegte seine Finger und sah das Blut, das daran klebte.

Ihr Gesichtsausdruck veränderte sich. „Du denkst also, dass das hier –", sie deutete auf den niedergeschlagenen Wachmann –, „etwas daran ändert, wie ich über dich denke?" Sie schüttelte den Kopf. „Cam, du hast mich gerade gerettet. Schon wieder. Er wollte mich zu Mikhailov schleppen. Er hat gedroht, Menschen zu *erschießen*. Er hat Savannah angegriffen. Du und er, ihr habt rein gar nichts gemeinsam." Sie hob ihr Kinn. „Ich war neunzehn, als ich zusah, wie mein Bruder einen Mann tötete. Einen Auftragskiller aus dem Ausland, der hinter ihm her war. Wir waren zum Mittagessen verabredet und ich dachte, mein Bruder sei Analyst bei einer Bank. Der Attentäter hätte mich auch umgebracht, aber Killian hat ihn mit einer Stoffserviette erwürgt. Mir ist schmerzlich bewusst, dass der Kampf für das eigene Land und der Schutz der Unschuldigen von seinen Soldaten, seinen Beschützern abverlangt, dass sie sich in einen Graubereich begeben, der alles andere als schön ist." Ein Sturm tobte in ihren Augen. „Also steh nicht da und erwarte von mir, dass ich dich verachte oder verurteile."

Verdammt, sie war der Wahnsinn. *Einfach großartig.* Cam spürte, wie seine inneren Mauern einzubrechen drohten.

Er konnte nicht länger gegen seine Gefühle für Saskia Hawke ankämpfen.

Sie war in Gefahr und er war in der Lage, sie zu beschützen.

Er *würde* sie beschützen. Um jeden Preis.

Er griff nach ihr und zog sie an seine Brust.

Eine Sekunde verstrich, dann schlang sie ihre Arme um ihn und drückte ihre Wange an seinen Brustkorb.

Er stützte sein Kinn auf ihren Kopf. Dann sah er auf und begegnete Vanders Blick. Vander hatte in der Zwischenzeit den Gorilla mit Kabelbindern gefesselt.

„Saskia!"

Sie richtete sich auf. Rhys lotste Savannah zu ihnen. Die Künstlerin drückte ihren linken Arm an ihre Brust.

„Sieht aus, als wäre ihr Handgelenk gebrochen", sagte Rhys. „Ich werde sie ins Krankenhaus bringen und Hunt anrufen."

„Was?", wisperte Saskia. „Dein Arm ist gebrochen?"

„Ist schon gut." Savannah umarmte sie. „Es tut nur verdammt weh. Ich bin ungünstig gelandet."

„Dieses *Arschloch*." Saskia wirbelte herum und trat den Kerl mit ihrem Stiefel.

Er grunzte.

Sie trat ihn ein zweites Mal.

„Okay." Cam zog sie weg. „Nicht, dass er es nicht verdient hätte."

„Du darfst also deinen Spaß mit ihm haben, aber ich nicht? Das ist nicht fair."

Er sah, wie Vander schmunzelnd den Kopf schüttelte.

„Mikhailov will sie." Der Wachmann grinste und Blut quoll zwischen seinen Zähnen hervor. „Er will sie nackt und schreiend in seinem Bett haben. Er ist ein Hai. Er wartet auf den richtigen Moment und dann greift er an."

Saskia keuchte. Cam legte einen Arm um sie und starrte den Mann an.

„Er wird sie kriegen", sagte der Typ.

„Da muss er erst an uns vorbei", sagte Cam. „Und wir sind nicht gerade leichte Beute."

Vander zerrte den Kerl hoch. „Kein Wort mehr, oder ich klebe dir den Mund zu." Er blickte zu den anderen. „Rhys, ruf in der Zentrale an und lass einen Wagen kommen, dann bring Savannah ins Krankenhaus. Ich bringe unseren Gast ins Untergeschoss." Er stieß den Mann an. „Dort haben wir eine hübsche Haftzelle für dich." Vander sah zu Cam. „Du passt auf Saskia auf."

Er nickte.

„Cam –"

Er unterbrach sie und legte seine Hände an ihre Wangen. „Du bist jetzt in Sicherheit."

Ein wohliger Schauer durchfuhr sie. „Ich weiß."

„Ich werde nicht zulassen, dass Mikhailov dir auch nur ein Haar krümmt, Saskia. Zuerst fahren wir zur Norcross-Zentrale und dann kommst du mit zu mir."

Sie richtete sich auf. „Das willst du doch nicht. Und ich bin mir nicht sicher, ob es eine gute Idee ist –"

„Bei mir bist du sicherer."

Sie riss die Augen auf. „Gott, ich kann nicht länger bei Savannah bleiben. Das würde sie nur noch mehr in Gefahr bringen. Sie ist eine Künstlerin und dieses Arschloch hat ihr das Handgelenk gebrochen." Verzweiflung legte sich in ihren Blick.

„Wie ich schon sagte, du kommst mit zu mir, Süße."

Ihr Blick wanderte zu seinem Gesicht. „Cam."

Er strich mit seinen Fingern über die glatte Haut ihrer verletzten Wange. „Du bleibst bei mir. Ich werde dich beschützen." Er streichelte wieder ihr Gesicht. „Und dann reden wir."

KAPITEL NEUN

Als Cam Saskia in die Zentrale von Norcross Security führte, versuchte sie, ihr pochendes Gesicht und ihr schmerzendes Knie zu ignorieren.

Sie hatte wohl eine ungünstige Drehbewegung gemacht und ihr Knie war ohnehin schon länger angeschlagen. Es machte ihr Sorgen. Eine Knieverletzung hatte schon so manche Tänzerin ihre Karriere gekostet. Trotzdem ging es ihr bei weitem nicht so schlecht wie der armen Savannah.

Rhys hatte aus dem Krankenhaus angerufen. Savannah hatte ein gebrochenes Handgelenk. Saskias Magen zog sich zusammen und ihr wurde übel. Ihre Freundin war ihretwegen verletzt worden. Savannah war eine Künstlerin, sie brauchte ihre Hände.

Wer würde noch wegen Saskia verletzt werden?

Sie blickte zu Cam und schluckte. Er hatte ihr klargemacht, dass er nicht mit ihr zusammen sein konnte, und doch hatte sie ihn in den ganzen Mist mit hineingezogen.

Sie gingen die Treppe hinauf. Oben angekommen,

nahm sie die moderne Atmosphäre der industriellen Lagerhalle kaum wahr, so sehr war sie in ihre Gedanken versunken.

Ihr wurde alles zu viel.

Sie musste abhauen. Sie wusste, wie man verschwand und untertauchte. Und danach würde Killian ihr helfen.

„Saskia? *Hey*." Cam sah sie stirnrunzelnd an. Er berührte ihre Wange.

Sie fuhr aus ihren Gedanken hoch.

Der Blick in seinen grünen Augen verfinsterte sich und er runzelte die Stirn.

„Tut mir leid", sagte sie. „Ich habe nur ... nachgedacht."

„Worüber?"

„Über alles." Sie wandte sich ab. Sie brauchte Zeit, um einen Plan zu schmieden, und

dann würde sie im richtigen Moment verschwinden.

„Saskia." Er ergriff ihren Arm. „Du bist jetzt in Sicherheit. Du brauchst dir keine Sorgen zu machen."

„Cam, Savannah hat ein gebrochenes Handgelenk. Mikhailov wird nicht aufhören, oder? Es ist für niemanden sicher, in meiner Nähe zu sein."

Seine Stimmung schlug um und plötzlich zeichnete sich seine Narbe deutlicher auf seiner Wange ab. „Ich werde dafür sorgen, dass er aufhört."

„Cam, du musst das nicht tun."

Ein Muskel zuckte in seinem Kiefer. Er nahm ihre Hand und zerrte sie an mehreren verglasten Büros vorbei.

In einem sah sie Saxon, der telefonierte. Rome in

einem anderen, der am Schreibtisch saß und auf seinen Computerbildschirm starrte.

Cam zog sie in einen Raum, in dem sich eine Liege und ein Regal mit Verbandsmaterial befanden. Er schloss die Tür.

„Setz dich", befahl er und öffnete einen kleinen Kühlschrank.

Saskia gehorchte. All die schönen, neuen Sachen, die sie gekauft hatte, waren weg. Sie seufzte.

Cam brachte ihr einen Eisbeutel und drückte ihn auf ihre Wange.

„So schlimm ist es eigentlich gar nicht", sagte sie leise.

„Tut dir sonst noch etwas weh?"

Sie zögerte. Er hatte schon so viel für sie getan. „Ist schon okay, Cam. Geh. Tu, was immer du tun musst."

Er drückte seine Hände auf beiden Seiten ihrer Hüften auf die Liege. Er lehnte sich nah an sie heran, sein Gesicht direkt vor ihrem. Bei dem Blick in seinen Augen blieb ihr die Luft weg.

„Die Dinge haben sich geändert. Ich werde dich beschützen und das ist nicht verhandelbar."

Ihr Herz pochte. Alles, was sie tun konnte, war, zu nicken.

Vorerst. Sie würde trotzdem klammheimlich verschwinden. Sie würde Wolf anrufen und etwas arrangieren.

„Also, was tut dir noch weh?", wollte Cam wissen.

„Mein Knie. Das braucht auch einen Eisbeutel."

„Okay. Stiefel und Jeans ausziehen, Süße."

Gott, sie liebte es, wie er das niedliche Kosewort mit seiner tiefen, rauen Stimme sagte.

Während er einen weiteren Eisbeutel holte, zog sie ihre Stiefel und Socken aus. Sie zuckte zusammen. Sie hasste es, wenn ein Mann ihre Füße sah. Ballerinen hatten keine schönen Füße. Ihre waren mit Schwielen und verheilenden Blasen übersät. Sie schüttelte ihre Jeans ab und setzte sich wieder auf die Liege. Ihr Knie war leicht geschwollen, aber es war nicht so schlimm, wie sie befürchtet hatte.

Trotzdem würde sie sich bald der Tatsache stellen müssen, dass ihr kaputtes Knie ihr Probleme beim Tanzen bereiten würde. Sie biss sich auf die Lippe. *Ein Problem nach dem anderen, Saskia.*

Cam kam zurück und kniete sich vor sie. Sie spürte, wie ihr die Röte ins Gesicht stieg, da sie nur einen Slip und ihren Pullover trug.

Er hat sie schon gesehen, Saskia.

Er drückte den Eisbeutel auf ihr Knie. Bei der plötzlichen Kälte saugte sie scharf Luft ein, während sie den anderen Eisbeutel immer noch an ihr Gesicht drückte.

Seine Finger berührten ihre Haut und sie kämpfte gegen einen erregten Schauer an.

Er legte die Stirn in Falten. „Sind deine Füße verletzt?" Er berührte ihren Knöchel.

„Nein. Sieh nicht hin." Sie versuchte, ihren Fuß wegzuziehen.

Er packte ihren Knöchel fester und berührte ihre Zehen.

„Der Nachteil davon, wenn man jahrelang Spitzenschuhe trägt", sagte sie. „Hässliche Füße."

„Sie sind nicht hässlich." Er begegnete ihrem Blick. „Sie sind ein Zeichen deiner Stärke und Hingabe."

Sie errötete wieder. Und wünschte sich aufs Neue, dass sie diesen Mann haben könnte.

Es klopfte an der Tür. Cam richtete sich auf und Vander schritt herein.

„Geht es dir gut, Saskia?"

Sie nickte und versuchte, die Tatsache zu verdrängen, dass sie nichts weiter anhatte als ihr Höschen. „Dank euch, Jungs." Dann fiel ihr Blick auf die Einkaufstaschen in Vanders Händen. „Meine neuen Sachen!"

Vander stellte die Taschen auf den Boden. „Ich glaube, wir haben die meisten davon wiedergefunden."

„Mikhailovs Mann?", fragte Cam.

„Sitzt in einem der Hafträume. Wir haben vor, ihm ein paar Fragen zu stellen."

„Da will ich dabei sein."

Cams düsterer Tonfall ließ Saskia erschaudern. Beunruhigte sie.

„Dachte ich mir schon", antwortete Vander.

Cam drehte sich um. Er berührte ihre verletzte Wange. „Bleib hier. Ich bin bald zurück. Getränke sind in der Küche, wenn du Durst hast."

Sie nickte.

„Ich komme wieder", sagte er erneut.

„Okay." Er würde wiederkommen, weil er sie als Verpflichtung ansah. „Ich lasse es bis dahin ruhig angehen."

Sie sah ihm nach, als er mit Vander hinausschritt.

Saskia atmete zitternd aus. Sobald die Eisbeutel warm wurden, zog sie sich wieder an. Sie fragte sich, ob

Mikhailovs Schlägertyp etwas Nützliches zu erzählen hatte. Sie kaute auf ihrer Unterlippe.

Sie hatte schon genug von Camdens Zeit und Energie in Anspruch genommen. Killian und das Team von Sentinel Security könnten auf sie aufpassen, bis Mikhailov das Interesse verlor.

Sie beschloss, ihre Einkaufstaschen hierzulassen. Die würde sie später holen.

Sie warf sich ihren Schal über die Schulter und verließ den Raum. Niemand sah in ihre Richtung. Die anderen Norcross-Mitarbeiter waren alle an ihren Schreibtischen beschäftigt.

Sie eilte zur Vorderseite des Gebäudes. Sie würde sich vergewissern, dass die Luft auf der Straße rein war, und dann würde sie einen sicheren Ort finden, an dem sie sich ein Handy leihen und bei Sentinel anrufen konnte.

„Saskia?"

Sie hob den Blick. Ein Paar hatte gerade das Gebäude betreten. Die atemberaubend schöne, blonde Frau trug ein tailliertes, graues Kleid. Ihr Haar war zu einem eleganten Zopf geflochten und auf ihre Stirn hatten sich Sorgenfalten gelegt.

„Harlow", sagte Saskia.

Sie hatte die Frau bei Savannahs Vernissage kennengelernt. Ein Mann erschien hinter ihr.

Er sah wahnsinnig gut aus und hatte eine schroffe, souveräne Ausstrahlung. Er trug einen maßgeschneiderten Anzug von Brioni. Easton Norcross war der ältere Bruder von Vander und Harlows Verlobter.

Harlow berührte Saskias Arm. „Wir haben gehört,

was passiert ist. Es ist so schrecklich. Wie kommst du zurecht?"

„Gut, danke. Ich muss das alles erst einmal verarbeiten."

„Das kann ich mir vorstellen." Harlow zog Saskia in eine Umarmung.

Es war ein schönes Gefühl. Harlows süßes Parfüm war beruhigend.

„Danke. Seid ihr hier, um Vander zu treffen? Ich glaube, er ist –", sie schluckte, „unten und befragt einen Mann."

„Wir werden ihn finden." Easton nickte und betrachtete sie mit wachen, blauen Augen, die zu viel sahen. „Du bist in Sicherheit. Niemand hier wird zulassen, dass dir etwas zustößt."

„Ich weiß. Danke, Easton. Es war schön, euch beide zu sehen."

Sie wartete, bis das Paar gegangen war, und ging dann wieder auf die Eingangstür zu. Sie zwang sich, langsam zu gehen und ruhig zu bleiben. Sie tat nichts Verbotenes. Sie war keine Gefangene und sie konnte gehen, wann immer sie wollte.

Sie starrte durch die Glasscheibe neben der Tür und suchte die Straße ab.

Ein paar Leute waren auf dem Bürgersteig unterwegs, Autos fuhren vorbei. Sie nahm sich Zeit, nach jedem Ausschau zu halten, der nicht ins Bild passte.

Ein letztes Zögern. So war es für alle am besten. Sie stieß die Tür auf und hatte gerade zwei Schritte nach draußen gemacht, als –

„Wo willst du hin?"

Sie riss den Kopf herum und sah in Cams sehr wütende, grüne Augen.

CAM VERSUCHTE, seine Wut in den Griff zu bekommen. Er packte Saskia am Arm und zerrte sie zurück hinein. Sie starrte ihn mit großen Augen an.

Als sie wieder im sicheren Eingangsbereich waren, drehte er sich zu ihr um.

„Was zum Teufel hast du dir dabei gedacht?" Seine Stimme war ein bedrohlich, leises Grollen.

Sie schluckte. „Easton hat mich verraten, stimmts?"

„Ich war auf dem Weg zurück nach oben, um nach dir zu sehen. Er sagte, sie hätten dich hier vorn getroffen und du hättest dich seltsam verhalten." Cam legte den Kopf schief. „Willst du, dass Mikhailov dich schnappt?"

„Nein, natürlich nicht –"

„Dann erklär mir das hier, Saskia", knurrte er, obwohl er sich so sehr bemüht hatte, ruhig zu bleiben.

Sie riss den Kopf hoch und ihre hübschen, braunen Augen funkelten. „Du hast genug getan! Ich habe dich in diese Sache hineingezogen. Jetzt ist Savannah verletzt und du könntest der Nächste sein, und du hast dich gerade erst von deinen eigenen Verletzungen erholt." Sie stellte sich dicht vor ihn und bohrte ihm einen Finger in die Brust. „Also, wenn du es genau wissen willst, ich tue das für dich. Ich weiß, dass du mich nicht um dich haben willst, dass es schwierig ist –"

Verdammt. Er war ja ein solcher Idiot. Er hatte versucht, sie zu beschützen, aber in Wahrheit hatte er versucht, sich selbst zu schützen. Er hatte diese wunderschöne Frau glauben lassen, dass er sie nicht wollte.

Er machte erst einen Schritt auf sie zu, dann ein paar weitere.

Ihre Augen weiteten sich und sie wich zurück. „Cam —"

Er ging weiter und schob sie vor sich her, bis sie mit dem Rücken gegen die Wand stieß. Dann legte er einen Arm um sie und hörte, wie sie keuchte. Sie packte ihn an den Schultern.

„Ich will dich so sehr, dass es mich um den Verstand bringt", sagte er.

Ihr Mund klappte auf und der Schock stand ihr ins Gesicht geschrieben.

„Ich träume von dir. Ich denke die ganze Zeit nur an dich. Ich will deine Stimme hören, dein Lachen. Ich will deine weiche Haut berühren ..."

„*Cam*", flüsterte sie.

„Ich war so sehr mit mir selbst beschäftigt. Ich habe mir Sorgen gemacht, dass ich dir nicht geben kann, was du verdienst. Als ich dann heute gesehen habe, wie dieses Arschloch versucht hat, dich von der Straße zu zerren —" Die Wut war zurück, ein loderndes Feuer in seinem Inneren. Es brauchte nicht viel, um es zu entfachen. „Da wusste ich, dass ich für deine Sicherheit sorgen muss. Keine Mauern mehr, kein Sicherheitsabstand. Ich muss derjenige sein, der dich beschützt. Der dich berührt. *Du gehörst zu mir.*"

Ihr Brustkorb hob und senkte sich schnell.

„Ich habe dir die Gelegenheit gegeben, zu gehen, aber du hast sie nicht genutzt."

„Ich wollte sie nicht", sagte sie.

„Und deshalb gehörst du jetzt zu mir", wiederholte er.

„Dann gibt es also ein ... Wir?" Ihre Stimme klang zurückhaltend.

„Jetzt schon." Er küsste sie.

Mit diesem Kuss markierte er sein Revier. Er drückte sie fester gegen die Wand und hob sie in die Luft. Sie klammerte sich an ihn und ihre Zunge begann einen leidenschaftlichen Tanz mit seiner.

Cam wollte sie so sehr und das Feuer seines Verlangens vermischte sich mit anderen Gefühlen, die er schon seit so langer Zeit nicht mehr empfunden hatte. Vielleicht noch nie.

Sie drückte sich fester an ihn und ließ ihn nicht los. Seine hinreißende Tänzerin wollte ihn genauso sehr wie er sie.

Dann hörte er ein leises, amüsiertes Geräusch hinter sich.

„Cam?" Vanders Stimme holte sie aus ihrem magischen Moment.

Cam setzte Saskia ab. Sie brauchte eine Sekunde, um ihr Gleichgewicht zu finden. Sie leckte sich über die Lippen und ihr Blick fiel auf seinen Mund.

Verdammt, was machte sie nur mit ihm?

„Alles klar?", fragte er sie.

„Ich denke schon."

Später würde er auch noch den letzten Zweifel zwischen ihnen ausräumen.

Cam wollte sie. Die Konsequenzen waren ihm egal.

Er drehte sich um. Vander stand ein paar Schritte hinter ihm, die Arme vor der Brust verschränkt.

„Hast du ihr erzählt, was du von Mikhailovs Mann erfahren hast?"

„Noch nicht", sagte Cam.

Vander wirkte noch amüsierter. „Wie ich sehe, wart ihr mit anderen Dingen beschäftigt."

Saskia straffte ihre Schultern. „Ihr habt den Mann also befragt. Was hat er gesagt?"

„Am Anfang nicht viel", sagte Vander. „Cam ... hat ihn überredet, aus dem Nähkästchen zu plaudern."

Ihr Blick wanderte zurück zu Cam und fiel dann auf seine Hände. Sie ergriff seine rechte Hand mit ihrer.

„Saskia –"

Sie starrte auf seine aufgeplatzten Fingerknöchel und keuchte.

„Es ist nichts", sagte er.

Sie streichelte sanft über seine Finger. Auf ihrem Gesicht war kein Entsetzen zu sehen und seine angespannten Muskeln lockerten sich.

„Für mich ist das nicht nichts. Hatte er wenigstens etwas Interessantes zu erzählen?"

Seine zarte, schlanke Ballerina war so zäh. Er nickte.

„Gehen wir in Aces Büro", schlug Vander vor.

„Wie geht es Ace und Maggie eigentlich?", fragte Saskia.

„Baby Isabel ist gut darin, sich Gehör zu verschaffen", sagte Vander. „Sie sind müde, aber glücklich."

Cam führte Saskia zu einem Stuhl und lehnte sich dann gegen den Schreibtisch, wobei er darauf achtete, keinen von Aces Bildschirmen zu berühren. Selbst jetzt, wo er von seinem Baby abgelenkt war, würde ihr Computergenie jeden bestrafen, der seine Sachen kaputtmachte.

Saskia betrachtete Cams Gesicht. Er sah die Resignation in ihren Augen.

„Was auch immer du von Mikhailovs Mann erfahren hast, es war nicht gut", flüsterte sie.

Cam kniete vor ihr nieder und nahm ihre Hand in seine. „Mikhailov ist immer noch in San Francisco. Er ist nicht abgehauen."

Sie befeuchtete ihre Lippen. „Er ist immer noch hinter mir her." Ihre Stimme war sachlich.

Cam drückte ihre Finger. „Er wird dich nicht kriegen, Süße. Das verspreche ich dir."

Ihr Blick begegnete seinem und sie nickte. „Versprichst du mir, dass du nicht verletzt wirst?"

„Nein."

Sie sah ihn überrascht an. „Cam –"

„Ich würde eine Kugel für dich in Kauf nehmen. Ich würde mich für dich mit einem Messer niederstechen lassen. Ich würde alles tun, was nötig ist, um dich zu beschützen."

Sie zog ihre Finger fester um seine zusammen.

„Wenn du tanzt, erweckst du Gefühle zum Leben und bringst Schönheit in die Welt. Das ist deine Gabe. Meine ist es, zu kämpfen, zu töten und zu beschützen."

„Du hast mich noch nie tanzen sehen."

Er antwortete nicht. Er erzählte ihr nicht, dass er so viele Aufnahmen von ihren vergangenen Auftritten heruntergeladen hatte, wie er hatte finden können. Er war nie der Typ fürs Ballett gewesen, aber er hatte Stunden damit verbracht, ihr beim Tanzen zuzusehen.

„Hat der Typ gesagt, wo Mikhailov ist?", fragte sie.

„Sie hatten sich im Hilton in der Stadt versteckt", sagte Cam.

„Ich habe Saxon und Siv hingeschickt", sagte Vander. „Mikhailov war längst weg."

„Sie bleiben auf dem Sprung", sagte Cam. „Dank der Bundespolizei hat Mikhailov nicht mehr vollen Zugriff auf sein Geld, aber er hat trotzdem noch genug." Cam schwieg eine Sekunde lang. „Er ist besessen von dir und jetzt gibt er dir auch noch die Schuld an der Situation, in der er sich befindet."

Sie riss die Augen auf. „Das soll doch wohl ein Witz sein! Er entführt *mich*, sperrt *mich* ein, und ich bin nicht die Erste, der er das angetan hat. Und wenn ich dann fliehe, ist es *meine* Schuld, dass sein Konstrukt aus kriminellen Machenschaften um ihn herum zusammenbricht? Unglaublich."

Trotz Cams Wut und einer gesunden Portion Angst um die Sicherheit dieser Frau verspürte er den Drang, zu lächeln.

„Mikhailov ist ein Mann der alten Schule", sagte Vander. „Er hat seit langem Macht, Geld und Einfluss, weil er Freunde weit oben in der russischen Regierung hat. Er glaubt an Rache und daran, sein Gesicht zu wahren."

Saskia verschränkte die Arme. „Klingt für mich wie ein großes Baby, das einen Wutanfall bekommt. Er ist ein Mann. Er sollte die Verantwortung für sein eigenes Handeln übernehmen."

Cam gefiel ihr Kampfgeist und er wusste, dass sich dahinter ihre Angst verbarg.

Er legte eine Hand an ihre Wange. „Wir werden ihn finden. Aces Team und Hex helfen uns."

Saskia nickte nur knapp.

„Ich werde Rome bitten, euch beide zu Cams Wohnung zu begleiten", sagte Vander. „Wir werden für zusätzliche Überwachung sorgen. Jetzt bringst du sie erst einmal in Sicherheit und sorgst dafür, dass sie sich ausruht."

KAPITEL ZEHN

S askia lehnte sich in der großen Wanne zurück und genoss das warme Wasser.

Sie liebte es, zu baden. All der Stress fiel von ihr ab und ihre Muskeln entspannten sich. Zumindest für eine Weile.

Als sie in Cams Wohnung angekommen waren, begleitet von Rome, hatte Cam sie mit strikten Anweisungen – besser gesagt, mit einem seiner Befehle –, ein Bad zu nehmen und sich zu entspannen, ins Badezimmer geführt.

Sie nahm an, dass er und Rome eine Sicherheitsstrategie ausarbeiten wollten.

Mit einer Hand fuhr sie träge durch die Schaumblasen. Sie war immer noch schockiert, dass sie in Cams Zuhause ein Schaumbad gefunden hatte, denn sie war sich sicher, dass harte Kerle nichts besitzen durften, was nach Blumen duftete und hübsche Bläschen bildete.

Gedanken an Mikhailov versuchten, sich in ihren Geist zu drängen, aber sie schob sie gnadenlos beiseite.

Nein. Keine ekligen, Frauen vergewaltigenden Arschlöcher erlaubt. Die Schaumblasen hatten eine magische Wirkung und konnten alles Böse von ihr fernhalten ... zumindest bis das Wasser abkühlte.

Was sie ihren Gedanken jedoch erlaubte, war, zu Cam zu wandern.

Ein Kribbeln machte sich in ihrem Unterleib breit. Sie war sich immer noch nicht ganz sicher, was das zwischen ihnen war. Wollte er wirklich mit ihr zusammen sein, oder fühlte er sich nur dazu verpflichtet?

O Mann. Sie schloss die Augen und spritzte sich Wasser ins Gesicht. Ein paar Haarsträhnen hatten sich aus dem unordentlichen Knoten gelöst, zu dem sie sie zusammengefasst hatte, und sie steckte sie wieder hinein.

Der Mann brachte sie völlig durcheinander und in ihrem Herzen überschlugen sich die Emotionen, allen voran ihr Verlangen nach ihm.

Ihr pochendes, brennendes Verlangen.

Dieser besitzergreifende Kuss in der Norcross-Zentrale ... Das Kribbeln in ihrem Unterleib wurde stärker. Plötzlich klingelte ihr Handy und sie fuhr so erschrocken hoch, dass ein wenig Wasser über den Wannenrand auf den Boden spritzte.

Vander hatte ihr ein brandneues Handy gegeben und aus irgendeinem Grund lief es auf ihre alte Nummer und all ihre Kontakte und Nachrichten waren darauf gespeichert. Der Mann konnte eindeutig zaubern.

„Hallo?"

„Hi, Saskia. Ich wollte nur hören, wie es dir geht." Die Stimme sprach in einem niedlichen Südstaatenakzent.

„Addie." Saskia setzte sich auf. „Wie geht es dir? Bist du gut nach New York zurückgekommen?"

„Ja, bin ich. Es geht mir gut. Ich bin noch ein bisschen schreckhaft, aber ein netter Mann namens Bram mit dem heißesten irischen Akzent hat mich vom Flughafen abgeholt."

Bram „Excalibur" O'Donovan gehörte zu Killians Team von Sentinel Security.

„Das klingt gut. Bram ist ein toller Kerl."

„Er hat mich nach Hause gebracht und in allen Zimmern meiner Wohnung nachgesehen, ob sich dort jemand versteckt. Um ehrlich zu sein, war ich etwas nervös, allein zu sein, aber ich habe einen *wirklich* großen Baseballschläger. Und in der Schule war ich auf dem Baseballfeld gar nicht mal so schlecht im Umgang mit einem Schläger. Und dieser sexy Bram hat mir die Nummer vom Büro deines Bruders gegeben. Für den Fall, dass ich Hilfe brauche."

Saskias Hand umschloss das Handy fester. „Es tut mir so leid, dass du da hineingeraten bist, Addie."

„Es ist nicht deine Schuld. Meine Güte, wenn hier jemand schuld ist, dann wohl dieser Mikhailov."

Saskia lächelte. Addie klang so niedlich, selbst wenn sie wütend war.

„Geht es dir gut?", fragte Addie.

Am liebsten hätte Saskia ihr alles darüber erzählt, dass Mikhailov immer noch hinter ihr her war, aber sie behielt es für sich. Addie hatte schon genug durchgemacht.

„Ja, alles okay. Ich nehme mir nur etwas Zeit hier in San Francisco."

„Mit deinem heißen Mann."

„Ich bin mir nicht sicher, ob er mein Mann ist."

„Er hat jedenfalls Himmel und Hölle in Bewegung gesetzt, um dich zu retten. Und dich in den Armen gehalten, als würdest du ihm gehören."

„Hmm."

Addie lachte. „Amüsier dich, Saskia. Wir haben es uns verdient."

„Das werde ich." Nachdem Mikhailov gefasst war.

„Oh, eine Sache noch. Davison James, der Regisseur dieser neuen Show, *On the Street*, die an den Broadway kommt, hat mir eine Nachricht hinterlassen. *Alle* reden darüber." Addie klang atemlos. „Weißt du etwas darüber?"

„Er ist ein Freund von mir und sucht Tänzerinnen."

„Saskia –"

An Addies Tonfall erkannte sie, was die Frau dachte, und unterbrach sie schnell. „Es ist kein Gefallen. Ich habe ihm nur deine Nummer geschickt. Du wirst vortanzen müssen, wie alle anderen auch, und du musst richtig gut sein, um eine Rolle zu bekommen. Es hängt ganz von dir ab."

„Danke", murmelte Addie.

„Gern geschehen. Pass gut auf dich auf, Addie. Ich melde mich, wenn ich wieder in New York bin."

„Klingt gut. Pass du auch auf dich auf."

Als das Badewasser abgekühlt war, stieg Saskia aus der Wanne und kramte in den Einkaufstaschen. Sie fand Leggings und einen seidenweichen, grauen Pullover, der ihr von einer Schulter fiel. Ihr Haar ließ sie in dem unordentlichen Knoten.

Cam stand an der Kücheninsel, eine Hand auf der Hüfte. Er hatte seine Jacke ausgezogen und die Ärmel seines Shirts hochgeschoben.

Heiß. Dieser Mann war in jeder Hinsicht heiß. Jedes einzelne Hormon in ihrem Körper stand stramm.

Er sah sie an. „Geht es dir besser?"

Sie nickte. Nervosität und Aufregung regten sich in ihrer Mitte. Jetzt waren es nur sie beide. Allein.

Sein Blick wanderte über ihre nackte Schulter und in den Tiefen seiner Augen loderte ein leidenschaftliches Feuer. Es entsprach der Hitze, die zwischen ihren Beinen aufzusteigen begann.

„Ich wollte etwas zu essen bestellen", sagte er.

Saskia leckte sich über die Lippen. Sie wollte an seinem starken Kiefer knabbern und ihre Hände über diesen durchtrainierten Körper wandern lassen.

„Ich bin hungrig", murmelte sie. „So unglaublich hungrig."

Seine Augen blitzten auf. „Du willst wohl Ärger haben."

„Nein, den Ärger habe ich hinter mir und ich bin wirklich froh, dass ich noch lebe. Deshalb will ich jetzt etwas tun, das ich mir schon seit Monaten wünsche."

Er knurrte und machte einen Schritt auf sie zu ... als sein Handy klingelte.

Nein. Saskia presste eine geballte Faust auf ihre Brust.

Er sah aus, als wolle er fluchen, aber stattdessen hob er ab. „Was ist?" Eine Pause, dann ein Seufzer. „Gut. Bis gleich." Er legte das Handy geräuschvoll auf den Tresen zurück. „Meine verdammten Brüder."

„Ich nehme an, sie sind hier?" Ausnahmsweise war sie nicht so glücklich darüber, dass Cam seiner Familie so nahestand.

„Und Savannah und Siv. Sie wollen alle wissen, wie es dir geht."

Saskia stieß einen Atemzug aus. „Ich werde ihnen vermutlich dankbar sein. Später."

Er packte ihren Kiefer und drückte ihr einen schnellen, festen Kuss auf die Lippen.

Sie zog die Nase kraus. „Oder auch nicht."

„Süß." Er streichelte ihr Kinn, als es an der Wohnungstür klopfte.

Cam öffnete sie und seine Brüder und ihre Frauen kamen herein.

„Wir haben Essen vom Chinesen mitgebracht." Siv hielt eine große Papiertüte hoch.

Savannah ging direkt auf Saskia zu. Sie warf ihre Arme um sie und Saskia drückte ihre beste Freundin. Dann sah sie auf den blauen Gips an Savannahs linkem Handgelenk hinunter.

„O Savannah. Wie sollst du jetzt nur malen oder eine Skulptur modellieren?"

„Der Gips wird mich nicht davon abhalten", sagte ihre Freundin entschlossen. „Es ist nur ein winziger Bruch. Praktisch nichts."

Hunt, der hinter ihr stand, gab einen leisen Laut von sich. Offensichtlich war er da anderer Meinung.

„Es tut mir so unglaublich leid, dass du verletzt wurdest", sagte Saskia.

„Es ist *nicht* deine Schuld. Du brauchst dich für

nichts zu entschuldigen. Also, Siv hat Essen mitgebracht und ich habe alle Zutaten für Cocktails dabei."

Hunt hielt zwei Einkaufstüten hoch.

„Und mich hat Cam gebeten, einen Blick auf dein Knie zu werfen", sagte Ryder.

„Meinem Knie geht es gut", sagte Saskia. „Ich habe eine alte Tanzverletzung und es tut immer wieder mal weh."

Der Sanitäter lächelte nur. „Dann werde ich nicht lange brauchen. Gehört alles zum Morgan-Service."

Sie begegnete Cams Blick und sah ein schwaches Lächeln auf seinem rauen Gesicht.

Vielleicht war diese Unterbrechung ja doch nicht so übel.

CAM SAH ZU, wie Saskia mit einem leisen, niedlichen Grunzgeräusch in ein Cocktailglas kicherte. Neben ihr lachte auch Savannah und Siv verdrehte die Augen und leerte ihr Glas.

Sie tranken alle eine unerträglich süße Mischung aus Passionsfrucht und Gin, die Savannah gezaubert hatte.

„Wer hätte gedacht, dass wir alle mit Frauen zusammenkommen würden, deren Namen mit S beginnen", sagte Ryder und nippte an seinem Bier.

Sie hatten gegessen und ein paar Gläser getrunken. Rome hielt vor der Tür Wache. Er würde später von einem anderen Mitarbeiter von Norcross Security abgelöst werden.

„Gibt es etwas Neues von Mikhailov?", fragte Ryder leise.

Cam presste die Lippen zusammen. „Bisher nicht. Aces Kontakte und Hex von Sentinel Security suchen nach ihm."

„Die Bundespolizei sucht ihn auch", sagte Hunt. „Sie überprüfen alle Luxushotels. Er würde nicht in irgendeinem billigen Motel absteigen."

Nein, Mikhailov mochte seinen hohen Standard. Früher oder später würden sie ihn finden. Cam konnte es nicht erwarten, den Mann in die Finger bekommen.

Saskia lachte wieder. Er war so froh, sie entspannt und glücklich zu sehen. Sie ließ sich von dem, was ihr passiert war, nicht unterkriegen.

Cam wollte Mikhailov, aber seine oberste Priorität war es, dass Saskia sicher und glücklich war.

„Bruder, du bist ja so was von erledigt", sagte Ryder grinsend. „Ich bin froh, dass du zur Vernunft gekommen bist."

„Ich bin mir immer noch nicht sicher, ob ich das bin, was sie braucht."

Saskia sah in seine Richtung und ihre Blicke trafen sich. Sie lächelte und er spürte es in seinem Bauch.

Hunt schnaubte. „Dann mach die Augen auf."

Ryder hob sein Bier an. „Und lass sie selbst entscheiden, was sie braucht. Für mich sieht es schwer danach aus, dass sie nur dich will."

Ein Glücksgefühl regte sich in Cams Brust. Lange Zeit war er in Schuldgefühlen und Kummer ertrunken und in dem Gefühl, dass er es hätte sein sollen, der starb, und nicht Kris.

Lange Zeit hatte er sich nicht würdig gefühlt, geliebt zu werden, und schon gar nicht von einer Frau wie Saskia. Sie vertrieb die Schatten seiner Finsternis. Sie war Licht und Schönheit.

Sie grunzte wieder so liebenswert. Siv schloss sich ihr an, und er konnte sich ein Lächeln nicht verkneifen.

Kris hätte sie großartig gefunden. Er hätte Cam damit aufgezogen, dass er sie ihm mit seinem Charme ausspannen würde. *Sie ist eine gottverdammte Schönheit, Morgan, du Glückspilz.*

Manchmal stellte sich Cam immer noch Kris' Stimme vor. Entweder wurde er langsam verrückt oder er konnte seinen Freund einfach noch nicht ganz loslassen.

„Du hast deinen Job erfüllt, Cam", sagte Hunt. „Einen Job, den die meisten Menschen nicht machen können oder wollen. Du hast dir jedes bisschen deines neuen Lebens verdient, auch sie."

Ryder stand auf. „Ich bringe meine Frau jetzt für heißen Sex nach Hause."

Siv schlug ihre langen Beine übereinander. „Wirklich? Und das mussten alle im Raum erfahren?"

„Ja. Und jetzt komm, meine norwegische Blume."

„Zum Glück bist du heiß und ich liebe dich." Siv erhob sich und nahm seine Hand.

Savannah und Saskia umarmten sich lange. Sie lächelten beide, als Hunt einen Arm um Savannah legte.

Er sah Cam an. „Wenn du etwas brauchst, ruf an."

Cam hob sein Kinn. „Danke." Er schloss die Tür hinter ihnen.

In der Mitte des Raumes machte Saskia eine anmutige Drehung. In jeder Faser ihres schlanken Körpers steckten Eleganz und Stil.

Sie drehte sich um. „Ich bin so froh, dass es Savannah gut geht. Der Arzt hat gesagt, ihr Handgelenk sollte gut verheilen." Saskia drehte sich wieder.

„Ich bin auch froh, denn sonst hätte ich meinen Bruder einsperren müssen, damit er Mikhailov nicht selbst zur Strecke bringt."

Bei der Erwähnung von Mikhailovs Namen verblasste ihr Lächeln.

„Nein." Cam legte ihr eine Hand auf die Schulter. „Wir lassen uns von diesem Dreckschwein nicht den Abend verderben. Er hat dir schon genug Kummer bereitet."

Sie legte eine Hand auf Cams Brust. „Der heutige Abend hat Spaß gemacht." Sie lächelte. „Deine Brüder sind wirklich heiß und die Cocktails waren fantastisch."

„Kein Kommentar dazu, was du über meine Brüder gesagt hast. Und mir ist aufgefallen, dass dir die Cocktails geschmeckt haben. Ich muss vielleicht ein paar schicke Gläser besorgen."

Saskia grinste ihn anbetungswürdig an und ihre Augen funkelten.

Ein neues Lied fing an, zu spielen.

„Oh, ich *liebe* dieses Lied." Sie wandte sich ab und drehte die Lautstärke der Stereoanlage auf.

Dann bewegte sie sich in die Mitte des Wohnzimmers, beugte sich erst vor und sprang dann hoch.

Verdammt, er liebte es, ihr zuzusehen, wenn sie sich so bewegte. Er ließ sich in einen Sessel fallen. Sie schleuderte ihr Bein hoch, fast senkrecht, und sein Schwanz wurde hart. *Verdammt.* Ihm war bisher nicht wirklich bewusst gewesen, wie dehnbar sie tatsächlich war.

Sie wurde eins mit dem Lied, nahm es in sich auf und reflektierte es.

Er hielt seinen Blick auf sie gerichtet, während sie tanzte. Sie war so atemberaubend schön.

Als das Lied zu Ende ging, drehte sie sich wieder zu ihm um, ihre Wangen von der Anstrengung und dem Alkohol gerötet.

„Du bist so wunderschön, Saskia." Und damit meinte er nicht nur ihr Aussehen.

„Ich liebe es, wie du mich ansiehst." Sie ging auf ihn zu.

Er zerrte sie auf seinen Schoß.

Sie drückte ihre Knie an seine Seiten, setzte sich rittlings auf ihn und küsste ihn leidenschaftlich.

Cam hob eine Hand an ihren Hintern, die andere legte sich um ihre schlanke Taille.

Sie küsste ihn voller Hingabe, knabberte an seiner Unterlippe und ihre Zunge glitt wagemutig in seinen Mund. Cam zog sie näher an sich und sie rieb sich an seinem harten Schwanz.

Er stöhnte und vergrub eine Hand in ihrem Haar. Er übernahm die Kontrolle über den Kuss und neigte ihren Kopf zurück.

„*Ja*", hauchte sie.

Er drückte seine Lippen auf die Sehne an ihrem Hals und die Geräusche, die sie von sich gab, schossen wie Blitze in seine Lenden.

Das plötzliche Klingeln seines Handys ließ ihn erstarren.

„*Nein*", wimmerte sie.

„Tut mir leid, Süße, aber das ist Romes Klingelton." Cam kniff ihr in den Hintern und gab ihr einen letzten schnellen Kuss. Dann zog er sein Handy aus seiner Tasche. „Rome."

„Tut mir leid, Cam. Ich habe da gerade einen Typen in der Lobby gesehen. Könnte einer von Mikhailovs Männern sein, aber ich habe ihn aus den Augen verloren."

Die Worte waren wie ein Eimer kaltes Wasser in sein Gesicht.

„Hast du eine Ahnung, wohin er gegangen ist?"

„Nein, ich suche ihn gerade, aber ich will kein Risiko eingehen. Hex prüft die Aufzeichnungen der Kameras."

„Okay, ich schließe Saskia in der Wohnung ein und sichere unser Stockwerk."

„Ich melde mich, falls ich ihn finde."

Cam stand mit Saskia auf. Die Sorge stand ihr ins Gesicht geschrieben – die gute Laune von den Cocktails und ihre Lust auf ihn waren verflogen.

„Vielleicht ist es nichts", sagte er.

Sie schlang ihre Arme um seinen Bauch. „Ich verstehe nicht, warum Mikhailov das tut. Ich bin doch nur eine Frau – es gibt Millionen wie mich."

Cam verstand Mikhailov. Es gab keine Zweite wie sie. Keine Frau, die diese Schönheit, dieses Talent und eine solche Reinheit in sich vereinte.

Er umfasste ihr Gesicht und streichelte mit dem Daumen über ihre Lippen. „Es wird bald vorbei sein."

Sie kniff die Augen zusammen und nickte. „Sei vorsichtig."

Er umarmte sie. Sie zog ihn fest an sich.

Dann löste Cam sich aus ihren Armen. Er schnappte sich seine Glock und sein Messer und überprüfte beides. „Mach niemandem außer mir und Rome die Tür auf."

Sie nickte. Sie sah so klein aus, wie sie da stand. Dann straffte sie ihre Schultern. „Komm unversehrt zu mir zurück, Camden Morgan, oder ich bin stinksauer."

Ein Lächeln umspielte seine Lippen. „Ja, Ma'am."

Lautlos schlüpfte er durch die Eingangstür hinaus und vergewisserte sich, dass sie hinter ihm verschlossen war.

Der Flur war leer. Zügig schlich er über den Teppich.

Nichts kam ihm seltsam vor und er sah niemanden. Er erreichte das Treppenhaus und öffnete die Tür.

Stille.

Dann hörte er ein leises Scharren. Ein Stiefel auf Beton.

Leise schloss er die Tür hinter sich.

Er warf einen Blick über das Geländer und sah den verstohlenen Schatten eines Mannes die Treppe heraufkommen.

Cams Lächeln war eiskalt und finster.

Nicht heute, Arschloch.

KAPITEL ELF

Saskia saß zusammengerollt auf Cams Couch, wippte mit einem Bein und knabberte an ihrem Nagel.

Leider war sie nüchtern.

Und besorgt.

Er war schon eine Weile weg. Ging es ihm gut?

Sie sprang auf. Sie konnte nicht einfach dasitzen und warten. Sie machte sich auf den Weg in die Küche. In Zeiten wie diesen war Stressfuttern angesagt. Sie öffnete die Tür zu Cams Vorratskammer.

Cam hatte vielleicht zwei Prozent Körperfett. In seiner Wohnung gab es vermutlich keine Schokolade.

Dann entdeckte sie eine vertraut aussehende Schachtel und schnappte sie sich. Ihre Lieblingspralinen!

Sie erstarrte. *O Gott.* Da lag eine ganze Reihe von identischen Schachteln. Sie hatte ihm während eines ihrer nächtlichen Telefonate erzählt, dass diese Pralinen ihre Schwäche waren.

Ihr Herz quoll über vor Glück. Er wollte ganz

eindeutig etwas von ihr. Mit der einen Hand stieß er sie weg, aber mit der anderen legte er einen Vorrat ihrer Lieblingsschokolade an.

Sie steckte sich eine Praline in den Mund und genoss die Geschmacksexplosion auf ihrer Zunge.

Wo blieb er?

Sie ging auf und ab und aß mehr Pralinen, als sie sollte. Als ihr Handy klingelte, schreckte sie hoch und ließ fast die Schachtel fallen.

Gott, war Cam etwas zugestoßen?

Eine üble Vorahnung beschlich sie, als sie ihr Handy hochnahm und den Namen ihres Bruders auf dem Bildschirm sah.

Oh. „Killian?"

„Saskia, mein Gott. Geht es dir gut? Ich habe erst jetzt wieder Empfang und jede Menge Nachrichten von Wolf."

Sie schlang ihre Finger fester um ihr Handy. „Es geht mir gut."

„Es tut mir leid, dass ich nicht da war –"

In der Stimme ihres Bruders schwang ein viel tieferer, älterer Schmerz mit. Diese Männer, die dachten, sie seien für alle verantwortlich. „Killian. Es geht mir gut und ich war nicht allein."

„Dieser kranke Wichser, der dich entführt hat, ist erledigt, das verspreche ich." In Kills Stimme schwang finstere Mordlust mit.

„Mikhailov ist auf der Flucht", sagte sie. „Aber er ist immer noch hier."

Eine kurze Pause. „Er ist immer noch in San Francisco?"

„Ja. Und hinter mir her, aber das Norcross-Team kümmert sich um mich."

Ihr Bruder fluchte. „Ich werde den ersten Flug zurück in die Staaten nehmen."

„Killian, es geht mir gut. Wirklich. Ich bin in Sicherheit."

„Ich werde Wolf und Hades bitten, dich nach New York zu holen. Mein Lagerhaus ist der sicherste –"

„Ich bleibe hier. In San Francisco. Vorerst."

Wieder eine Pause. „Wo bist du? Ganz genau?"

Sie holte tief Luft. Um Himmels willen, sie war erwachsen, aber Killian schaffte es oft, dass sie sich wie ein kleines Mädchen fühlte.

„Ich bin bei Camden Morgan."

Totenstille am anderen Ende. Sie musste schlucken.

„Morgan? Der Bruder von Hunt. Ehemaliger Ghost-Ops."

Killian hatte einen messerscharfen Verstand und vergaß nie etwas. Wahrscheinlich wusste er alles über alle Mitarbeiter von Norcross Security bis hin zu ihrer Schuhgröße.

„Ja. Er sorgt für meine Sicherheit. Er ist gerade draußen unterwegs und geht einem Hinweis nach. Er sollte jeden Moment zurück sein." *Bitte sei jeden Moment zurück.*

„Du bist verletzlich, Saskia. Wenn er deine Situation ausnutzt –"

Sie verdrehte die Augen. „Kill, ich bin ein großes Mädchen. Ich komme klar und Cam und ich haben in den letzten Monaten viel geredet. Er hat sogar versucht, mich wegzustoßen, auch wenn ich es nicht wollte. Ich mag ihn."

Killian murmelte einen Fluch. „Saskia, er hat Dinge durchgemacht, die du dir nicht einmal ansatzweise vorstellen kannst. Er ist vielleicht nicht in der Lage, dir zu bieten, was du brauchst."

Sie wurde wütend. „Das hat er auch gesagt, aber die Sache ist die: *Ich* entscheide, was ich brauche, und bis jetzt gibt er mir alles, was ich haben will."

Ihr Bruder stieß einen erstickten Laut aus.

„Damit meine ich nicht Sex", sagte sie.

„Du hast keinen Sex. Niemals. Du bist meine Schwester. Damit das klar ist."

Sie lachte über die Verärgerung in seiner Stimme. „Ich liebe dich, großer Bruder."

Killian stieß einen Atemzug aus. „Ich liebe dich auch, Sassy. Ich will nur, dass du in Sicherheit und glücklich bist."

Sie lächelte und spürte, wie ihr Tränen in die Augen stiegen. Er hatte seit Jahren nicht mehr den Spitznamen aus ihrer Kindheit benutzt. „Ich weiß."

„Ich komme zurück, sobald ich kann. Ich vertraue Morgan und Norcross damit, dass sie bis dahin auf dich aufpassen."

Das war ein großes Zugeständnis von ihrem paranoiden Bruder. „Okay, Kill."

„Pass auf dich auf."

Als sie den Hörer auflegte, öffnete sich die Haustür.

Cam trat ein und Erleichterung durchströmte sie.

„Ist alles –?" Sie schnappte nach Luft. „Ist das *Blut* auf deinem Shirt?"

Er sah auf die roten Flecken hinunter. „Nicht mein eigenes."

„Soll ich mich jetzt besser fühlen?", kreischte sie. Sie ging zu ihm und hob seine Hand. Seine Fingerknöchel waren wieder aufgeplatzt. „Was ist passiert?"

„Einer von Mikhailovs Schlägern hat sich über das Treppenhaus nach oben geschlichen. Ich habe ihn unschädlich gemacht."

„Ist er tot?"

„Nein. Rome hat mir geholfen und Rhys hat ihn abgeholt. Er sitzt jetzt in einem der Hafträume neben dem anderen Kerl. Wir hoffen, dass er uns Mikhailovs Aufenthaltsort verrät." Die Wut in Cams Stimme war nicht zu überhören.

Sie drückte ihre Hände auf seine Brust. „Hey, ich will nicht, dass du dich in dieser Wut verlierst."

Seine Züge wurden ein wenig weicher. Er ließ eine Hand in ihr Haar gleiten. „Das kann ich gar nicht. Nicht, wenn du hier bist."

Sie musste ihn küssen. Sie stellte sich auf die Zehenspitzen und presste ihren Mund auf seinen. Seine Hand packte ihre Haare fester und er neigte den Kopf zur Seite.

Mmh. Sie stöhnte. Camden Morgan schaffte es jedes Mal, sie allein mit einem Kuss zu erregen. Trotz allem und trotz des Wissens, dass einer von Mikhailovs Gorillas es in ihre Nähe geschafft hatte, entbrannte ein wildes Feuer in ihrer Mitte.

Sie wollte Cam. Sie wollte dort weitermachen, wo sie vor der Unterbrechung aufgehört hatten.

Doch Cam unterbrach den Kuss und Saskia unterdrückte ein Stöhnen.

„Ich muss mich waschen", sagte er. „Ich will nicht, dass Blut an mir klebt, wenn ich dich berühre."

Sie nickte. „Wie hat dieser Typ uns gefunden?"

„Er hatte Fotos dabei. Von dir. Und von mir und Vander, auf dem Union Square."

Und dann hatten sie wahrscheinlich nach Informationen über Cam gesucht. Gott, wie sehr sie das alles hasste.

„Kann es sein, dass der Moment ruiniert ist?", sagte sie.

„Ja." Er streichelte ihr Haar. „Außerdem bist du immer noch verängstigt. Ich möchte, dass du dich ausruhst und sicher fühlst."

Am sichersten fühlte sie sich, wenn sie in seiner Nähe war.

Er senkte den Blick und seine Mundwinkel zuckten. „Wie ich sehe, hast du die Pralinen gefunden."

„Ja. Und ich habe viel zu viele davon gegessen, während ich auf dich gewartet habe. Und Killian hat angerufen."

Cam hob eine Augenbraue. „Er brennt doch nicht aus Rache Russland nieder, oder?"

Sie lächelte. „Nein. Aber er ist auf dem Heimweg."

Cam nickte. „Ich mache mich sauber. Und du machst dich inzwischen fertig fürs Bett." Er hob ihr Kinn an. „Für mein Bett. Da schläfst du nämlich heute Nacht."

Sie biss sich auf die Lippe und hatte auf einmal Schmetterlinge im Bauch. „Okay."

Er ging ins Bad. Saskia ging ins Gästebad, wusch sich das Gesicht und putzte sich die Zähne. Sie fand den niedlichen Schlafanzug, zu dem Savannah sie überredet hatte – Shorts und ein Trägertop. Die Shorts waren sehr kurz und mit rosa Blumen bedruckt. Das rosa gestreifte Top hatte einen Hauch von Spitze am Ausschnitt.

Als sie Cams Schlafzimmer betrat, kam er gerade aus dem angrenzenden Bad.

Sein Oberkörper war nackt und er trug schwarze Baumwollshorts.

Heiliger Strohsack. Sie hatte schon oft gut durchtrainierte Tänzer gesehen. Sie schätzte ihre sehnigen Körper und ihre schlanken Muskeln. Aber Cam war kein Tänzer. Er war nicht sehnig. Cam war ein *Kraftpaket.* Gebaut für Stärke und Leistung. Er war ein Mann, der einen gefallenen Kameraden ohne Pause kilometerweit tragen konnte.

Ein Mann, der die Menschen, die er liebte, vor jeder Gefahr beschützen würde.

„Scheiße." Sein Blick wanderte über sie. „Zum Glück schlafe ich nachts kaum, denn viel Schlaf werde ich auch nicht bekommen, wenn du das trägst." Er schlug die Decke zurück. „Komm her, Süße."

Saskia kletterte ins Bett. Alles roch nach ihm. Sobald ihr Kopf das Kissen berührte, überkam sie die Müdigkeit.

Cam legte sich neben sie und schlang seinen Körper um ihren. Seine Haut war heiß und eine starke Hitze ging von ihm aus.

Er drückte ihr einen Kuss auf den Kopf. „Schlaf jetzt."

„Cam –"

„Sch-sch-sch, Süße. Schlaf einfach."

Und sie war schockiert, wie schnell sie in einen tiefen Schlaf sank.

EIN EINZELNER STRAHL der hellen Morgensonne drang durch den Spalt in den Vorhängen und fiel auf Cams Gesicht.

Für den Bruchteil einer Sekunde glaubte er, wieder in der Wüste zu sein, wo die heiße Sonne auf ihn herunterbrannte. Aber der desorientierte Moment zog vorüber. Er nahm das bequeme Bett wahr, die weichen Laken und die schöne, schlafende Frau, die halb auf ihm lag.

Cam sah auf Saskias Wange hinunter, die auf seinem Brustmuskel ruhte. Eines ihrer langen Beine lag quer über seinem. Ihr dunkles Haar verteilte sich wie ein Vorhang über seine Brust. Und ihre Shorts waren so verdammt kurz, dass er einen Blick auf die zarte Haut ihres Hinterns werfen konnte.

Er biss die Zähne zusammen. Sein Schwanz war so hart, dass er wehtat.

Vorsichtig schob er sich unter ihr heraus. Saskia gab einen niedlichen Laut von sich und rollte sich in der Mitte seines Bettes zusammen.

Im Badezimmer versuchte er, seinen Schwanz dazu zu bringen, sich zu entspannen, damit er pinkeln konnte. Er betrachtete sein Spiegelbild.

Wie immer war das Erste, was ihm auffiel, die Narbe. Er schluckte. So viele schreckliche Erinnerungen waren damit verbunden. Der Lärm, die Schreie, das Blut, Kris.

Er schloss die Augen und dachte an Saskia.

Elegante Finger auf seiner Wange, die über die Narbe strichen, als wäre sie gar nicht da.

Er wollte zurück ins Schlafzimmer gehen, die Decke und den Pyjama von ihrem Körper reißen und sie mit seinen Händen und seinem Mund erkunden. Er wollte die Geräusche hören, die sie von sich gab, wenn er sie zum Kommen brachte.

Seine Hände klammerten sich an den Rand des Waschbeckens. Und schon war er wieder hart.

Er würde sich um sie kümmern, verdammt noch mal. Und sie nicht für seine eigenen verdammten Bedürfnisse benutzen.

Er ging in die Küche, um Kaffee zu kochen. Um die Ecke gab es eine Bäckerei, die gute Croissants und Brot machte. Er würde anrufen und etwas liefern lassen.

Dann wollte er zu Norcross Security fahren und herausfinden, wie weit sie mit ihrer Suche nach Mikhailov waren. Mit finsterer Miene lauschte er der Kaffeemaschine. Er wollte, dass das Arschloch einsaß. So sehr Cam den Kerl auch krankenhausreif schlagen wollte, er würde sich damit zufriedengeben müssen, ihn an die Behörden zu übergeben.

Und zu wissen, dass Saskia in Sicherheit war.

„Hey."

Er drehte sich um und sah eine noch ganz verschlafene Saskia mit offenem Haar in dem unfassbar knappen Pyjama dastehen.

Das bisschen Stoff sollte nicht so sexy sein, aber genau das war es. Sein Schwanz regte sich. *Scheiße.*

Er räusperte sich. „Gut geschlafen?"

„Das habe ich. Viel besser, als ich erwartet hätte." Sie schmunzelte. „Und ich schlafe gern so eng an dich gekuschelt." Ihr Blick senkte sich und wanderte über seine nackte Brust. „Ich muss es einfach sagen. Du bist echt heiß. So unfassbar heiß."

Das linderte seinen Ständer nicht gerade. „Ich trainiere. Du hast beim Tanzen sicher schon viele fitte Körper gesehen."

„Es gibt fit und dann gibt es –" Sie deutete mit einer Hand auf ihn.

Er musste das Thema wechseln. „Willst du Kaffee?" Er holte zwei Tassen aus dem Schrank.

„Ich will keinen Kaffee."

Er sah sie wieder an.

Sie hob ihr Kinn und der Ausdruck auf ihrem Gesicht sagte ihm alles, was er wissen musste.

„Ich will, dass du mich berührst", sagte sie.

Er blies Luft durch seine Lippen aus. „Saskia, du hattest ein paar heftige Tage –"

Sie schüttelte den Kopf. „Sag mir nicht, was ich fühle oder was ich will. Ja, die letzten Tage waren nicht gerade einfach, aber ich bin am Leben, ich bin in Sicherheit und ich bin entschlossen, mein Leben zu leben. Ich will all die Dinge tun, die ich schon immer tun wollte, aber immer wieder aufgeschoben habe." Ihre Augen blitzten auf. „Das schließt dich ein, Camden Morgan."

Cam atmete tief ein. Er stellte den Becher ab und seine Finger bohrten sich in seine Handflächen. Er konnte nicht länger dagegen ankämpfen. Verdammt, er war sich nicht sicher, ob er es sollte.

Saskia Hawke gehörte ihm und er erhob jeden Anspruch auf sie.

Er schritt auf sie zu und sah, wie sich ihre Augen weiteten.

„Jetzt gibt es kein Zurück mehr", knurrte er.

„Ich will auch nicht zurück."

Er bewegte sich schnell und zerrte sie an sich. Ihre Körper prallten aufeinander und er packte sie fester, drückte seine Lippen auf ihre.

All seine Selbstbeherrschung, seine Zweifel und Unsicherheiten verflogen – für den Moment.

Sein Verlangen nach ihr brannte in seinen Lenden. Er brauchte diese Frau.

Es steckte so viel Kraft in seinem Kuss, dass sie ihren Kopf ein wenig nach hinten neigen musste. Er löste sich von ihr, um ihr mit einem Ruck das Top über den Kopf zu ziehen. Als Nächstes landeten die Shorts auf dem Boden, die ihn in den Wahnsinn trieben.

Sein Schwanz pochte. *Fuck*. Darunter war sie nackt, trug keine Unterwäsche.

Sie starrte zu ihm auf und in ihren dunklen Augen spiegelten sich Verlangen und Lust. Ihr schlanker Körper wirkte auf den ersten Blick fast zerbrechlich. Irrtum. Er umfasste eine ihrer kleinen Brüste und sein Daumen strich über ihre Brustwarze. Sie zog sich zusammen und Saskia schnappte nach Luft. An der Vene an ihrem Hals sah er, wie schnell ihr Puls schlug.

Cam küsste sie wieder. Ihre Hände glitten über seine Schultern.

„Ich liebe deinen Körper", keuchte sie.

„Nicht so sehr, wie ich deinen liebe."

Er schob sie vor sich her und seine Empfindungen explodierten. Er musste sie am ganzen Körper berühren.

„Ich will dich so sehr, Saskia." Er fuhr mit seinen Händen ihren Körper hinauf. „So verdammt sehr. Jede Nacht denke ich an dich. Jeden Tag will ich dich. In meinem Bett. In meinen Armen. Auf jede erdenkliche Art will ich dich haben."

„Ich will dich auch." In ihrer Stimme lag kein Zögern, keine Unsicherheit.

Sie streichelten und liebkosten einander und ihr Kuss wurde noch intensiver, kannte keine Zurückhaltung mehr. Saskia küsste seinen Hals. Er erkundete mit seinen Händen ihren Körper.

Eine ihrer Hände packte seinen Hintern, mit der anderen zog sie seine Shorts nach unten.

Als sie sie ihm ausgezogen hatte, legte sie eine Hand um seinen harten Schwanz.

Er stöhnte. *Fuck.* Sie schlang ihre Finger um ihn und er stieß sich in ihre Hand. Sie richtete ihren Blick auf seinem Schwanz und errötete.

„Wie Stahl", flüsterte sie.

Als sie mit ihm zu spielen begann, stöhnte er auf. Er sah nach unten und sein Blick fiel auf ihre schlanken, eleganten Finger, die seinen steifen, geschwollenen Schwanz umschlossen. Sie zeichnete die pochende Ader nach.

„Fuck." Wenn sie ihn weiter so berührte, würde er in ihrer Hand kommen.

Er wollte, nein, er musste in ihr sein.

Sanft stieß er ihre Hand weg und hob sie hoch. Sie

schnappte nach Luft und schlang ihre Beine um seine Hüften.

Er ging mit ihr in Richtung Schlafzimmer, doch dann bewegte sie sich und die Spitze seines Schwanzes glitt an ihren Eingang.

Sie keuchte und er stöhnte. Ihre Blicke trafen sich.

Das Raubtier in Cams Innerem befreite sich aus seinen Fesseln. Er hatte noch nie zuvor etwas so sehr gewollt, wie er sie wollte. Das Schlafzimmer war zu weit weg. Die Couch war zu weit weg.

Er ging auf ein Knie und legte sie behutsam auf den Rücken. Sie klammerte sich an ihn und sah ihn mit großen Augen an.

Er stieß sich in sie.

Sie keuchte erst, dann schrie sie lustvoll auf. Mit den Händen klammerten sie sich an seine Schultern.

Verdammt, sie war so eng.

Cam begann, sich in ihr zu bewegen, stieß sich hart und tief in ihre Hitze. Ihr Körper bebte unter seinem, aber sie erwiderte jeden seiner Stöße, war ganz bei ihm.

Es fühlte sich so gut an, so wundervoll.

„Das ist es", stöhnte er. „So eng, so feucht, einfach perfekt."

Ihre Nägel gruben sich in seine Haut. „Ich liebe es, wenn du in mir bist. So tief in mir."

Er hatte es langsam angehen wollen. Sich Zeit lassen. Aber jetzt, in ihr vergraben, war er nicht dazu in der Lage. „Saskia." Seine Stimme bebte vor Anstrengung und er machte weiter, Stoß für Stoß.

„Nimm dir, was du brauchst", hauchte sie und ihre Hände glitten in sein Haar. Sie zog seinen Kopf zu sich hinunter und küsste ihn. Es war ein sinnlicher, alles vereinnahmender Kuss.

„Ich will dir nicht wehtun." Sein Bedürfnis nach ihr ließ ihn zittern, ließ ihn all seine Selbstbeherrschung in den Wind schlagen.

„Du wirst mir nicht wehtun. Du könntest mir niemals wehtun", wisperte sie. „*Cam*, bitte."

Er bewegte sich schneller und sank mit jedem Stoß tief in sie.

„Mein Gott, Saskia", stöhnte er. Eine Flamme der Lust leckte seinen Rücken hinauf.

Sie neigte ihr Becken, um ihn noch tiefer aufzunehmen, und wimmerte erregt. Er wusste, dass sie kurz davor war zu kommen, denn ihre inneren Muskeln zogen sich um ihn zusammen.

Viel länger würde er nicht durchhalten.

„Komm, Süße." Er glitt noch tiefer, stieß sich jetzt unkontrolliert in sie.

Ihre langen Beine legten sich enger um ihn und ihr Höhepunkt brach über sie herein.

Cam konnte den Blick nicht abwenden. *Gott, ihr Gesicht.* Es war das Schönste, was er je gesehen hatte.

Verloren in ihrer Schönheit, fand er seine eigene Erlösung.

Er drückte sein Gesicht an ihre Kehle und stöhnte durch seinen atemraubenden Höhepunkt hindurch, während er sich in sie ergoss.

KAPITEL ZWÖLF

Sie lag auf dem Boden und versuchte, wieder zu Atem zu kommen, während das volle Gewicht von Cams köstlichem Körper immer noch auf ihr lastete.

Wow. Saskia lächelte zur Decke hinauf. Sex war für sie noch nie so intensiv, wild und fantastisch gewesen.

Er hatte immer noch nichts gesagt. Sie biss sich auf die Lippe. Vielleicht empfand er nicht dasselbe.

„Ähm, war es gut für dich?"

Er hob den Kopf. „Gut?"

„Ja?"

„Süße, wenn es noch heißer geworden wäre, wären wir beide in Flammen aufgegangen und zu Asche verglüht."

Ihr ging das Herz auf. „Oh. Gut."

Er bewegte sich, stand auf und hob sie mit sich hoch.

Sie keuchte. Es war ein weiterer Beweis dafür, wie unglaublich stark er war. Er ging mit ihr in sein Schlafzimmer und weiter ins Bad. Dort setzte er sie auf den Rand des Waschtisches.

„Nimmst du die Pille?", fragte er.

Erst in diesem Moment wurde sie sich des feuchten Gefühls zwischen ihren Schenkeln bewusst.

Oh. „Nein. Das war in letzter Zeit nicht nötig und ich ziehe es vor, sie nicht zu nehmen, wenn ich nicht muss."

Er befeuchtete einen Waschlappen und schob sanft ihre Beine auseinander.

Als er sie saubermachte, versuchte sie, nicht zu erröten.

„Ich habe kein Kondom verwendet, aber ich bin gesund", sagte er. „Ich ... war mit niemandem zusammen, seit ich aus dem Krankenhaus gekommen bin. Und Vander verlangt regelmäßige Gesundheitschecks von uns allen."

„Okay. Ich bin auch gesund. Wir machen regelmäßige Tests für die Versicherung unseres Ensembles. Und –", sie stellte eine schnelle Rechnung in ihrem Kopf an, „– was meinen Zyklus angeht, sollten wir auf der sicheren Seite sein."

Er warf den Lappen ins Waschbecken und fasste ihr dann zärtlich ans Kinn. „Sag mir Bescheid, wenn sich das ändert." Er stieß einen Atemzug aus. „Ich habe dir versprochen, dich zu beschützen ..."

„Cam." Sie umschloss mit ihren Fingern sein Handgelenk. „Es ist alles Ordnung."

„Ich wollte dich nicht wie ein wildes Tier auf dem Boden ficken."

Sie schnappte nach Luft. „Es war der beste Sex meines Lebens."

Sein Kopf ruckte hoch.

„Wild und völlig außer Kontrolle, und niemand hat mich je so gewollt."

Er starrte sie einen Moment lang an, dann schob er eine Hand in ihr Haar und küsste sie. Mit einem Ruck zog er sie vom Waschtisch und sie schlang ihre Arme um ihn und erwiderte seinen Kuss.

Er drehte sie um und sie betrachtete ihr Spiegelbild. Es löste ein Kribbeln in ihr aus, wie er hinter ihr stand, so groß und stark. Der Mann bestand aus kräftigen, sehnigen Muskeln, ein starker Kontrast zu den schlanken Linien ihres Körpers. Ihre Haut war so viel blasser als seine dunkle Bräune, und sie war glatt, während seine rauer war und von Narben übersät.

Seine Hände glitten nach oben und umfassten ihre Brüste. Sie keuchte heiser.

„So wunderschön." Er spielte mit ihren Brustwarzen und sie wand sich unter ihm. Ihre Nippel zogen sich zu harten Knospen zusammen und sie spürte, wie sein harter Schwanz sich gegen ihren Hintern presste.

„Wenn ich auf einer Mission war, draußen in der Wüste, und versuchte, im Staub und in der Hitze zu schlafen, gab es nichts Schönes." Er beobachtete fasziniert, wie ihr Körper auf ihn reagierte. „Damals hätte ich nie gedacht, dass ich jemals wieder etwas so Wundervolles, Weiches oder Schönes sehen würde."

„Cam." Sie schmolz unter seinen Berührungen dahin.

Eine große Hand glitt an ihrem Körper hinunter und wanderte zwischen ihre Schenkel. Im Spiegel beobachtete sie, wie er sie berührte. Sein Blick war auf ihren Körper gerichtet, sein Gesicht fast schon ehrfürchtig.

Er streichelte die zarte Haut zwischen ihren Beinen. Gott, sie war so nass. Sie hatte das Gefühl, als würde ein Feuer in ihren Adern brennen, und sie konnte nicht stillhalten.

Sie hatte nicht gewusst, dass es möglich war, jemanden so sehr zu begehren.

„*Dieser* Blick. Dieser Blick in deinen Augen." Seine Stimme war tief und kehlig.

Ohne Vorwarnung hob er sie hoch und drehte sie zu sich um. Sie spürte den kühlen Marmor des Waschtisches unter ihrem nackten Hintern.

Cam sank auf die Knie.

Seine rauen, vernarbten Hände spreizten ihre Schenkel, und bevor sie wusste, wie ihr geschah, vergrub er sein Gesicht zwischen ihren Beinen.

Sie schrie auf. Sie spürte das Kratzen seiner Bartstoppeln auf ihrer zarten Haut, und seine Zunge, die die unglaublichsten Dinge tat. Seine zielgerichtete Intensität war fast schon beängstigend. Als er an ihrer Klitoris saugte, vergrub sie ihre Finger in seinen kurzen Haaren und schlang ein Bein um seinen Kopf.

Er entlockte ihr heisere Schreie. Sie hob einen Arm über ihren Kopf, denn sie brauchte etwas, woran sie sich festhalten konnte, und drückte eine Handfläche an den Spiegel. Gleichzeitig hob sie ihre Hüften an, um Cams Zunge noch besseren Zugang zu ermöglichen.

Dann kam sie. *Hart.* Es war unbeschreiblich.

Ihre Schreie hallten noch immer von den Wänden wider, als er sie vom Waschtisch hob.

Sie zitterte und ihre Lust durchströmte sie unnachlässig, als er sie mit dem Rücken zu sich drehte. Sie klammerte sich an der Kante des Waschtisches fest und ihr Blick wanderte zum Spiegel.

Alles in ihr zog sich zusammen. *Gott*, sein Gesicht.

Es war angespannt und seine Narben stachen hervor. Er sah aus wie ein barbarischer Kriegsfürst, der seine Beute einforderte.

Er schob ihre Füße auseinander und seine Hände wanderten über ihren Hintern. Er öffnete die Schublade und sie hörte das Knistern von Folie.

Im Spiegel trafen sich ihre Blicke. Eine seiner Hände schlang sich um sie und drückte sie an seinen Bauch.

Sie beobachtete sein raues Gesicht immer noch, als er in sie eindrang.

Saskia bäumte sich auf und schrie seinen Namen. Er presste seinen Körper an ihren, seine kratzigen Wangen rieben über ihren Hals und seine Zähne glitten über ihre Schulter, während er sie fickte.

In diesem Moment gab es sonst nichts – nur sie beide und das ungefilterte, intensive Gefühl von Cams großem Schwanz, der wieder und wieder in sie hämmerte.

Seine Hand bewegte sich. Sie spürte, wie er die Stelle berührte, an der sie miteinander verbunden waren, an der sein Fleisch in sie glitt. Dann bearbeitete er ihre Klitoris.

Saskia schrie auf. Hitzige Empfindungen überfluteten sie, ein köstliches, brennendes Gefühl. Ihr Körper bebte und ihre inneren Muskeln zogen sich krampfhaft um seinen Schwanz zusammen.

Cam stieß seine Hüften vorwärts und versank tief in ihr. Er drückte sein Gesicht in ihren Nacken und knurrte in ihr Ohr, als er kam.

So verweilten sie. Wie lange, wusste sie nicht. Zeit schien für sie nicht zu existieren.

„Geht es dir gut?" Er drückte ihr einen Kuss auf die Schulter. „Habe ich dir wehgetan?"

„Äh, das Wort ‚gut' ist vermutlich nicht annähernd stark genug, um zu beschreiben, wie hart ich gerade gekommen bin." Sie begegnete seinem Blick im Spiegel. „Und du hast mir überhaupt nicht wehgetan. Ich hoffe sogar, dass du es bald wieder tun wirst."

Er schmunzelte. „Meine Ballerina steht darauf, gefickt zu werden."

„Sie steht darauf, von dir gefickt zu werden."

Er zog sie hoch und streichelte ihr übers Haar. „So hatte ich das nicht geplant. Nachdem ich dich auf dem Boden gefickt hatte, wollte ich eigentlich mit dir duschen und dich dann in mein Bett bringen."

Sie grinste. „Wenn du irgendwelche Beschwerden von mir erwartest, muss ich dich enttäuschen."

Ihre Beine gaben ein wenig nach.

Er glitt aus ihr heraus und entsorgte das Kondom. Sie beobachtete ihn dabei und bewunderte all die prächtigen Muskeln, die sich dabei anspannten.

Dann war er wieder da und hob sie in seine Arme.

„Im Büro rechnen sie noch eine Weile nicht mit uns. Warum ruhst du dich nicht ein wenig aus?" Er setzte sie aufs Bett.

Sie nahm seine Hand. „Nur wenn du dich mit mir ausruhst."

„Wenn ich in dieses Bett steige, wird es nicht viel Ruhe geben."

„Na und?"

Er starrte sie an.

„Du bist gerade zweimal gekommen", sagte sie. „So schnell kannst du doch bestimmt nicht wieder loslegen."

Er hob beide Augenbrauen. „Allein davon, dich anzusehen, bin ich schon wieder halb hart."

Saskias Blick senkte sich. Ihr Mund klappte auf.

Oh. Er sagte die Wahrheit.

Sie leckte sich über die Lippen. „Komm ins Bett, Camden."

Er schenkte ihr ein träges Lächeln. „Ja, Ma'am."

CAM BOHRTE seine Finger in Saskias Hüften, als sie ihn ritt.

Sie hatten sich ausgeruht. Das Ausruhen war in Erkundungen übergegangen. Es stellte sich heraus, dass seine Ballerina eine Vorliebe für seine Bauchmuskeln und seine Brust hatte. Sie hatte ihn gestreichelt, geleckt und sich jeden Zentimeter von ihm eingeprägt.

Er hatte auch ihren langen Körper von oben bis unten berührt und liebkost. Mittlerweile hatte er ein neues Verständnis dafür, wie dehnbar sie war.

Saskia stöhnte und ließ ihren Kopf zurückfallen, während sie seinen Schwanz ritt. Der schwarze Wasserfall aus Haaren war so verdammt schön anzusehen.

„Komm, Süße." Er legte eine Hand an ihre Brust und spielte mit der rosa Brustwarze.

Sie sah ihn an, das Gesicht gerötet, die Hüften ruhelos.

Er hatte noch nie etwas so verdammt Wunderschönes gesehen.

„Ich bin nah dran", keuchte sie. Sie kratzte mit ihren Nägeln über seine Brust. „Ich liebe deinen Körper."

Er fand ihren Kitzler. Er war geschwollen und empfindlich.

Sie zuckte zusammen.

„*Komm*", befahl er.

Sie tat es, stöhnend und zitternd. Dann brach sie auf ihm zusammen und die Fülle ihrer Haare verteilte sich überall.

Wunderschön.

„Küss mich, Saskia."

Sie hob den Kopf. Er musste diese Haare berühren, als sie ihn küsste. Er spürte ihre Verbindung bis tief in seine Seele. Wie Regentropfen auf ausgedörrtem Boden.

Dann richtete er sich auf.

Sie keuchte. Er legte sie flach auf den Rücken und nahm sich einen Moment Zeit, um ihren Anblick zu genießen, wie sie nackt auf seinem Bett lag und ihr schwarzes Haar sich auf dem zerknitterten Laken ausbreitete. Dann positionierte er sich zwischen ihren Beinen. Sie drückte ihre Schenkel an seine Seiten. Sein Schwanz strich erst über sie, dann vergrub er sich bis zum Anschlag in ihr, seiner Saskia.

Sie stöhnte seinen Namen. „Ich *liebe* dich in mir. Ich will, dass du in mir kommst, Camden."

Jedes Mal, wenn er in ihre enge Hitze glitt, schwoll seine Lust weiter an.

„Ich werde den ganzen Tag an dich denken", raunte er. „An deine enge Pussy um meinen Schwanz. An die

niedlichen Geräusche, die du machst, wenn du kommst."
Er steigerte sein Tempo und seine Stöße waren jetzt so
hart, dass ihr ganzer Körper bei jedem einzelnen davon
mitwippte.

Sie kam wieder und für Cam gab es kein Halten
mehr. Er stieß sich ein letztes Mal in sie und der
bisher intensivste Orgasmus überkam ihn. Er ließ
sich davon mitreißen und seine Hüften zuckten
wild.

Schwer atmend sackte er neben ihr auf das Bett. Er
zog sie fest in seine Arme. Sie waren beide schweiß-
gebadet.

Sie griff nach seiner Hand und verschränkte ihre
Finger miteinander.

„Ich wusste nicht, dass es möglich ist, so viel Sex an
einem einzigen Morgen zu haben", sagte sie. „Vor allem
so überwältigenden und super-intensiven Sex."

Er lächelte in ihr Haar. Er fühlte sich so gut und alle
seine Muskeln entspannten sich. „Es war schon eine
Weile her für mich."

Sie drehte sich zur Seite und küsste sein Kinn. „Du
hattest eine Menge angestauter sexueller Frustration
aufzulösen."

„Ja." Er küsste sie auf die Lippen. „Aber denk nicht
eine Sekunde lang, dass ich dich nicht ein paar Mal
hintereinander nehmen werde, wenn wir in Stimmung
sind."

Ein köstlicher Schauer durchfuhr sie. „Also ... ich
werde uns dann mal Frühstück machen." Sie setzte
sich auf.

Auch er begann, sich aufzurichten.

„Nein." Sie rutschte vom Bett. „Du bleibst hier. Heute verwöhne zur Abwechslung mal ich dich."

Sie schnappte sich eines seiner Hemden von einem Stuhl und knöpfte nur ein paar Knöpfe zu, so dass sie zum Anbeißen aussah, als sie hinausging.

Er stieß einen Atemzug aus. Verdammt, wann hatte ihn das letzte Mal jemand verwöhnen wollen?

Ein paar Minuten später kam sie mit zwei Bechern Kaffee und einem Teller mit Toast, aufgeschnittenem Obst und etwas Käse zurück, von dem er nicht einmal gewusst hatte, dass er ihn besaß.

Sie reichte ihm einen der Becher und setzte sich aufs Bett.

Cam lehnte sich gegen das Kopfteil. „Zieh das Hemd aus."

Ihre Augen weiteten sich. „Ich kann doch nicht nackt essen."

Er nippte an seinem Kaffee. „Klar kannst du."

Sie zögerte, aber sie tat es. Sie schob sich den Stoff von den Schultern. Er hatte nur noch Augen für ihre straffen Brüste und ihren flachen Bauch.

Sie aß etwas Zuckermelone. „Also, fahren wir nachher zu Norcross?"

Er nickte. „Ich will wissen, ob Vander etwas aus dem zweiten Wachmann herausbekommen hat. Wir müssen Mikhailov aufstöbern. Je mehr von seinem Vermögen die Behörden sperren, desto verzweifelter wird er werden."

„Vielleicht haut er dann ab?", fragte sie hoffnungsvoll.

„Vielleicht." Aber Mikhailov war ein Mann der alten Schule. Er musste als der große, mächtige Mann dastehen. Und er würde sich rächen wollen, um sein Gesicht zu wahren. Aber das spielte keine Rolle. Solange Cam atmete, kam der Mann nicht an Saskia heran.

„Arbeitest du gern für Vander?", fragte sie.

Er nahm einen Bissen von seinem Toast, kaute und schluckte. „Ja, es macht mehr Spaß, als ich gehofft hatte. Zuerst war es nur ein Job für die Zeit nach meiner Rückkehr. Aber Vander führt ein strenges Regiment, beschäftigt gute Leute, und es gibt jede Menge interessanter Aufträge. Aufträge, für die ich die passenden Fähigkeiten habe."

„Das freut mich."

„Du liebst es offensichtlich, zu tanzen."

„Das tue ich tatsächlich. Es liegt mir im Blut." Sie spielte mit dem Laken. „Unser Vater verließ uns, als ich noch ein Baby war. Killian übernahm die Rolle des Mannes im Haus und half unserer Mutter." Saskia zog die Nase kraus. „Es passte zu seiner Persönlichkeit."

„Du liebst ihn."

„Ja. Es war schwer, als er die Schule beendete und auszog, aber ich wusste, dass er zu Größerem bestimmt war. Ich wollte, dass er seine Flügel ausbreitet und fliegt. Ich hatte natürlich keine Ahnung, dass er ein Spion war. Zu Weihnachten und zu meinem Geburtstag schickte er mir immer Geschenke." Ein trauriger Ausdruck wanderte über ihr Gesicht. „Aber in den ersten Jahren kam er nicht oft nach Hause."

„Du hast ihn vermisst."

„So sehr. Dann wurde Mom krank. Sie war schon immer ein wenig angeschlagen gewesen, zerbrechlich. Sie hatte eine Schilddrüsenerkrankung, die sie müde und schwach machte, und ich glaube, auch eine nicht diagnostizierte psychische Erkrankung. Solange Killian da war, kam sie zurecht, aber als er ging, wurde es immer schlimmer. Sie fing an, zu trinken, und wurde süchtig nach Schlaftabletten, und ich fing an, zu tanzen. Es war ein Rettungsanker, ein Zufluchtsort. Wenn ich beim Training war, in diesen Momenten, in denen ich eins mit der Musik sein konnte, war nichts falsch oder schmerzhaft in meinem Leben. Dann war alles schön und erfüllt von Hoffnung und Inspiration."

Cam spürte, wie ihre Worte etwas in ihm bewegten. „Was ist passiert?"

„Ich versuchte, meine Mutter dazu zu bringen, sich helfen zu lassen, aber sie bestand darauf, dass alles in Ordnung war. Ich war achtzehn, als sie versehentlich eine Überdosis Schlaftabletten nahm."

„Saskia ..." Er nahm ihre Hand.

„Rechtlich gesehen war ich bereits erwachsen, aber ich war so allein. Ich konzentrierte mich nur noch aufs Tanzen. Ich konnte mir unsere große Wohnung nicht leisten, also suchte ich mir eine kleinere, arbeitete nebenbei und machte meine Ausbildung fertig. Ich hatte keine Möglichkeit, Kill zu kontaktieren. Er war irgendwo im Ausland unterwegs."

„Das Tanzen hat dich durch diese schwierige Zeit gebracht", sagte Cam leise.

„Es hat mir das Leben gerettet." Sie schluckte. „Irgendwann kam Killian endlich nach Hause und war so wütend auf sich selbst, als er erfuhr, dass Mom gestorben war und ich mich allein um alles hatte kümmern müssen." Sie lächelte. „Er besorgte mir eine bessere Wohnung und ich tanzte bei meinem Ensemble vor. Ein paar Jahre später zog er zurück nach New York und gründete Sentinel Security."

„Ich bin froh, dass du ihn hast."

„Ich auch. Aber du stehst deinen Brüdern auch sehr nahe, nicht wahr?"

„Ja. Und unserer Mutter. Ich habe dir schon erzählt, dass wir Dad vor ein paar Jahren verloren haben." Cam fühlte sich unbehaglich und rutschte auf den Kissen hin und her. „Alle in meiner Familie haben sich solche Sorgen gemacht, seit ich nach Hause gekommen bin."

Sie rückte ein wenig näher zu ihm. „Weil sie dich lieben. Und weil deine Brüder dasselbe durchgemacht haben."

Cam hielt inne und spürte, wie seine Emotionen hochkochten. „Diese letzte Mission. Es war meine Schuld, dass wir in diesen beschissenen Hinterhalt gelaufen sind."

„Cam –"

„Es ist meine Schuld, dass mein bester Freund Kris gestorben ist. In der einen Minute war er noch am Leben, zäh wie gehärteter Stahl, ein verdammt guter Soldat. In der nächsten lag er zerfetzt auf dem Boden. Die Explosion hatte seine Beine weggesprengt." Gott, Cam würde das viele Blut nie vergessen. Das Gurgeln in Kris' Brust.

„Es ist *nicht* deine Schuld. Kriege sind einfach schrecklich. Ihr müsst in eurem Job enorme Risiken eingehen."

„Wir erwischten einen afghanischen Dorfbewohner, der uns ausspioniert hatte. Er war so dürr, abgemagert bis auf die Knochen. Ich ... konnte es nicht ertragen, ihn zu fesseln und irgendwo anzubinden. In seinem Zustand hätte er dort draußen in der Wüste erfrieren können." Cam holte tief Luft. „Es bestand allerdings auch das Risiko, dass er uns an die Taliban verraten würde."

Sie packte Cams Arm. „O nein."

Er nickte ihr knapp zu. „Ich ließ ihn gehen und deshalb wussten sie, dass wir kamen."

„O Cam." Sie schlang ihre Arme um ihn. „Du musstest eine unmögliche Entscheidung treffen."

Ein Schauer fuhr ihm über den Rücken und er hielt sie fester. „Jede Nacht träume ich von Kris. Wie er auf die Sprengfalle tritt. Ich rufe ihm zu, dass er stehenbleiben soll, aber er hört mich nicht. Dann fliege ich durch die Luft und bin über und über voll mit seinem Blut."

„Halte dich an mir fest. Halt dich einfach fest." Sie wiegte ihn. „Du hast noch nie mit jemandem darüber geredet, oder?"

„Nein." Er drückte sein Gesicht an ihren Hals. „Warum ist es so leicht, mit dir zu reden?"

Sie presste ihre Lippen auf seine. „Weil ich dir gehöre."

KAPITEL DREIZEHN

Es war bereits später Vormittag, als Saskia und Cam bei Norcross Security ankamen. Ein Mitarbeiter namens Matt begleitete sie zur Zentrale.

Im Büro war viel los. Vander erschien und schritt auf sie zu wie der Engel des Verderbens.

Junge, er war verdammt attraktiv, aber der elegante Anzug schwächte seine intensive Ausstrahlung kein bisschen ab.

„Irgendwas Neues?", Cam hielt Saskias Hand.

Vander schüttelte den Kopf. „Wir haben euren ungebetenen Besucher befragt. Er hat uns einen Ort genannt, aber Mikhailov war längst weg, als wir dort auftauchten."

Cam fluchte.

„Geduld", sagte Vander. „Wir finden ihn schon."

Saskia drückte Cams Finger und er nickte.

„Kaffee?", fragte er sie.

„Gern."

Er kam mit dem heißen Getränk zurück und führte sie in ein leeres Büro.

„Brauchst du sonst noch etwas?", fragte er sie. „Ich müsste da nämlich ein paar Dingen nachgehen."

„Ich komme schon klar, Cam. Ich habe die Kindle-App auf meinem Handy und Musik auch. Außerdem muss ich meinen Ensembleleiter anrufen und ihm sagen, dass ich noch ein wenig länger Urlaub brauche."

Cam setzte sein übliches, finsteres Gesicht auf.

„Was ist?" Sie streichelte über die Falte, die sich auf seiner Stirn gebildet hatte.

„Ich hasse es, daran erinnert zu werden, dass du so verdammt weit weg von mir lebst."

Ihr Herz pochte in ihrer Brust. „Einen Schritt nach dem anderen, richtig?"

Er nickte. „Und leider ist Mikhailov Schritt Nummer eins."

Cam zog sie für einen kurzen Kuss heran und ging dann in sein Büro.

Mmh, sie liebte es, ihn im Anzug zu sehen.

Sie drehte die Musik auf und summte vor sich hin, während sie sich auf den Schreibtischstuhl setzte und ihre Beine übereinanderschlug. Sie trug eines der neuen Outfits, die sie mit Savannah gekauft hatte. Ein niedliches, blaues Kleid mit langen Ärmeln, das ihre schmale Taille mit einem Gürtel betonte. Dazu trug sie kniehohe, braune Stiefel.

Sie schickte einige Nachrichten an Savannah, die betonte, dass es ihr gut ging. Sie war in ihrem Studio beschäftigt.

Und wie läuft es mit Cam?

OMG. Savannah, ich wusste nicht, dass es so gut sein kann.

Kreisch! Du hast nur einen Morgan-Bruder gebraucht.

Ich weiß nicht, wie sich die Dinge entwickeln werden, aber oberste Priorität ist es, Mikhailov zu fangen.

Das Arschloch wird untergehen.

Saskia lächelte. Sie war so froh, dass Savannahs schreckliche Erfahrungen ihr nichts von ihrem Kampfgeist geraubt hatten.

Wir sehen uns bald!

Pass gut auf dich auf.

Danach rief Saskia ihren Ensembleleiter an. Er war besorgt, aber gern bereit, ein paar der anderen Tänzerinnen die Chance zu geben, die Hauptrolle in der aktuellen Produktion zu übernehmen.

„Mir wäre es lieber, du wärst hier", sagte Anthony. „Du bist mein Star."

„Sag das bloß nicht laut, wenn die anderen Direktoren in der Nähe sind", stichelte sie.

„Wichtig ist, dass du in Sicherheit bist und dich ausruhst. Und dich um dein Knie kümmerst."

„Das werde ich. Ich melde mich bald wieder. Machs gut, Anthony." Saskia legte auf und starrte gedankenverloren an die Wand. Sie wusste, dass ein paar ihrer Tänzerkolleginnen ihre Rolle liebend gerne übernehmen würden. Und ... sie stellte fest, dass es ihr gar nicht so viel ausmachte.

Diese ganze Situation, in der sie sich befand, hatte sie dazu gebracht, alles neu zu überdenken. Die Ereignisse hatten ihr klargemacht, dass sie nicht so glücklich war, wie sie gedacht hatte.

Was das Tanzen ihr bedeutete, hatte nichts damit zu tun, im Rampenlicht zu stehen oder schicke Fotoshootings zu machen. Wieder kam ihr die Idee einer eigenen Tanzschule in den Sinn.

War sie bereit, ihren Job als Tänzerin an den Nagel zu hängen?

Wenn das hieß, dass sie einen Neuanfang mit einer Tanzschule wagen konnte, und auch mit Cam ...

Sie schüttelte den Kopf. Zuerst musste sie Mikhailov ein für alle Mal loswerden.

Cam erschien in der Tür und wirkte angespannt.

Sie richtete sich auf. „Was ist los?"

„Gute Nachrichten. Einer von Vanders Informanten hat Mikhailov in Seacliff gesichtet. Das ist ein Wohnviertel am Wasser mit großen Villen. Vander, Siv und ich sind auf dem Weg dorthin, um uns umzusehen."

Saskia atmete aus. „In Ordnung. Sei vorsichtig."

„Wir machen das schon. Saxon ist hier, wenn du etwas brauchst." Cam ging zu ihr und streichelte ihr Haar. „Bleib hier im Büro."

Sie schnaubte. „Als ob ich vorgehabt hätte, einen Spaziergang zu machen."

„Ich bin bald wieder da." Er zog sie erst spielerisch an den Haaren und dann für einen schnellen, festen und leider viel zu kurzen Kuss an sich.

Sie sah ihm hinterher, als er durch die Lagerhalle zu Vander und Siv ging, die schon auf ihn warteten.

Saskia biss sich auf die Lippe. Ihm würde nichts passieren. Er war früher Elitesoldat bei einer Spezialeinheit gewesen. Und er hatte Vander und Siv bei sich.

Sie setzte sich wieder an den Schreibtisch und versuchte, in ihrem Buch zu lesen.

„Saskia?"

Saxon stand in der Tür und runzelte die Stirn.

„Stimmt etwas nicht?" Sie waren doch noch gar nicht lange weg.

„Das ist es nicht", sagte er. „Ich hatte gehofft, du könntest mir vielleicht helfen."

Sie stand auf. „Ich kann es versuchen."

„Ich habe Klienten hier. Ein Ehepaar. Ich muss mit ihnen einen Fall besprechen, aber sie haben ihre fünfjährige Tochter dabei. Worüber wir reden müssen, ist nicht für ihre Ohren bestimmt, und sonst kann niemand auf sie aufpassen –"

„Kein Problem. Ich kann mich zu ihr setzen."

Er schenkte ihr ein sexy Lächeln. „Danke. Ich stelle dich ihr vor."

Er führte sie zu der Sitzecke neben der Eingangstür und sie entdeckte ein kleines, dunkelhaariges Mädchen in einem rosa Tutu.

Saskia lächelte. Wie süß. Ein gut gekleidetes Paar stand neben ihr.

„Charlotte", sagte Saxon. „Das ist Saskia. Sie wird mit dir abhängen."

Das kleine Mädchen runzelte die Stirn. „Ich will bei Mami bleiben."

„Entschuldigen Sie." Die Mutter lächelte Saskia an. „Sie braucht ein bisschen, um mit Fremden warmzuwerden."

„Saskia ist eine echte Ballerina", sagte Saxon.

Charlotte hielt inne und musterte Saskia neugierig. „Wo ist dein Tutu?"

„Oh, ich trage meine Kostüme nicht die ganze Zeit. Aber ich kann dir ein paar Fotos davon zeigen."

„Ich trage mein Tutu am liebsten immer."

„Sie versucht sogar, darin zu schlafen", fügte ihre Mutter hinzu.

Das kleine Mädchen fing an, zu strahlen. „Ich nehme Ballettstunden."

Saskia lächelte. „Das ist toll. Dann kannst du mir zeigen, was du schon alles gelernt hast."

Das kleine Mädchen musterte sie misstrauisch. „Bist du sicher, dass du eine Ballerina bist?"

Saskia drehte eine schnelle Pirouette.

Charlotte hob ihr kleines Kinn. „Das ist ja total *einfach*. Das kann ich auch." Sie drehte sich im Kreis und verlor dabei fast das Gleichgewicht. Sie war entzückend, sogar ihre frechen Sprüche. Saskia sah, wie Saxon und die Eltern des Mädchens sich ein Grinsen verkneifen mussten.

„Hmm." Saskia tippte sich ans Kinn. „Kannst du das hier?"

Saskia warf ihr Bein hoch und drückte es senkrecht gegen ihre Schulter. Mit der anderen Hand griff sie an den Saum ihres Kleides, um sicherzustellen, dass sie nicht zu viel zeigte.

„Wow." Charlottes kleiner Mund blieb offen stehen. „Du *bist* eine Ballerina."

Saxon starrte sie mit einem merkwürdigen Gesichtsausdruck an.

Saskia senkte ihr Bein. „Wir werden uns gut verstehen."

Er nickte und winkte Charlottes Eltern in eines der Büros.

„Cam ist ein Glückspilz", sagte Saxon zwinkernd.

Saskia spürte, wie sie rot wurde. „Also gut." Sie setzte sich auf die kleine Couch im Eingangsbereich. „Kannst du mir die Positionen zeigen?"

Charlotte setzte sich sofort in Bewegung.

Es machte Spaß mit ihr. Sie besaß mehr Enthusiasmus als Talent, aber als Saskia ihre Arme in Position brachte, nahm das kleine Mädchen ihre Anweisungen gut an.

Später setzten sie sich zusammen auf die Couch und Saskia zeigte Charlotte Fotos von ihren Auftritten.

„Du bist so schön." Charlotte nahm das Handy und blätterte durch die Bilder.

Saskias Gedanken schweiften ab und sie fragte sich, ob Cam und die anderen Mikhailov schon gefunden hatten. Ob es Cam gut ging.

Der Schatten einer großen Person flimmerte durch die Glasscheibe neben der Eingangstür und erregte Saskias Aufmerksamkeit. Sie legte den Kopf schief. Er schien die Gegensprechanlage nicht zu benutzen, sondern stellte nur etwas ab und ging wieder.

Vielleicht eine Lieferung? Sie konnte nicht selbst

hinausgehen, aber sie würde daran denken, es Saxon zu sagen.

Plötzlich wurde die Eingangstür nach innen aufgesprengt.

Die Explosion schleuderte Saskia von der Couch. Der Geruch von Rauch schlug ihr entgegen und ein schriller Ton sang in ihren Ohren. Benommen schlug sie auf dem Boden auf.

Dann bemerkte sie, dass Charlotte panisch schrie und sich auf der Couch zusammenkauerte.

Saskia kroch zu ihr hinüber und zerrte sie auf den Boden.

Eine weitere Explosion folgte und Saskia warf sich schützend über das kleine Mädchen und betete.

***

CAM WAR FRUSTRIERT.

Ihre Spur hatte nirgendwo hingeführt. Wenn Mikhailov ein Haus in der luxuriösen Gegend rund um Seacliff gemietet hatte, dann hatte er sich gut versteckt.

„Ich habe schon mit Hex gesprochen", erklärte Vander vom Fahrersitz aus. „Sie wird Seacliff elektronisch durchforsten. Wenn Mikhailov dort ist, werden wir ihn finden."

Cam nickte knapp.

„Ich wünschte, Ace wäre im Büro", sagte Vander. „Aber Hex wirkt sehr kompetent."

„Mikhailov kann sich nicht ewig verstecken", fügte Siv vom Rücksitz aus hinzu.

„Hex hat mir auch gesagt, dass Killian in ein paar

Stunden in New York landet", erwähnte Vander vorsichtig.

Siv gab einen amüsierten Laut von sich. „Nach dem, was ich gehört habe, Cam, ist Killian Hawke viel gefährlicher für dich als Mikhailov."

Cam grunzte. Er würde es für Saskia mit einer ganzen Armee aufnehmen. Da würde er auch mit ihrem Bruder fertig werden.

Sie waren fast zurück bei der Norcross-Zentrale, als sie die Explosion hörten.

Für eine Sekunde hatte Cam ein Déjà-vu. Er saß in einem Humvee mit seinem Ghost-Ops-Team. Seine Sicht verschwamm und sein Herz pochte lautstark in seinen Ohren. Schreie hallten in seiner Erinnerung durch die Luft. Das Dröhnen einer weiteren Explosion.

Dann beugte sich Siv vor. „*Dritt*! Das kam von der Zentrale."

Cam wurde augenblicklich in die Gegenwart zurückkatapultiert und sein ganzer Körper versteifte sich. Vander stieg aufs Gas.

Sie bogen mit Vollgas auf die Straße ab und Cam sah, wie schwarze Rauchwolken in den Himmel stiegen. Ihm stockte das Blut in den Adern.

Nein. *Verdammt, nein.*

Saskia.

Vander fluchte. Sein Boss trat auf die Bremse und der Geländewagen kam unsanft zum Stehen. Sie sprangen heraus.

Es sah so aus, als wäre die Eingangstür das Ziel der Explosion gewesen. An der Stelle, an der sich der

Eingang befunden hatte, klaffte ein Loch, aber das Gebäude selbst schien intakt zu sein.

Einen Moment lang war Cam wie erstarrt. Er sah sein Ghost-Ops-Team, sah Kris' verstümmelten Körper. Dann kniff er die Augen zu. In seinem Kopf sah er plötzlich Saskias Körper, zerfetzt und blutverschmiert.

Er hatte sie nicht beschützt. Er hatte sie im Stich gelassen.

Dann drang wieder Lärm an seine Ohren. Mit einer schnellen Bewegung zogen Vander und Siv ihre Waffen.

Cam schaltete von einer Sekunde auf die andere in Kampfmodus. *Saskia.* Er musste zu Saskia gelangen. Er zog seine Glock.

Vander hob eine Hand und gab ihnen ein Handzeichen. Cam und Siv flankierten ihren Boss, als sie sich einen Weg durch die Trümmer bahnten.

Cam versuchte, etwas im Inneren der Lagerhalle zu erkennen, und sah Saxon im Nahkampf mit einem maskierten Mann in einem grauen Kapuzenpulli.

Trotz seiner Eleganz war Saxon im Herzen ein Krieger. Seine Schläge waren hart und seine Tritte tödlich.

Aus dem Augenwinkel nahm Cam eine Bewegung wahr und er entdeckte einen zweiten Angreifer, der sich über eine Couch beugte. Er zerrte Saskia vom Boden hoch, die sich mit Händen und Füßen wehrte.

Saskia. Am Leben.

Sie schlug auf das Gesicht des Mannes ein. Cam sah, dass sie mit ihrem Körper ein weinendes kleines Mädchen von ihm abschirmte.

„Ich habe keine freie Schussbahn", rief Vander.

Cam steckte seine Waffe in sein Holster und sah rot.

Er stürzte sich auf den Mann und sein Schlag traf ihn in die Nieren. Der Kerl stöhnte und ließ Saskia fallen. Sie rappelte sich auf und drückte das Mädchen an ihre Brust.

Der Mann wirbelte herum und griff Cam an.

Sein Gegner beherrschte irgendeine Kampfsportart – Sambo, wie es aussah, das seinen Ursprung in der russischen Armee hatte.

Aber Cam war selbst kein Anfänger und dieses Arschloch hatte seine Frau angefasst.

Er duckte sich, holte aus und rammte dem Mann eine Faust in die Seite. Als der Kerl taumelte, ließ Cam eine Reihe brutaler Schläge folgen.

Er musste Saskia beschützen.

Blut tropfte auf den Pullover des Mannes. Er hob die Fäuste und konnte sich nur mit Mühe aufrecht halten, kämpfte aber weiter. Seine Maske war verrutscht und er blutete aus dem Mund. Cam ging wieder auf ihn los. *Schlag, Tritt, Hieb*. Eine Faust traf Cams Auge, aber er biss die Zähne zusammen und blendete den Schmerz aus. *Es reicht*. Ein letzter Tritt und der Mann flog über die mit Staub und Schutt bedeckte Couch und schlug auf dem Boden auf.

Cam machte einen Schritt auf ihn zu, bereit für die nächste Runde.

Siv trat neben ihn, eine Hand erhoben, um ihn aufzuhalten. Oder zu besänftigen.

„Ich kümmere mich um ihn." Sie ruckte mit dem Kopf.

Cam drehte sich um. Am anderen Ende des zerstörten, mit Schutt übersäten Eingangs entdeckte er eine zerzauste Saskia, die immer noch das kleine Mädchen in den Armen hielt.

„Charlotte!", kreischte eine brünette Frau und rannte in das Chaos.

Das kleine Mädchen riss sich von Saskia los und rannte auf ein Paar zu, das aus der Richtung der Büros kam.

Saskia sah auf. Ihr schwarzes Haar war grau von dem vielen Staub.

Cam schritt durch den Raum und legte einen Arm um ihre Schulter und den anderen unter ihre Knie, um sie hochzuheben. Sie warf ihre Arme um ihn.

„Gott. *Gott.*" Ihre Stimme zitterte.

„Ich bin da."

„Ich weiß." Sie begegnete seinem Blick. „Ich weiß, dass du immer für mich da bist."

Etwas in seinem Inneren machte Klick.

Sie ist viel zu gut für dich, mein Freund. Kris' Stimme in seinem Kopf. *Kümmere dich gut um sie. Darin bist du einsame Spitze. Warst du schon immer.*

Cam sah Saxon und Siv über den beiden außer Gefecht gesetzten Angreifern stehen. Weitere Mitarbeiter von Norcross Security waren aus ihren Büros gekommen.

Vander stand in der Mitte des Durcheinanders, die Hände in die Hüften gestemmt, sein Gesicht ausdruckslos. Er drehte sich um. „Jetzt bin ich *richtig angepisst* auf Mikhailov." Er zeigte auf die beiden Angreifer. „Bringt sie in die Hafträume." Vanders Stimme war scharf wie eine Peitsche. „Ihr habt *mein* Haus angegriffen und ihr seid hinter einer Frau her, die unter dem

Schutz von Norcross steht. Das werdet ihr noch bereuen."

Beide Männer wurden blass und starrten zu Boden.

Saskia zitterte in Cams Armen.

„Saxon, ruf ein paar Leute an und bring das Chaos in Ordnung", befahl Vander. „Jemand soll einen Feuerlöscher holen und die Flammen löschen. Ich will, dass die Tür heute noch repariert wird."

Saxon nickte. „Bin schon dabei."

„Und Saxon, ruf Hunt an."

„Er wird diese Typen in Gewahrsam nehmen", sagte Saxon.

„Ja, aber erst, wenn wir uns mit ihnen unterhalten haben", sagte Vander düster.

Saskia hörte nicht auf zu zittern. Cam drückte sein Gesicht in ihr Haar. „Alles wird gut."

Sie versteifte sich und löste sich aus seinem Griff. Sie war wütend. „Nein, das wird es nicht. Wie *kann* Mikhailov es wagen, so etwas zu tun? Charlotte hätte verletzt werden können. Sie hat nichts mit der Sache zu tun. Sie ist ein unschuldiges Kind. Es ist schon schlimm genug, dass du und Vander und die anderen euch selbst in Gefahr bringt, aber wenn er einen von euch verletzen würde –" Ihre Stimme brach und sie schüttelte den Kopf. „Damit kann ich nicht leben. Ich muss ... weg von hier. Irgendwohin, wo er mich nicht finden kann."

Cams Brust fühlte sich an, als wäre sie mit Blei gefüllt. „Nein."

„Camden –"

„Nein." Er zerrte sie zurück in seine Arme. Er konnte

den Gedanken nicht ertragen, dass sie da draußen war, allein, ohne jeden Schutz.

Er ließ sich auf die Couch sinken und zog sie auf seinen Schoß. „Ich werde nicht zulassen, dass du mich verlässt." Er holte tief Luft. „Verlass mich nicht."

Sie schluchzte leise und klammerte sich an ihn, drückte ihr Gesicht seitlich an seinen Hals.

Vander beobachtete die beiden. „Sie hat nicht unrecht."

Cam runzelte die Stirn.

„Sie muss von der Bildfläche verschwinden. Mikhailov weiß, dass seine Tage gezählt sind, und offensichtlich ist er bereit, alles zu tun, um sie zu kriegen. Ich bin mir nicht sicher, ob er noch rational denkt."

Cam zog Saskia enger an sich. „Was schlägst du vor?"

„Schutzhaus."

Cam überlegte, dann nickte er. „Ich begleite sie. Nur wir beide."

Vander nickte. „Ihr müsst untertauchen, bis wir Mikhailov gefasst haben."

„Was um alles in der Welt ist hier los?"

Die weibliche Stimme ließ Cams Kopf hochschnellen. „Mom?"

„Mom?", quietschte Saskia.

Delia Morgan trat durch die in die Luft gesprengte Eingangstür. Sie hielt einen Plastikbehälter in der Hand. Erst strich sie sich ein paar ihrer aschblonden Haare hinters Ohr, dann fiel ihr Blick auf Cam.

„Ich war in der Gegend und habe dir Mittagessen mitgebracht."

Das tat sie oft. Es war ihre Art, nach ihm zu sehen.

Der Blick seiner Mutter fiel schließlich auf Saskia, die auf seinem Schoß saß. Ihre grünen Augen weiteten sich, dann lächelte sie so strahlend hell, dass man daran hätte erblinden können, und er sah, wie sich ihre Augen mit Tränen füllten.

„Mom ..."

„Wir hatten ein paar Probleme, Mrs. Morgan", sagte Vander.

Die Frau nickte und tätschelte Vanders Wange. „Du bist ja an Ärger gewöhnt, nicht wahr, Vander?"

Er schenkte ihr ein mildes Lächeln. „Ja, Ma'am."

„Und du bist auch gut darin, dich darum zu kümmern."

„Ja."

„Aber jetzt, Camden", sie trat über die Trümmer, als ob sie gar nicht da wären, „verrätst du mir, wer das ist?"

Saskia stand auf und klopfte ihr Kleid ab. „Es freut mich, Sie kennenzulernen, Mrs. Morgan."

„Mom, das ist Saskia. Saskia Hawke."

Seine Mutter sah zwischen ihnen hin und her und die Tränen drohten erneut. „Bitte, nenn mich Delia."

Cam trat von einem Fuß auf den anderen. „Mom."

Sie hielt eine Hand hoch. „Es geht mir gut. Wirklich, alles gut." Sie begegnete seinem Blick. „Und ich bin ja so glücklich."

Er umarmte sie. Sie hatte ihn nie aufgegeben, nicht ein einziges Mal. Sie war immer mit stiller Unterstützung und unerschütterlicher Liebe für ihn da gewesen.

Sobald er sie losließ, nahm er Saskias Hand. Das brachte seine Mutter wieder zum Lächeln.

„Ich habe dir Fleischbällchen in Rotweinsoße

gemacht. Saskia, das ist so ein schöner, einzigartiger Name. Fleischbällchen mag er am liebsten", sagte seine Mutter zwinkernd.

„Gut zu wissen", erwiderte Saskia.

„Saskia kocht nicht, Mom."

Saskia stieß ihn mit dem Ellbogen in die Rippen und warf ihm einen mahnenden Blick zu.

„Sie hat keine Zeit, sie ist Tänzerin."

Die Augen seiner Mutter weiteten sich. „Eine ... Tänzerin. Ah, nun, das ist ..."

Saskia gab einen Laut von sich und drückte seine Finger. Fest.

„Eine Balletttänzerin, Mom."

„Ich bin Solotänzerin bei einem Ballettensemble in New York", fügte Saskia schnell hinzu.

Seine Mutter lachte. „Oh, nun, jede Art von Tanz ist einfach wunderbar." Sie himmelte die beiden wieder an.

Ihrem Gesichtsausdruck nach könnte Saskia ein zweiköpfiger Außerirdischer vom Mars sein, und seine Mutter wäre immer noch überglücklich.

„Wie wäre es dann, wenn wir zusammen zu Mittag essen?", fragte seine Mutter. „Saskia auch."

„Tut mir leid, Mom, wir können nicht. Saskia ist in Gefahr. Deshalb hatten wir hier auch diese Probleme."

Saskia lehnte sich an ihn.

Das Gesicht seiner Mutter wurde ernst. „Du beschützt sie?"

Cam nickte.

„Es tut mir so leid, dass es meinetwegen so viel Ärger gibt", sagte Saskia.

„Das ist doch nicht deine Schuld." Seine Mutter

tätschelte Saskias Wange und warf Cam einen vielsagenden Blick zu. „Außerdem gibt es niemanden, der besser geeignet ist, dich zu beschützen. Pass gut auf sie auf, Camden."

„Das habe ich vor."

KAPITEL VIERZEHN

S askia saß auf dem Rücksitz des X6 und schlug die
Hände zusammen.

Cam saß auf dem Fahrersitz und sie standen im Leer-
lauf in der Parkgarage von Norcross Security. Sie
betrachtete die dunkelblauen Schwellungen um sein
Auge. Sie selbst hatte auch ein paar Schnitte und
Schrammen von der Explosion abbekommen, aber sie
war am Leben.

Die arme Charlotte hatte panische Angst gehabt.

Saskias Wut auf Mikhailov entbrannte von Neuem.
Wenn der Mann hier wäre, würde sie das Arschloch
selbst erschießen. Er hatte Vanders Büro in die Luft
gejagt.

Eines hatte sie jedoch aus der heutigen Erfahrung
gelernt: Sie wollte nie, niemals, dass Vander wütend auf
sie war. Jetzt war er *fuchsteufelswild* und das machte ihn
noch viel bedrohlicher.

Vor und hinter ihnen fuhren mehrere andere X6, die
von Rhys, Siv, Rome, Saxon und Vander gelenkt wurden.

Der Plan war, dass sie alle gleichzeitig losfuhren und jeder X6 eine andere Richtung einschlug. Wenn jemand sie beobachtete, konnte er nicht allen Wagen gleichzeitig folgen.

Sie und Cam hatten kleine Notfalltaschen dabei, mit sauberer Kleidung und dem Notwendigsten. Und Cam hatte genügend Waffen eingepackt, um es mit einer kleinen Armee aufzunehmen.

„Wohin fahren wir?" Sie rieb sich die Arme. Ihr wollte einfach nicht warm werden.

„Zu einem Schutzhaus nördlich von San Francisco. Es liegt in einem kleinen Dorf. Dort werden wir uns duschen, umziehen und das Auto wechseln."

„Wir werden nicht dort bleiben?"

Er begegnete ihrem Blick im Rückspiegel. „Nein. Ich möchte ein bisschen mehr Abstand zwischen uns und Mikhailov bringen. Je mehr, desto besser. So bist du sicherer."

„Ich bereite dir solche Umstände –"

Er drehte sich um und griff nach ihrem Knie. „Tust du nicht. Es gibt nichts, was ich nicht für dich tun würde."

Ihr Herz machte Luftsprünge in ihrer Brust.

Sie verliebte sich in ihren knallharten Beschützer – Hals über Kopf.

Und ihre größte Sorge war es, dass diese schreckliche Situation, in die sie hineingezogen worden war, ihn das Leben kosten würde.

Jeder, den sie jemals geliebt hatte, hatte sie verlassen. Sie hatte zwar noch Killian, aber ihr Bruder war immer im Einsatz und lebte sein eigenes Leben.

Ihr Vater hatte sie verlassen, als sie noch ein Baby gewesen war. Ihre Mutter hatte sie Stück für Stück verlassen.

Vielleicht war sie dazu bestimmt, allein zu sein.

„Saskia?"

Sie sah in Cams grüne Augen.

„Was auch immer du gerade denkst, hör auf damit." Er drückte ihr Knie ein letztes Mal, dann wandte er seinen Blick wieder nach vorn.

Sie hatte Killian eine Nachricht geschickt, in der sie ihm von der Explosion und dem Plan erzählte, dass sie und Cam untertauchen würden. Sie knabberte an ihrer Lippe. Ihr Bruder war gerade in der Luft. Wenn er landete und herausfand, was hier los war ...

Würde es Mord und Totschlag geben.

Der führende X6 fuhr aus der Parkgarage. Bald darauf folgten sie.

„Runter", befahl Cam.

Er hatte sich bereits eine Baseballmütze tief ins Gesicht gezogen. Saskia legte sich auf die Rückbank und zog eine Decke über sich.

Sie lag still da und hing ihren eigenen Gedanken nach, während sie fuhren.

Cam hatte den Krieg überlebt. Er hatte so viele schwierige Einsätze hinter sich gebracht und beim letzten davon war er nur knapp mit dem Leben davongekommen.

Sie würde nicht der Grund für seinen Tod sein.

Sie hörte, wie er mit den anderen am Handy sprach.

„Wir sind auf der anderen Seite der Brücke. Die Luft

ist rein." Eine Pause. „Saskia, du kannst dich jetzt hinsetzen."

Sie tat es und blickte auf die Bucht hinaus. Die Skyline von San Francisco war in der Ferne zu sehen und ihr Blick wanderte zur Insel Alcatraz. Sie hatten gerade die Golden Gate Bridge überquert.

„Es ist eine kurze Fahrt zum Schutzhaus in San Rafael", erklärte er.

Sie nickte, rollte sich zusammen und starrte gedankenlos aus dem Fenster.

„Saskia?"

„Alles okay", murmelte sie.

Innerlich war sie völlig durcheinander. Mikhailov hatte die Zentrale von Norcross Security in die Luft gesprengt. Was würde er als Nächstes tun?

Es dauerte nicht lange, bis Cam die Abfahrt nach San Rafael nahm. Sie kamen an einigen schönen, historischen Gebäuden im spanischen Missionsstil vorbei, aber Saskia war zu benommen, um sie wahrzunehmen. Sie fuhren durch das geschäftige Stadtzentrum in einen Vorort mit durchschnittlich aussehenden Einfamilienhäusern. Vor der Einfahrt zu einer unscheinbaren Ranch wurde Cam langsamer. Er drückte einen Knopf auf der Fernbedienung und das Garagentor öffnete sich. Darin stand ein schwarzer Truck und er parkte den X6 daneben.

„Komm mit. Wir werden essen und uns umziehen. Ich will mir die Kratzer in deinem Gesicht ansehen."

Sie nickte heftig.

Cam holte ihre Taschen aus dem Kofferraum und

schloss dann die Verbindungstür von der Garage zum Haus auf.

Im Inneren roch es leicht nach Zitronen. Es war nichts Besonderes, aber es war sauber. Die offen gestaltete Küche ging in den Wohnbereich über. Die Küchenschränke und Geräte waren veraltet, aber sie funktionierten. Durch verschlossene Schiebetüren erspähte sie einen kleinen Garten.

Cam ließ ihre Taschen auf den Boden fallen und öffnete dann seine. Er holte einen kleinen Erste-Hilfe-Koffer heraus.

„Badezimmer."

„Cam, ich –"

„Widersprich mir nicht."

Schnaubend stieß sie einen Atemzug aus. „Vielleicht will ich dir aber widersprechen."

Sein Blick wanderte zu ihrem.

„Sieh mich nicht so an", sagte sie. „Ich denke, ich habe ein Recht auf einen Nervenzusammenbruch. Dieses Arschloch ist hinter *mir* her. Dabei kennt er mich nicht einmal. Du wurdest angegriffen. Savannah hat einen gebrochenen Arm. Die Eingangstür von Norcross Security wurde aufgesprengt." Ihre Brust zog sich so eng zusammen, dass sie kaum noch atmen konnte. „Das kleine Mädchen ... hätte verletzt werden können."

Cam hielt Saskia an den Oberarmen fest. „Wurde es aber nicht. Du musst nur noch ein bisschen länger durchhalten."

Saskia biss sich auf die Lippe.

„Du bist nicht allein." Er drückte seine Stirn an ihre. „Das Wichtigste, was ich beim Militär gelernt habe, ist, dass man die schwierigsten Situationen nicht allein stemmen kann. Der einzige Weg, diese Sache zu überstehen, ist es, deinem Team zu vertrauen. Stütze dich auf dieses Team." Er zuckte mit einer Schulter. „Das habe ich eine Zeit lang vergessen. Nach meiner Verletzung dachte ich, ich müsste es allein schaffen, aber das muss ich nicht. Und du auch nicht. Ich bin dein Team, Saskia."

Sie war so aufgewühlt. „Ich hatte noch nie ein Team. Killian ist mein Fels in der Brandung und wenn ich ihn gebraucht habe, war er immer für mich da, aber ..."

„Aber sein eigenes Leben hält ihn auf Trab." Cam strich ihr ein paar Haarsträhnen aus dem Gesicht. „Und das Leben hat dich gelehrt, dich nicht zu sehr auf andere zu verlassen. Süße, diese Sache kannst du nicht allein durchstehen."

Sie holte zitternd Luft und ließ sich von ihm ins Badezimmer führen. Es war schlicht und weiß gefliest, mit einem Duschkopf über der Badewanne, einem einzelnen Waschbecken und einer Toilette.

Sie setzte sich auf den Wannenrand und er öffnete den Erste-Hilfe-Kasten, riss ein Päckchen mit Vlieskompressen auf und tupfte die Schnitte auf ihren Wangen ab.

Sie zuckte bei dem brennenden Gefühl zusammen.

„Mikhailov wird für jeden Kratzer bezahlen", murmelte Cam.

„Ich könnte es nicht ertragen, wenn du verletzt wirst. Versprich mir, dass dir nichts passiert."

„Das kann ich nicht. Ich werde alles tun, was nötig ist, damit du vor ihm sicher bist. Wenn das bedeutet, dass ich mich in die Schusslinie stellen muss, ist mir das scheißegal." Er setzte sich neben ihr auf den Wannen-rand und machte damit weiter, ihre Wunden zu reinigen.

Sie hatte die ganze Zeit gewusst, dass er hart im Nehmen und überfürsorglich war. Aber das änderte nichts daran, wie besorgt sie war.

Sie griff nach oben und berührte den Bluterguss an der Seite seines Auges. Dann bemerkte sie seine aufge-platzten Fingerknöchel.

Wieder hatte er für sie gekämpft. Für sie geblutet.

Diesmal war sie es, die eine Kompresse nahm, seine Hand zu sich zog und begann, das Blut wegzuwischen.

Diese starken, vernarbten Hände hatten so viel erlebt. Hatten in Kriegen gekämpft. Und doch konnten sie so sanft sein.

Sie streichelte seine gebräunte Haut. Als sie aufblickte, sah sie das Feuer in seinen Augen.

„Saskia."

SIE BRACHTE ihn um den Verstand.

Cam hasste es, die Sorge und Angst in ihrem Gesicht zu sehen. Er wusste, dass Saskia der Meinung war, sie sollte weglaufen.

Um andere zu schützen, nicht sich selbst.

Um ihn zu schützen.

Hunt und Ryder waren immer für ihn da gewesen. Seine Ghost-Ops-Kameraden hatten ihm immer den Rücken freigehalten. Seine Norcross-Kollegen taten das auch. Aber wann hatte jemals eine Frau das Bedürfnis verspürt, ihn zu beschützen?

Noch nie.

Jetzt streichelte Saskia seine vernarbten, rauen Hände, als ob sie sie schön fände.

„Du solltest mich verlassen", sagte sie.

„Das wird nicht passieren." Nicht in diesem Leben und auch nicht im nächsten.

„Dann sollte ich dich verlassen", sagte sie.

Er packte sie am Kinn und sie sahen einander tief in die Augen. „Ich würde dich finden. Du kannst nirgendwo hin, Saskia. Ich würde dich überall aufspüren."

Er sah die Verzweiflung in ihren Augen.

Und das Verlangen. Es war da, ohne jeden Zweifel, gleich stark wie sein eigenes.

Er zog sie an sich.

Sie nutzte den Schwung, um sich auf ihn zu setzen, und legte ihre Hände an seine Wangen. Ihr Kuss war leidenschaftlich.

„Ich brauche dich, Cam", keuchte sie gegen seinen Mund.

Fuck. Sein Schwanz pochte. Er legte seine Hände um ihren Hintern. Er brauchte sie auch.

Er küsste sie wieder, nahm ihren Geschmack wahr. Ihre süße, feurige Essenz. Etwas in ihm löste sich mit einem stechenden Schmerz. Sie hatte keine Ahnung, wie verloren er ohne sie war.

Er zog sie näher an sich und sie stöhnte und rieb sich an seinem Schwanz.

Cam stemmte seine Beine auf den Boden, damit sie nicht nach hinten in die Wanne kippten. Dann fiel er über sie her, eine Hand in ihrem Haar, die sie festhielt, während seine Zunge einen lustvollen Tanz mit ihrer begann. Sein Schwanz war so hart, dass er sich fragte, warum er noch nicht durch seine Hose geplatzt war.

„Ich brauche dich", keuchte sie.

„Ich brauche dich mehr."

Sie trug immer noch ihr hübsches, blaues Kleid. Er packte den Stoff, öffnete die kleinen Knöpfe und legte ihren blauen Spitzen-BH frei. Mit jedem Atemzug hoben sich ihre kleinen Brüste darin.

Sein Schwanz pochte stärker. *Verdammt.*

Als Nächstes ließ er seine Hände unter ihr Kleid wandern und sie half ihm, indem sie ihre Hüften anhob. Cam fand ihr Höschen und zerrte daran. Es zerriss und er warf es beiseite.

Während sie sich daran machte, an seinem Ohrläppchen zu knabbern, zog er seine Hose nach unten.

Er befreite seinen Schwanz und sie gab einen Laut von sich, den er tief in seinen Lenden spürte.

Sie beugte sich vor und saugte an der Haut an seinem Hals.

„Bitte", flüsterte sie. „*Jetzt.*"

„Saskia, Süße." Er packte ihre Hüften.

Sie griff zwischen ihre Körper, führte seinen Schwanz an ihren Eingang und sank auf ihn herab.

Seine Hände bohrten sich in das Fleisch ihrer Hüften. Sie stöhnte.

Er spürte, wie sie sich eng um ihn zusammenzog. Ihre Augen waren geschlossen, ihre Wangen gerötet und ihre Lippen leicht geöffnet.

Er konnte den Blick nicht von ihr abwenden. Das Gefühl von ihr ... es war alles wert, was er je getan hatte.

Sie erhob sich und er zog sie wieder nach unten und füllte sie mit seinem Schwanz aus.

„*Ja*", stöhnte sie.

Sie ritt ihn hart und schob sich ihm entgegen, während er sich in sie stieß.

Das Badezimmer war erfüllt von den Geräuschen ihrer Körper, die eins wurden. Saskias Nägel gruben sich in seine Schultern, ihr Körper bewegte sich an seinem auf und ab.

Gott. Sie war perfekt.

„*Cam*." Ihre Pussy zog sich noch enger um seinen Schwanz zusammen.

Viel länger würde er nicht durchhalten.

„Ja, Gott, *ja*." Sie ritt ihn – schnell, gierig, wild.

Er schob eine Hand zwischen sie, unter ihr Kleid, und fand ihren Kitzler. Er rieb ihn.

„Cam!"

„Komm, Süße", knurrte er.

„*Fuck*", hauchte sie.

Er presste seine Lippen auf ihre, als sie von einer Welle der Lust mitgerissen wurde.

„Saskia ... *Fuck*." Seine Worte waren ein Knurren, als er seine Hüften ein letztes Mal nach oben stieß und sie tief ausfüllte, als ein gigantischer Orgasmus über ihn hereinbrach.

Bis zum Anschlag in seiner Saskia vergraben, kam er.

Sie ließ sich an seine Brust sinken und er spürte, wie ihr schneller Atem die Haut an seinem Hals kitzelte.

Gott, sie war wirklich etwas Besonderes. Wunderschön, heiß, sexy. Er streichelte mit einer Hand über ihren Rücken und sie zitterte wohlig.

Als er wieder klar denken konnte, neigte er ihren Kopf zurück, um ihr Gesicht zu betrachten.

„Hallo", murmelte sie.

Er ließ eine Hand in ihren Nacken gleiten und massierte sie dort. Sein Schwanz war immer noch halb hart in ihr.

„Was auch immer wir tun, wir tun es gemeinsam", sagte er.

Sie biss sich auf die Unterlippe. Ihr Blick wanderte über sein Gesicht.

„Gemeinsam", flüsterte sie.

Er drückte ihr einen schnellen Kuss auf die Lippen.

„Ich habe wieder kein Kondom benutzt", sagte er mürrisch. „Und wir haben es auf dem Rand einer Badewanne gemacht." So viel zum Thema Fürsorglichkeit und Romantik.

„Wir sollten auf der sicheren Seite sein. Meine Periode ist bald fällig."

„Wenn wir mit Mikhailov fertig sind, müssen wir über Verhütung sprechen."

Sie nickte.

Er kniff ihr in die Hüfte. „Jetzt hoch mit dir. Du duschst zuerst und ich bringe deine Tasche rein. Wir müssen uns umziehen und weiterfahren."

„Okay, Cam." Sie stand auf und brauchte eine Sekunde, um auf ihren wackeligen Beinen das Gleichgewicht zu finden. Ihr Blick fiel auf seinen Schwanz.

„Süße, wenn du meinen Schwanz so ansiehst, ficke ich dich gleich nochmal. Dabei sollte ich dich eigentlich beschützen."

„Kannst du nicht beides gleichzeitig?"

Er schob seinen Schwanz in seine Shorts und stand auf. Dann kniff er ihr in den Hintern. „Hör auf, so verdammt verführerisch zu sein. Dusch dich und zieh dich um. Wir essen unterwegs etwas. Und später ficke ich dich nochmal."

Ein genussvoller Schauer lief ihr über den Rücken. „Dieser Plan gefällt mir."

Als er ihre Tasche holte, hörte er, wie die Dusche lief und Saskia unter dem Wasser ziemlich schief ein Lied sang.

Er lächelte. Die Frau konnte tanzen, aber singen konnte sie überhaupt nicht.

Er war nur froh, dass sie ihre Angst und die verrückte Idee, ihre Probleme allein lösen zu müssen, abgeschüttelt hatte.

Sie war nicht allein.

Und er auch nicht, wurde Cam langsam klar.

KAPITEL FÜNFZEHN

Als das Auto langsamer wurde, erwachte Saskia. Sie hatte während der Fahrt gedöst.

Cam hatte auf dem Parkplatz eines Diners gehalten. Er schaltete den Motor ab. Sie hatten den X6 in San Rafael gelassen und stattdessen diesen Dodge genommen.

„Hier können wir etwas essen und ich besorge ein paar Vorräte, die wir zum Haus mitnehmen", erklärte er ihr.

Saskia nickte und stieg aus. An ein paar Stellen ihres Körpers verspürte sie ein köstliches Brennen. An den Hüften würde sie blaue Flecken von seinen Fingern haben. Im Schutzhaus hatte er sie richtig hart genommen. Sie lächelte. Sie bereute nichts.

„Wo sind wir?", fragte sie, als sie in Richtung des Diners gingen.

„Sonoma." Er stieß die Tür auf und hielt sie ihr auf.

Das Diner war traditionell eingerichtet, mit einfachen Holztischen, grünen Farbtupfern und gerahmten

Bildern von Weinhängen an den Wänden. An einem langen Tresen standen Hocker und ein paar Männer saßen darauf und aßen ihre Burger.

Cam nickte der älteren Kellnerin zu.

„Setzt euch", rief die Frau.

Er führte Saskia zu einem Tisch im hinteren Bereich.

Sie warf einen Blick in die Speisekarte. „Oh, Süßkartoffelpommes." Sie zog die Nase kraus und schnupperte in die Luft. „Und ich rieche gebackenes Hähnchen."

„Dann bestell beides."

„Meine innere Ballerina verlangt lautstark nach gesundem Essen."

Er streckte seine Hand aus und nahm ihre. „Ich glaube, heute hast du die nötigen Kalorien schon verbrannt."

Hitze stieg ihr in die Wangen. „Du hast recht." Wenn sie nicht mehr hauptberuflich tanzte, müsste sie auch nicht mehr so peinlich genau auf ihre Ernährung achten. Professionelle Tänzerinnen mussten fit und gelenkig sein, und der Druck, in Form zu bleiben, konnte einem manchmal über den Kopf wachsen. Das war etwas, das sie ändern wollte, falls sie tatsächlich eine Tanzschule eröffnete. Egal, wie alt man war oder welche Kleidergröße man hatte, jeder sollte bei ihr tanzen können. „Ich nehme die Pommes und das Hähnchen."

Er lächelte. Ein echtes, aufrichtiges Lächeln. Sie starrte auf sein raues Gesicht und wünschte sich, dass er das öfter tun würde. Sie wollte der Grund dafür sein, dass er es tat.

Ihr Herz zog sich zusammen. Gott, sich zu verlieben, konnte ganz schön beängstigend sein.

Sie bestellten und als das Essen kam, stürzte sich Cam auf seinen Burger. Saskia ließ sich Zeit und genoss jeden Bissen des Hähnchens und der Pommes.

„Ich gehe schnell auf die Toilette", sagte Cam.

Sie nickte.

Er rührte sich nicht.

Sie hob den Blick und sah, dass er die Stirn runzelte. Sie sah sich in dem fast leeren Diner um. „Cam, ich bleibe hier sitzen. Wenn jemand reinkommt, laufe ich zu dir. Es ist ziemlich unwahrscheinlich, dass jemand weiß, wo wir sind, oder?"

Sein finsterer Blick vertiefte sich.

„Na los, geh schon", forderte sie ihn auf.

„Du bewegst dich nicht vom Fleck", erwiderte er.

Sie warf ihm einen bestätigenden Blick zu und er ging zögernd in Richtung Toilette.

Sie vermutete, dass er immer so sein würde, auch wenn nicht gerade ein zwielichtiger Typ, der von ihr besessen war, es auf sie abgesehen hatte. Sie leckte sich etwas Salz von den Fingern. Camden hatte eine ausgeprägte, überfürsorgliche Ader. Er würde sie vermutlich manchmal damit in den Wahnsinn treiben, aber tief in ihrem Inneren gefiel ihr diese Vorstellung.

Sie aß weiter und genoss jeden Bissen. Gerade steckte sie sich eine weitere Pommes in den Mund, als sie bemerkte, dass einer der Männer an der Theke aufgestanden war und auf sie zukam.

Er lächelte sie an. „Hallo."

Oh, oh. Sie warf einen Blick zur Tür, die zu den Toiletten führte. Keine Spur von Cam.

Der Mann war Mitte zwanzig, sah gut aus und hatte

dichtes, dunkles, lockiges Haar. Er wusste, dass er attraktiv war. Es war offensichtlich an der Art, wie er sich bewegte. Sie kannte diesen Typ Mann. Er trug eng anliegende Jeans und ein schwarzes Henley-Shirt und seine Haut war braun gebrannt. Es sah ganz so aus, als würde er im Freien arbeiten.

„Hallo. Mein Freund kommt gleich zurück und er ist ziemlich eifersüchtig."

Das selbstbewusste Lächeln des Mannes wurde breiter. „Ich will nur nett sein. Ich dachte, Frauen von heute mögen keine Neandertaler-Taktiken von uns Männern."

„Ja, nun, wir sind kompliziert."

Er steckte die Hände in die Taschen seiner Jeans. „Ich wollte dir nur sagen, dass du wirklich wunderschön bist."

„Danke, aber ich wurde so geboren. Das Kompliment gebührt also wohl meinen Eltern."

„Du klingst, als kämst du aus New York. Bleibst du länger in der Gegend?"

Sie bekam eine Gänsehaut. Der Typ stellte viel zu viele Fragen. War er nur besonders neugierig, oder war es etwas anderes?

„Wir sind nur auf der Durchreise", sagte sie. „Flitterwochen."

Der Mann hob die Augenbrauen. „Hast du nicht gesagt, er ist dein Freund?"

Scheiße. Sie war eine miserable Lügnerin. „Es sind sowas wie Probe-Flitterwochen. Hör zu –"

Sie sah Cam durch die Tür kommen. Er bohrte seinen Blick in den Rücken des Kerls und starrte ihn mit versteinertem Gesichtsausdruck an.

Oh, oh. „Ah, da kommt er schon. War nett, mit dir zu reden."

Cam blieb hinter ihm stehen. „Hau ab."

Der Mann versteifte sich und drehte sich um. „Wir haben uns nur unterhalten."

„Hau ab." Cams Stimme war wie ein Donnergrollen.

Der jüngere Mann blähte seine Brust auf. „Vielleicht sollte ich dir ein paar Manieren beibringen."

O Gott. Saskia schoss auf die Beine. „Bitte nicht. Er ist ein ehemaliger Soldat. Es wäre kein fairer Kampf."

„Ich war auch Soldat", sagte der Mann. „Ich war ein paar Jahre bei der Army."

Cam verschränkte nur die Arme vor der Brust und schwieg.

Saskia drehte sich zu ihm um. „Lass uns gehen."

„Bei welcher Einheit warst du denn?", fragte der Typ. „Ich war beim 18. Infanterieregiment."

Cam zog seine Brieftasche heraus und warf ein paar Scheine auf den Tisch. Dann legte er Saskia eine Hand auf den unteren Rücken.

„Vielleicht lügst du nur damit, ein Ex-Soldat zu sein, um deine Frau zu beeindrucken."

Saskia verdrehte die Augen.

„Hey, Fred, der Typ hier behauptet, er wäre bei der Army gewesen", rief der Mann.

Saskia wurde wütend. Sie wusste nur zu gut, wie viel Cam geopfert hatte. Wie viel er für sein Land gegeben und wie viel es ihm im Gegenzug genommen hatte.

Sie wirbelte herum.

Cam packte sie am Arm. „Hey –"

„Nein." Sie funkelte ihren unerwünschten Verehrer

an. „Mein Mann ist ein Held, Arschloch. Er hat seinem Land gedient und dabei seinen besten Freund verloren. Er sagt nichts, weil er bei den Special Forces war. Er *kann* nichts sagen und er benutzt seine Vergangenheit auch nicht, um Leute zu beeindrucken."

Das Lächeln des Mannes verblasste. Dann lehnte er sich auf seinem Hocker zurück. „Klingt ja richtig beeindruckend, Schätzchen. Ich glaube trotzdem, dass du einen richtigen Mann brauchst. Einen, der –"

Es geschah so schnell, dass sie kaum sah, wie Cam sich bewegte. Er schnappte sich ein Steakmesser vom Tisch und warf es.

Es vergrub sich mit einem dumpfen Geräusch im Leder des Hockers. Genau zwischen zwei Fingern des Mannes.

Der Typ schrie auf, sprang hoch und stieß taumelnd gegen den Hocker neben seinem. Seine Freunde starrten Cam mit offenen Mündern an.

Saskia schenkte dem Idioten ein zufriedenes Grinsen. Dann packte Cam sie am Bund ihrer Jeans und zog sie nach draußen.

„Du solltest mich doch holen, wenn jemand dich anspricht", knurrte Cam.

„Nein, ich habe gesagt, ich hole dich, wenn jemand *Neues* ins Diner kommt. Dieser Idiot war schon da." Sie grinste. „Das Ding mit dem Messer." Sie lehnte sich an ihn. „Heiß. So heiß." Sie drückte ihre Hände auf seine Brust und küsste ihn.

Er gab ein verärgertes Geräusch von sich, erwiderte aber ihren Kuss.

„Steig in den Truck. Je schneller ich dich ins Schutzhaus bringe, desto besser."

CAM FUHR AN WEITEREN WEINBERGEN VORBEI. Die Sonne ging gerade unter und tauchte die Landschaft in ein sanftes, goldenes Licht, aber er sah auch die Gewitterwolken, die am Horizont aufzogen.

Sie passten zu ihrer Situation. Mikhailov fühlte sich auch an wie dunkle Wolken auf einem ansonsten strahlenden Himmel.

Er warf einen Blick zu Saskia. Es schien ihr gutzugehen, aber ihre Mundpartie wirkte angespannt und ihre Hände hatte sie im Schoß verschränkt.

Er würde sie auf die eine oder andere Weise aus dieser Situation befreien.

Sein Magen zog sich schmerzlich zusammen. Aber was dann? Wenn die Sache vorbei war, würde sie zu ihrer Karriere als Tänzerin zurückkehren wollen. Und ihr Ensemble war in New York.

Seine Hände schlossen sich fester um das Lenkrad. Er war dabei, sich in sie zu verlieben. Für Saskia wollte er ein besserer Mensch werden. Mit ihr in seinen Armen verstummte der ganze Lärm in seinem Kopf.

Er konnte die unmarkierte Abzweigung sehen und bog ab.

Saskia setzte sich aufrecht hin und starrte angestrengt nach vorn, als Cam langsam die lange, geschotterte Auffahrt entlangfuhr. Vor ihnen kam ein riesiges

Lagerhaus in Sicht, daneben ein einfaches Häuschen und mehrere Schuppen.

„Was ist das hier?", fragte sie.

„Vander hat es vor etwa einem Jahr gekauft. Es ist ein Trainingszentrum. Das Lagerhaus ist für taktisches Training eingerichtet. Es ist ein Shoot House, in dem wir Nahkampf und Nachtsichtkampf trainieren können."

„Wow."

„Vander hat Pläne, es zu erweitern. Er will es vermieten und Kurse anbieten, aber er hatte noch keine Gelegenheit dazu. Also weiß niemand, dass es ihm gehört."

Saskia lächelte. „Ich schätze, er war dieses Jahr sehr beschäftigt und hatte vermutlich nicht geplant, sich zu verlieben."

„Ich bin mir ziemlich sicher, dass das nicht auf seiner Liste stand."

Aber Vander hatte sich in Brynn verliebt. Cams Hände zogen sich noch enger um das Lenkrad zusammen. Vander war der härteste Kerl, den er kannte, und er hatte endlich akzeptiert, dass Brynn die Eine für ihn war. Für immer. Wenn Cam die beiden beobachtete, hatte er keinen Zweifel daran, dass Vander nur sie wollte.

Als er nach San Francisco zurückgekommen war, war Cam sich so sicher gewesen, dass für die Liebe kein Platz in seinem Leben war. Dann hatte er Saskia kennengelernt und seitdem hatte er gegen seine Gefühle für sie angekämpft.

Er stellte den Motor ab, kletterte hinaus und öffnete das Tor zu einer alten Garage neben dem Haus. Ein grauer Chevy Colorado war darin geparkt. Er stellte den Truck daneben ab.

„Gehen wir hinein." Es wurde bereits dunkel und die Luft wurde kühl. „Ich sollte dich warnen. Das Haus ist schlicht eingerichtet und dringend renoviert werden muss es auch."

Er trug ihre Taschen hinein, während Saskia sich die Einkaufstüten mit den Lebensmitteln schnappte, die sie in Sonoma gekauft hatten.

Der Vorfall im Diner beunruhigte ihn immer noch. Wenn jemand nach ihnen suchte und sich umhörte, und diese Idioten etwas erzählten ...

Cam schüttelte den Kopf. Dieses Trainingszentrum war sicher. Es verfügte über ein hochmodernes Sicherheitssystem mit Bewegungsmeldern rund um das gesamte Gelände. Es war mit seinem Handy verbunden, so dass er sofort wusste, wenn jemand es betrat.

Das Haus war nichts Besonderes. Es hatte eine einfache Küche und einen Wohnbereich, drei Schlafzimmer – zwei davon mit Etagenbetten, wenn eine Gruppe von ihnen zum Training herkam. Im dritten stand ein Doppelbett und er stellte ihre Taschen in diesem Zimmer ab, während Saskia das Essen in den Kühlschrank räumte.

„Home sweet home", sagte sie.

In ihren Worten lag ein Hauch von Sarkasmus. „Wie kommst du klar?"

Sie nickte. „Gut." Ein Lächeln umspielte ihre Lippen. „Ich habe ein ganzes Team von knallharten Typen, die mich beschützen." Sie ging auf ihn zu und küsste sein Kinn. „Und meinen persönlichen knallharten Kerl, der sich ganz besonders gut um mich kümmert."

Er umarmte sie und atmete ihren Duft ein.

„Aber ich will nicht lügen", sagte sie. „Ich kann es kaum erwarten, dass das alles endlich vorbei ist."

Er wusste, dass sie die Situation mit Mikhailov meinte, aber es fühlte sich trotzdem an wie ein Schlag in die Magengrube. War damit auch er gemeint? Wollte sie einfach nur in ihr normales Leben zurückkehren?

Sie umarmt dich, du Idiot. Also bist vermutlich nicht du gemeint.

Er musste versuchen, einen klaren Kopf zu bewahren. Er war hier, um sie zu beschützen. Alles andere musste warten.

„Willst du das Shoot House sehen?", fragte er.

Ihre Augen leuchteten interessiert auf. „Ja."

Er führte sie zu dem Lagerhaus hinüber. An der Tür befand sich ein Tastenfeld und er gab den Code ein. Die Tür öffnete sich. Im Inneren war es dunkel wie in einer Höhle.

Als sie eintraten, klickten Bewegungsmelder und im Eingangsbereich gingen Lichter an. Sie beleuchteten Gestelle mit Laser-Trainingswaffen und Nachtsicht-brillen.

Sie schnappte nach Luft. „Sind das echte Waffen?"

„Nein, Laserwaffen."

Sie lächelte. „Ihr großen, starken Soldaten kommt also hierher und spielt Laser Tag?"

Er erwiderte ihr Lächeln. „Taktisches Training."

„Na klar", zog sie ihn auf.

Er schnappte sich eine Nachtsichtbrille. „Lust, es mal zu versuchen?"

Sie hob die Augenbrauen. „Ich bin vermutlich total mies darin."

„Keine Sorge, ich bin ein guter Lehrer." Er beugte sich vor und drückte ihr einen Kuss auf die Lippen. „Und du kannst mich immer noch später bestechen, um eine bessere Note zu bekommen."

„Wirklich?" Sie drückte ihren Körper an seinen. „Die Idee gefällt mir."

Er setzte ihr die Schutzbrille auf, zog dann ein kleineres Lasergewehr aus dem Regal und reichte es ihr, um ihr zu zeigen, wie man es benutzte.

Ihr Lächeln blitzte weiß auf, als sie es betrachtete. „O wow, jetzt fühle ich mich richtig stark."

Er gab ihr einen Klaps auf den Hintern. „Das Hauptgeschoss ist voller Hindernisse und im hinteren Teil des Lagers befindet sich ein zweistöckiges Büro. Ich gebe dir einen Vorsprung, aber dann –", er verengte seinen Blick und senkte seine Stimme, „dann komme ich, um dich zu holen."

„Mal sehen, ob du mich findest." Sie drehte sich um und verschwand im Lagerhaus.

Lächelnd wählte Cam sein eigenes Lasergewehr.

Gott, wie viel öfter lächelte er eigentlich, seit Saskia in sein Leben getreten war?

Als er sie kennengelernt hatte, war er trotz der starken Anziehung zu ihr nicht bereit gewesen. Er war zu verloren gewesen. Zu kaputt und verletzt.

Aber zu Hause zu sein, bei seiner Mutter, seinen Brüdern, seinen Freunden, bei seinem Job bei Norcross

Security und jetzt auch bei Saskia, hatte ihm geholfen, seine Wunden langsam zu heilen.

Nichts würde mehr so sein wie früher. Er berührte die Narbe auf seiner Wange.

Aber das war in Ordnung.

Er dachte an Kris.

Ich werde dich immer lieben, Mann. Es tut mir leid, dass ich dich nicht retten konnte.

Er empfand nicht den üblichen Schmerz, der ihm die Kehle zuschnürte, es war nur noch die schmerzliche Erinnerung an Dinge, die er nicht ändern konnte. Er glaubte, das Echo von Kris' Lachen zu hören.

Lebe, Morgan. Und trink einen für mich mit.

Cam drehte sich um und begann, durch das Lagerhaus zu marschieren, um seine Frau zu finden. „Du kannst nicht vor mir weglaufen, Ballerina."

Er hörte ein entferntes Kichern und schüttelte den Kopf. Sie wäre als Ghost-Ops-Soldatin einfach katastrophal.

Er bewegte sich an den Hindernissen vorbei – überall standen Stühle, Tische, Kisten und provisorische Wände verteilt, als er ihre Schritte auf der Metalltreppe hörte. Sie war also auf dem Weg nach oben in den Bürobereich.

Im selben Moment hörte er ein zweites Geräusch. Ein Piepen auf seinem Handy.

Er hielt inne und zog es heraus.

Jemand hatte einen der Bewegungsmelder ausgelöst.

Verflucht.

KAPITEL SECHZEHN

Saskia joggte die Treppe hinauf und versuchte, sich an das seltsam grüne Licht der Nachtsichtbrille zu gewöhnen.

Cam hörte sie nicht mehr, nur ihr rasendes Herz und ihre eigenen Schritte.

Sie betrat ein Büro. Darin standen ein leerer Schreibtisch und zwei Stühle. Sie duckte sich. Mehrere kleine Fenster ermöglichten ihr den Blick auf die Übungsfläche im offenen Teil der Lagerhalle.

Als sie einen vorsichtigen Blick hinunterwarf, konnte sie nichts sehen, nur die Schatten der provisorischen Wände und der anderen Hindernisse.

Eine schattenhafte Bewegung. *Cam.*

„Saskia, jemand ist auf dem Gelände", rief er und seine Stimme hallte durch das Gebäude „Versteck dich."

Was? Ihr Puls schoss in die Höhe. Sie umklammerte das Lasergewehr. Cam verschwand aus ihrem Blickfeld.

Vielleicht war es einer der Jungs von Norcross Security? Sie spürte, wie sich ihr Magen zusammenzog. Aber wenn es so wäre, hätte er vorher angerufen.

Gott. Waren Mikhailov und seine Männer hier? *Wie ist das möglich?*

Sie starrte weiter durch die Brille hinunter ins Lagerhaus. Irgendwo öffnete und schloss sich eine Tür und das Geräusch hallte laut wider.

Saskias verschwitzte Hände umklammerten ihre Waffe.

Sie ließ die Fläche unter sich nicht aus den Augen.

Dort.

Sie entdeckte die große Gestalt eines Mannes, der sich vorsichtig durch das Labyrinth an Hindernissen bewegte.

Gefolgt von einem zweiten.

Sie atmete aus und versuchte, ruhig zu bleiben.

Keiner dieser Männer war Cam. Gott, was, wenn er ihnen direkt in die Arme lief?

Nein, er war zu gut. Er hatte die Situation unter Kontrolle.

Dann erspähte sie einen weiteren Mann. Alle drei bewegten sich vorsichtig vorwärts und etwas sagte ihr, dass die Waffen, die sie in den Händen hielten, echt waren.

Im nächsten Moment wurde sie Zeuge davon, wie einer der Männer einfach verschwand. In der einen Sekunde war er noch da, in der nächsten Sekunde war er weg.

Sie grinste. Ihr Mann war genial.

Sie schluckte und sah, wie einem der Typen auffiel, dass sein Freund fehlte. Er drehte sich um und –

Vor dem Büro, in dem sie sich versteckte, war ein Geräusch zu hören. Saskia erstarrte und machte sich so klein, wie sie konnte.

O Gott, o Gott, o Gott.

Das Scharren eines Schuhs. Jemand stand vor der Tür zum Büro, kaum mehr als ein Schatten.

Sie wagte nicht, zu atmen oder sich zu bewegen. Wie viele waren da draußen?

Dann ertönte ein dumpfer Schrei von unten. Die Gestalt vor der Tür fuhr herum und rannte im nächsten Moment fluchend die Treppe hinunter.

Ihr Herz pochte wie verrück. Sie blickte wieder durch das kleine Fenster.

Alles, was sie sah, waren zwei von Mikhailovs Schlägern. Sie stürmten jetzt lautstark zwischen den Hindernissen hindurch und suchten nach Cam.

„Er schafft das", flüsterte sie lautlos.

Dann sah sie ihn. Er erhob sich hinter einem der Männer.

In der nächsten Sekunde griff er mit brutaler Geschwindigkeit und Kraft an und es kam zu einem Handgemenge. Im grünen Schein der Nachtsichtbrille war es kaum möglich, jede einzelne Bewegung genau zu erkennen. Die beiden Männer prallten gegen eine der aufgestellten Wände, die krachend umkippte.

Ein zweiter Schläger rannte auf die beiden zu und schrie dabei kampfwütig.

Sie lächelte. Cam würde ohne Probleme mit diesen Typen fertig werden.

Doch dann entdeckte Saskia eine bisher unbemerkt

gebliebene Gestalt, die sich von hinten an Cam heranschlich, langsam und lautlos.

Nein. Sie umklammerte ihre Laserwaffe und keuchte. Cam konnte nicht gesehen haben, dass der Typ da war. Im Gegensatz zu den anderen bewegte er sich lautlos und vorsichtig.

Sie sprang auf und huschte aus dem Büro. Sie schaffte es zur Treppe und versuchte, ihre Schritte so leise wie möglich zu setzen.

Als sie unten ankam, machte sie einen großen Kreis um die kämpfenden Männer herum und bewegte sich auf den Mann zu, der sich immer noch an Cam heranschlich.

Sie hörte ein Grunzen und das Geräusch eines Körpers, der gegen etwas Hartes knallte.

Vorsichtig näherte sie sich. Sie sah zwei Gestalten kämpfen, die einander bösartige, harte Schläge und Tritte verpassten. Es war nicht elegant, nicht schön anzusehen. Es war die Realität.

Der Kampf ums Überleben.

Cam – seine muskulöse, große Gestalt würde sie unter Hunderten erkennen – trat den Kerl, der gegen einen Tisch prallte und rücklings auf den Boden knallte.

Wo war der andere?

Dann bewegte sich ein Schatten. Der unsichtbare Typ sprang auf und raste auf Cam zu.

„Cam!" Saskia stürmte los.

Der Angreifer feuerte einen ohrenbetäubenden Schuss ab. Sie schwang ihr Lasergewehr wie einen Baseballschläger und traf den Mann am Arm, so dass ihm die Pistole aus der Hand flog.

Der Mann fluchte auf Russisch und drehte sich um.

Aber Cam stürzte sich schon auf ihn.

Das Geräusch, als seine Faust gegen das Fleisch des Mannes klatschte, ließ sie zusammenzucken. Sie richtete sich auf und zwang sich, hinzusehen.

Cam kämpfte mit diesem Kerl, um sie zu beschützen.

Es geschah alles so schnell und mit solcher Brutalität, dass es ihr schwerfiel, die einzelnen Schläge auseinanderzuhalten. Dann ein Tritt gegen den Kopf und der Schlägertyp sackte leblos zusammen. In der Dunkelheit ergriff Cam Saskias Hand und zog sie durch das Lagerhaus.

„Wie haben sie uns gefunden?", fragte sie atemlos.

„Keine Ahnung. Wir müssen hier weg."

Draußen rannten sie zum Haus. Cam hatte eine Pistole in der Hand und suchte die Gegend ab.

Ein großer, schwarzer Escalade war vor dem Lagerhaus geparkt. Er war leer.

Cam lief zu der Garage, in der er ihren Wagen geparkt hatte, und öffnete das Tor.

„Wir nehmen den Colorado." Er umrundete den grauen Truck.

Saskia sprang hinein. Noch bevor sie sich anschnallen konnte, hatte er bereits rückwärts ausgeparkt, das Lenkrad voll eingeschlagen, um den Wagen zu wenden, und raste die Einfahrt hinunter.

Während er fuhr, kramte er sein Handy aus seiner Hosentasche. Als sie auf der Hauptstraße waren, stellte er es auf Lautsprecher.

„Norcross." Vanders Stimme.

„Vander. Sie haben uns gefunden."

Vander fluchte. „Wie?"

„Keine Ahnung. Wir verlassen gerade mit Vollgas das Trainingszentrum in Richtung Norden."

„Okay. Ich denke –"

„Hallöchen, Jungs." Eine weibliche Stimme drang durch die Leitung.

„Hex?", sagte Vander. „Wie zum Teufel bist du in diesen Anruf gekommen? Das hier ist eine sichere Leitung."

Ein Schnauben war zu hören. „Norcross, ich bin eine Hackerin. Eine verdammt gute." Der Tonfall der Frau änderte sich. „Also. Ich habe mir eure bösen Jungs mal genauer angesehen. Vor vierundzwanzig Stunden hat Mikhailov Syntax angeheuert."

„Was ist Syntax?", fragte Cam.

„Eine Gruppe von Hackern aus Estland", sagte Hex. „Sehr gut, sehr teuer. Ihnen ist egal, wer ihre Kunden sind, Hauptsache, sie zahlen. Ich vermute, dass er sie auf Saskia angesetzt hat."

„Sie haben uns gefunden", sagte Cam.

„Das kann doch wohl nicht wahr sein." Ein Klicken war zu hören. „Leute, ihr habt ein riesiges Problem. Mikhailov ortet eure Handys."

Saskia keuchte.

„Werft sie sofort aus dem Fenster, Cam", befahl Vander. „Taucht unter. Cam, melde dich, wenn es sicher ist."

„Verstanden. Wird sofort erledigt." Cam warf sein Handy aus dem Fenster. „Deins auch."

Saskia ließ ihre Scheibe herunter und tat dasselbe.

Cam bog in eine Straße ein. Es war dunkel und außer ihnen war niemand unterwegs. Er stieg aufs Gas.

„Sind wir jetzt in Sicherheit?", fragte sie.

„Ich hoffe es." Dann wanderte sein Blick zum Rückspiegel. Er spannte sich an.

Saskia drehte sich um. Scheinwerfer rasten auf sie zu. „Wie haben sie das geschafft?", rief sie.

„Bist du angeschnallt?", fragte er.

Sie nickte.

Cam beschleunigte. Sie klammerte sich an ihren Sitz und das Herz schlug ihr bis zum Hals. Sie sah noch einmal zurück und ihr Magen zog sich zusammen. „Sie holen auf."

„Festhalten." Seine Stimme war ein tiefes Grollen.

Plötzlich wurden sie von Scheinwerfen geblendet. Ein zweites Auto raste vor ihnen aus einer Seitenstraße.

Cam fluchte, trat auf die Bremse und wich aus. Ihr Truck geriet ins Schleudern und der Geländewagen hinter ihnen rammte sie.

Als der Truck stärker ins Schlingern geriet, schrie Saskia auf. Sie wurde herumgeschleudert, ihr Sicherheitsgurt schnitt in ihre Schulter und schließlich landete der Wagen im Straßengraben.

Benommen blinzelte sie. Alles war verschwommen.

„Cam?" Sie drehte sich zu ihm. Er saß auf dem Sitz neben ihr und bewegte sich nicht. Sein Kinn ruhte auf seiner Brust. „Cam!"

Die Türen wurden aufgerissen.

O nein. Sie sah, wie sich einer der Kerle auf der Fahrerseite in den Truck beugte. Der Mann hob eine Pistole und schoss Cam zweimal in die Brust.

„Nein! *Nein.*" Saskia flippte völlig aus.

Cam, nein.

Panik und Todesangst drohten, sie innerlich zu zerreißen, als grobe Hände sie aus dem Fahrzeug zerrten.

***

CAM KAM zu sich und unterdrückte ein Stöhnen.

Seine Brust pochte, als hätte er einen Schuss aus einer Panzerfaust in die Rippen bekommen. Es tat höllisch weh, als er einatmete. Irgendwo in der Ferne hörte er das herzzerreißende Schluchzen einer Frau.

Er versuchte, zu verstehen, was los war. Der Schmerz machte es schwer. Er berührte seine Brust. Es war kein Blut zu sehen, aber sie tat höllisch weh.

Er tastete die dünne, kugelsichere Weste aus Hightech-Material unter seinem Shirt ab. Ein paar der hauchdünnen Platten waren gebrochen.

Vander gab ein kleines Vermögen für die noch experimentellen, aber superdünnen und leichten Westen aus. Sie passten unter ihre Hemden und waren diskret.

Heute hatte sie zwei Kugeln abbekommen, und obwohl sie sie aufgehalten hatte, fühlte er sich trotzdem, als hätte ihm jemand eins mit dem Hammer übergezogen.

Er blinzelte in dem schwachen Licht und atmete durch den Schmerz hindurch. Er war eingeklemmt und spürte Vibrationen.

Er befand sich im Kofferraum eines Autos.

Er legte sich zurück und lauschte dem Schluchzen. Es war schwer zu ertragen.

Saskia.

Er hörte auch das tiefe Grollen von Männerstimmen.

„Ihr seid *Mörder*", schrie sie. „Damit werdet ihr nicht durchkommen. Ich werde dafür sorgen, dass ihr dafür bezahlt –" Ihre Stimme brach.

Verdammt, sie dachte, er sei tot. Cam presste eine Handfläche auf seine schmerzende Brust. Jetzt gerade gab es nichts, was er dagegen tun konnte. Erst einmal musste er sich zusammenreißen, sich einen Plan ausdenken und sie in Sicherheit bringen.

Sie fuhren über eine Bodenwelle und ein stechender Schmerz bohrte sich in seine Brust.

Verflucht. Er musste würgen und verlor jedes Zeitgefühl, als sein Gehirn für eine Weile wie benebelt war.

Als er wieder klar denken konnte, fiel ihm als Erstes auf, dass sich das Auto nicht mehr bewegte. Außerdem nahm er den Geruch von Kerosin wahr. Er lauschte angestrengt, aber Saskia konnte er nicht hören.

Scheiße. Sie waren auf einem Flughafen.

Ein schwaches Licht fiel zu ihm herein, aber er konnte nicht viel erkennen. Er riss die Seitenverkleidung des Kofferraums herunter und fand dahinter einen Erste-Hilfe-Koffer, der auch eine kleine Taschenlampe enthielt.

Er steckte sie sich in den Mund und löste dann die Abdeckung, unter der sich das Heckklappenschloss befand.

Es dauerte eine Minute, aber dann machte es leise *Klick*, als das Schloss endlich aufsprang.

Cam stieß die Heckklappe auf, versuchte, den Schmerz in seinem Oberkörper zu ignorieren, und setzte sich aufrecht hin.

Sie waren auf einer kleinen Landebahn. Wahrscheinlich auf dem Anwesen eines stinkreichen Mannes.

Cam kramte in dem Erste-Hilfe-Koffer. Er fand ein paar Schmerztabletten und schluckte ein paar davon ohne Wasser hinunter. Sie würden nicht viel bringen, aber im Moment würde er alles nehmen, was er kriegen konnte.

Als Nächstes zog er die gebrochenen Platten aus seiner Weste und kletterte aus dem Kofferraum.

Seine Sicht verschwamm, aber er riss sich zusammen. Er musste zu Saskia gelangen. Wenn diese Typen sie in ein Flugzeug schafften ...

Nein. Das würde er nicht zulassen.

Vorsichtig riskierte er einen Blick nach vorn.

Er entdeckte einen Wachmann, der Saskia zu einem Privatjet zerrte. Sie wehrte sich mit Händen und Füßen.

Dann schlug das Arschloch sie.

Cam knurrte. Sie sackte zusammen und der Mann warf sie über seine Schulter und trug sie die Treppe zu der Cessna Citation hoch.

Verflucht.

Cam sah sich um. Scheinwerfer blitzten in der Dunkelheit auf und ein Lieferwagen hielt direkt neben dem Privatjet.

Ultimo Catering. Auf dem Logo war ein Schneebesen abgebildet.

Ein Mann stieg aus. Er trug ein Hemd und eine Baseballkappe mit dem Firmenlogo darauf. Er öffnete die Flügeltüren des Lieferwagens, schnappte sich einen Karton und ging die Treppe zum Flugzeug hinauf.

Cam rannte los und sprintete über den Asphalt. Er

erreichte den Lieferwagen und entdeckte auf der Ladefläche einen weiteren Karton, der darauf wartete, in den Jet gebracht zu werden. Ohne zu zögern, schlich er auf die andere Seite des Wagens und wartete.

Der Zusteller kam pfeifend die Treppe des Jets herunter.

Cam schnellte aus seinem Versteck hervor und schlang einen Arm um den Hals des Mannes.

„Tut mir leid." Er zog seinen Arm um die Kehle des armen Kerls zusammen und schnitt ihm die Luft ab.

Der Mann röchelte und strampelte mit den Beinen. Es dauerte nur ein paar Sekunden, bis er reglos zusammensackte. Cam hievte ihn auf die Ladefläche und zog ihm das Hemd aus und die Baseballmütze vom Kopf.

„Tut mir wirklich leid." Er schob ihn weiter ins Wageninnere. Der Mann würde schon bald wieder zu sich kommen.

Cam zog sich das Hemd über, das die Einschusslöcher in seinem eigenen Shirt verdeckte. Die Mütze zog er sich tief ins Gesicht und dann schnappte er sich den Karton, bevor er die Türen des Lieferwagens zuschlug.

Er eilte die Treppe hinauf und betrat den Jet.

Die Piloten unterhielten sich leise im Cockpit. Cam hielt seinen Kopf gesenkt und den Blick auf den Boden gerichtet, als er die Kabine betrat.

Er sah zwei Wachmänner. Saskia lag bewusstlos auf einer cremefarbenen Couch.

Er biss die Zähne zusammen. Es ging ihr gut. Er konnte sehen, wie sich ihr Brustkorb hob und senkte.

Halte noch ein wenig länger durch, Süße.

„Bring das in die Bordküche", grunzte einer der Wachmänner in Cams Richtung.

„Ja." Er hielt seinen Kopf gesenkt.

„Leo, ich rede mit den Piloten. Wir müssen nach Montana. Mikhailov wartet auf seine Trophäe. Sieh du nach der Frau."

Während der eine Kerl sich auf den Weg zum Cockpit machte, beugte sich der andere über Saskia.

Cam stellte den Karton in der Bordküche ab und ging weiter.

Im hinteren Teil des Flugzeugs befand sich ein kleiner Gepäckraum. Er zog die Tür auf, schlüpfte hinein und drückte sich gegen die Wand. Es waren nur ein paar Taschen hier abgestellt.

Er hörte die Wachen reden.

„Ist der Catering-Typ weg? Okay, dann starten wir."

Montana. Dort hatte Mikhailov sich also verkrochen.

Eines stand fest – der kranke Wichser würde Saskia auf keinen Fall in die Finger bekommen.

Cam setzte sich hin und lauschte dem Dröhnen der Motoren. Das Flugzeug rollte los und er machte sich für den Start bereit.

Er hatte schon schlimmere Flüge erlebt.

Sobald sie in der Luft waren, hörte er die Wachen, die sich unterhielten und Krach in der Bordküche machten. Dann hörte er eine höhere Stimme.

Er spannte sich an. Saskia war wieder bei Bewusstsein.

Einen Moment später hörte er sie leise weinen. Der Klang ihrer verzweifelten Stimme tat ihm im Herzen weh.

Er senkte den Kopf an seine Brust. *Verdammt.* Ihr Schmerz war sein Schmerz. In diesem Moment wurde ihm klar, dass es kein Zurück mehr gab.

Sein Schicksal war für immer mit dem von Saskia Hawke verbunden.

Er wartete und jede Minute fühlte sich an wie eine Ewigkeit. Als es draußen endlich still geworden war, öffnete er die Tür einen Spaltbreit. Die Wachen hatten sich etwas zu essen geholt und saßen auf den gepolsterten Sitzen im vorderen Teil der Kabine. Einer schlief, der andere hatte Kopfhörer auf.

Saskia saß auf der Couch, die Beine vor der Brust angezogen, Tränen liefen ihr über die Wangen.

Cam musste all seine Selbstbeherrschung aufbringen, um nicht zu ihr zu laufen und sie in seine Arme zu schließen. Er trat aus dem Gepäckraum und achtete darauf, dass die Wachen ihn nicht bemerkten.

Dann hob er eine Hand.

Ihr Kopf ruckte hoch, ihre Augen weiteten sich und jede Farbe wich aus ihrem Gesicht.

Sie gab ein leises Wimmern von sich und schwankte in ihrem Sitz.

Es kostete ihn all seine Willensstärke, sich davon abzuhalten, quer durch die Kabine zu ihr zu stürmen.

Er hob einen Finger an seine Lippen.

Wieder liefen ihr Tränen über die Wangen, aber ein Lächeln erblühte auf ihrem Gesicht. Sie kniff für eine Sekunde die Augen zusammen und starrte ihn dann an. Als könne sie nicht glauben, dass er real war.

Cam presste eine Handfläche auf seine Brust.

Ihre Lippen zitterten, dann drückte sie eine Handfläche auf ihr eigenes Herz. Eine Sekunde später warf sie ihm einen Kuss zu.

Es war verdammt schwer, aber er zwang sich, zurück in den Gepäckraum zu verschwinden.

Er stieß einen Atemzug aus.

Schon sehr bald würde sie in seinen Armen liegen.

Und dann würde er sie in Sicherheit bringen, ein für alle Mal.

KAPITEL SIEBZEHN

S askia ging rastlos in dem kleinen Schlafzimmer auf und ab.

Sie schenkte dem Raum keine große Aufmerksamkeit. Die Wände bestanden aus großen Baumstämmen und eingerichtet war er mit einem Bett und einem Lehnsessel, alles in einem modernen, rustikalen Stil gehalten.

Sie vermutete, dass die beiden großen Fenster eine fantastische Aussicht boten, aber im Moment war es draußen stockdunkel.

Cam war *am Leben*.

Sie stieß einen zitternden Atemzug aus. Ein Teil von ihr hatte Angst, dass sie sich ihn im Flugzeug nur eingebildet hatte. Er hatte dort gestanden, so lebendig und echt. Für eine Sekunde war sie wieder in dem Truck und musste mitansehen, wie der Mann auf Cam schoss. Ihr wurde schlecht. Als ihre Beine nachgaben, ließ sie sich aufs Bett fallen.

Als sie gedacht hatte, er sei tot ...

Sie ließ den Kopf hängen und versuchte, zu atmen.

Es hatte sich angefühlt, als hätte jemand ihren Körper aufgeschlitzt und all ihre Hoffnung aus ihr herausbluten lassen.

Sie war in Camden Morgan verliebt. In jeden Aspekt seiner geschundenen Seele.

Der Gedanke, dass sie ihn verloren hatte, war so unvorstellbar schmerzhaft gewesen.

Sie wollte jeden Abend mit ihm einschlafen. Jeden Tag mit ihm aufwachen. Wollte ihn zum Lachen bringen und spüren, wie seine starke Hand sich in ihren Nacken legte und sie dort kniff. Sie wollte, dass er in ihr war und sie hart fickte. Er konnte grob sein, und das war aufregend, aber sie zweifelte nie daran, dass er gleichzeitig auch Liebe mit ihr machte.

Eines Tages wollte sie, dass seine vernarbten, schwieligen Hände ihr Baby hielten. Ein kleines Mädchen, das seinem vom Krieg gezeichneten Daddy all seine Liebe schenkte.

Gott, Saskia hatte ihn beinahe verloren.

Ein Schluchzen stieg in ihrer Kehle auf. Sie war so sehr in ihrer Trauer gefangen gewesen, dass es ihr egal gewesen war, dass man sie in einen Privatjet verladen hatte, um sie zu Mikhailov zu bringen.

Aber als sie Cam gesehen hatte ...

Natürlich würde ihr Beschützer sie nicht im Stich lassen. Er hatte versprochen, ihr Mikhailov ein für alle Mal vom Hals zu schaffen.

Der einzige Ort, an dem sie wirklich sicher war, war in Cams Armen.

Saskia holte tief Luft. Jetzt musste sie nur noch

darauf warten, dass er zuschlug. Sie wusste, dass er kommen würde.

Sie wünschte nur, sie wüsste, wo sie waren.

Plötzlich öffnete sich die Schlafzimmertür und ihr Puls beschleunigte sich. Sie schoss auf die Beine und griff nach einem riesigen, hübschen Amethyst, der auf dem Nachttisch stand.

Cam schlüpfte herein.

Sein Blick fiel auf den Stein in ihrer Hand und er musste grinsen. „Was für ein Empfang, Süße."

„*Cam*." Sie ließ den Stein auf den Teppich fallen und lief zu ihm.

Sie warf sich in seine Arme und hielt sich an ihm fest. Er zog sie an sich und sie spürte die Erleichterung in ihrer Brust.

Sie zerrte an seinem Hemd, brauchte Hautkontakt, denn sie musste sich vergewissern, dass er noch am Leben war. Sie ließ eine Handfläche über seine Brust gleiten und fühlte seinen starken, gleichmäßigen Herzschlag.

Er war so real und lebendig, dass es ihr den Atem raubte.

„Saskia."

Sie legte ihre Handflächen an seine Wangen und presste ihren Mund auf seinen.

Sein Geschmack erfüllte sie, seine Zunge streichelte ihre und sein harter Schwanz drückte sich gegen ihren Bauch.

Er strotzte vor Leben.

„Ich habe gesehen, wie sie dich erschossen haben." Sie empfand wieder diesen übermächtigen Schmerz.

„Baby." Er küsste sie. „Ich hatte eine Weste an. Abgesehen von ein paar blauen Flecken geht es mir gut." Er nahm ihre Handgelenke. „Wir müssen los."

Sie nickte. Erst jetzt bemerkte sie, dass er einen mit Schafsfell gefütterten Mantel und Stiefel trug. Über seiner Schulter hing ein Rucksack.

„Ich habe alles durchsucht und Ausrüstung und Vorräte gefunden." Er ließ den Rucksack aufs Bett fallen. „Ich habe auch ein paar Sachen für dich. Du musst dich warm anziehen." Er zog einen olivgrünen Mantel und Stiefel heraus. „Die werden wahrscheinlich etwas zu groß sein, aber bessere habe ich nicht gefunden."

Sie nickte und begann, sich anzuziehen. „Wo sind wir?"

„Montana."

Sie zögerte. „Oh."

„Ich habe mich umgesehen. Mikhailov hat ein paar Wachen hier. Wir sind in einer Blockhütte. Sieht aus wie ein luxuriöses Refugium für jemanden, der gern angelt. Ich vermute, dass sie einem Kumpel von Mikhailov gehört. Hier rechnet niemand mit ihm."

Sie zog erst den Mantel an, dann die Stiefel, die zwar zu groß waren, aber mit einem zusätzlichen Paar Socken passten.

„Na los." Er nahm ihre Hand.

„Was haben wir jetzt vor?"

„Wir schleichen uns aus dem Haus und laufen zu den Bäumen." Er atmete aus. „Ich werde nicht lügen, Saskia – wir müssen so viel Abstand zwischen uns und diesen Ort bringen, wie wir nur können. Wir müssen das tun, was sie am wenigsten erwarten. Schaffst du das?"

Sie hob ihr Kinn. „Wenn es bedeutet, dass wir hier wegkommen, dann verdammt, ja."

Er küsste sie auf die Nasenspitze.

Sie schlichen aus dem Schlafzimmer. Er war still wie ein Geist, wohingegen jeder ihrer Schritte klang wie ein Elefant, der über einen Holzboden trampelte.

In der Ferne hörten sie das Gemurmel von Stimmen und die Klänge eines Fernsehers.

Sie kamen an mehreren Räumen vorbei. Einer davon war eine dunkle Küche mit einer großen Insel.

„Warte." Cam huschte durch den Raum. In einer Nische lag ein kleines Handy. Er nahm es, tippte eine Nummer ein, wartete, bis es einmal klingelte, und legte dann auf.

„Norcross-Protokoll. Aces Team oder Hex werden den Anruf sehen und unseren Standort herausfinden." Er nahm wieder Saskias Hand.

Sekunden später schlüpften sie durch eine Hintertür in die kühle Nachtluft hinaus.

Das Wort Blockhütte wurde dem Haus nicht gerecht. Es war viel eher eine Blockhütte auf Steroiden. Sie war riesig, mit großzügigen Terrassen, die vermutlich auf ein Tal hinausgingen. Um das Haus herum standen keine Bäume, aber in der Ferne konnte sie Schatten eines Waldes ausmachen. Auf dem Anwesen verteilt standen mehrere Schuppen und andere Nebengebäude.

„Hier entlang." Cam führte sie um ein großes Gebäude herum. Sie sah die Baumreihen jetzt deutlicher. Der Wald war dicht und finster.

O Gott, in Montana gab es doch sicher Bären und Wölfe, oder?

Trotzdem würde sie wilde Raubtiere Mikhailov jederzeit vorziehen. Verdammt, sie würde laufen, bis ihr die Füße bluteten, wenn sie müsste. Sie hob ihr Kinn. Sie war eine Ballerina. Unter ihrer Eleganz verbarg sich harter Stahl.

„Warte." Cams Stimme war ein leises Flüstern.

Sie blieben stehen, die Rücken dicht an den Holzschuppen gepresst.

Der Schatten einer Wache schlenderte vorbei und der Geruch von Rauch stieg ihnen in die Nase. Saskia sah die rote Glut einer Zigarette.

Schließlich verschwand der Mann.

„Los." Cam stieß sich vom Schuppen ab.

Gemeinsam rannten sie in den Wald.

SIE KÄMPFTEN sich durch die Bäume vorwärts. Das Gelände war nicht allzu unwegsam, aber es war auch nicht gerade ein Spaziergang. Obwohl es kalt war, lag in diesem Jahr zum Glück noch kein Schnee in Montana.

Cam war entschlossen, Saskia so weit wie möglich von Mikhailov wegzubringen.

Das Geräusch von etwas, das durch den Wald rannte, ließ sie innehalten.

Saskia, die hinter ihm ging, schnappte erschrocken nach Luft.

Was auch immer es für ein Tier war, es lief vor ihnen weg.

Ein Glück. Cam war unbewaffnet, abgesehen von einem Messer, das er aus der Küche in der Blockhütte mitgenommen hatte. Er wünschte wirklich, er hätte eine Waffe.

Er legte ein schnelles Tempo vor. Sobald der Morgen anbrach, würde Mikhailov bemerken, dass Saskia weg war. Bis dahin mussten sie so weit von ihm entfernt sein, wie sie nur konnten.

„Ich habe eine Freundin, Danie, und sie träumt davon, nachts im Wald spazieren zu gehen. Sie glaubt, es wäre magisch", murmelte Saskia, deren Stimme vor Anstrengung ganz heiser klang. „Ist es aber nicht. Es ist verdammt gruselig. Wenn wir von einem Bären gefressen werden, bin ich stinksauer."

Cam schüttelte den Kopf. „Du schaffst das schon, Stadtmädchen."

Sie blieben in Bewegung und Cam kämpfte sich durch dichte Sträucher. Er hörte Saskia hinter sich fluchen.

Langsam färbte sich der Horizont im Osten blassgrau.

Etwas Licht würde ihnen helfen.

Aber es würde auch ihren Verfolgern helfen.

Cam hatte keinen Zweifel daran, dass Mikhailov sie suchen würde. Der Mann war eindeutig davon besessen, sein Gesicht zu wahren.

„Kommst du klar?", rief Cam ihr über die Schulter zu.

„Klar komme ich klar", antwortete sie übertrieben fröhlich. „Gott, ich dachte, ich wäre fit. Ich habe mir sogar etwas darauf eingebildet."

„Es gibt verschiedene Arten von Fitness." Er drehte sich um. Sie sah blass aus und hatte dunkle Ringe unter den Augen. Er berührte ihre Wange. „Wir können eine kurze Pause machen und eine Kleinigkeit essen."

Sie seufzte. „Was immer du für das Beste hältst."

„Je mehr Abstand wir zwischen uns und Mikhailov bringen, desto besser."

Saskia richtete sich auf. „Dann gehen wir weiter."

„Sobald der Tag anbricht, suchen wir uns einen Unterschlupf und ruhen uns aus."

Sie schluckte. „Und verstecken uns vor Mikhailov."

„Ja. Er wird wahrscheinlich seine Gorillas auf uns hetzen."

Cam ging weiter und behielt das sportliche Tempo bei. Ein paar Mal fiel Saskia zurück, aber sie holte immer wieder auf.

Bald würde das Tageslicht durch die Bäume brechen. Plötzlich hörte er Saskia aufschreien.

Cam drehte sich gerade noch rechtzeitig um, um sie fallen zu sehen.

Sie landete flach auf dem Bauch und rührte sich nicht.

„Süße." Er sah die Baumwurzel, über die sie gestolpert war. Er ging in die Hocke und bemerkte, dass sie Probleme beim Atmen hatte.

„Verdammt. Ganz ruhig. Du hast kurz keine Luft bekommen." Er half ihr auf, tastete ihren Körper ab und vergewisserte sich, dass sie nicht verletzt war.

Dann sah er sich ihr Gesicht genau an.

„O Baby, du bist ja völlig fertig."

„Nein." Sie keuchte. „Es geht mir gut. Ich komme schon klar."

Er zog sie an seine Brust. „Du bist erschöpft. Wir

sind seit Stunden unterwegs. Du hättest mir sagen sollen, dass du eine Pause brauchst."

Auf einmal sah sie elend und unglücklich aus. „Mein Knie tut weh."

Er ging in die Hocke und fuhr mit der Hand ihr Bein hinauf. Ihr Knie war geschwollen und er holte tief Luft. Sie musste starke Schmerzen haben. „Süße ..."

„Ich hatte schon öfter Probleme damit. Ich bin daran gewöhnt."

„Das hättest du mir sagen müssen."

„Ich will, dass du in Sicherheit bist."

Verdammt, all die Gefühle, die sie in ihm auslöste. So lange war sein Herz taub, eiskalt, wie erstarrt gewesen, und er hatte gespürt, dass ihm etwas Lebenswichtiges fehlte. Dann hatte Saskia ihn zu neuem Leben erweckt.

„Na komm." Er nahm ihre Hand. „Lass uns einen Platz finden, an dem wir uns ausruhen können."

Sie nickte an seiner Brust.

Als er sich von ihr löste, tat es ihm weh, die Tränen auf ihrem Gesicht zu sehen. Er wischte sie mit seinen Daumen von ihren Wangen und sie gingen in einem langsameren Tempo weiter.

Sie brauchten einen sicheren Unterschlupf und die benachbarten Hütten stellten ein viel zu großes Risiko dar. Dort würde Mikhailov als Erstes nach ihnen suchen.

Ein paar Minuten später konnte er sein Glück kaum fassen.

Das Gebäude vor ihnen sah aus wie eine alte Jagdhütte. Sie war winzig und in keinem guten Zustand. Die Veranda hing durch. Er vermutete, dass sie von Jägern und Förstern genutzt wurde, wenn sie in den entlegenen Winkeln des Waldes Arbeiten verrichteten.

Er führte sie hin und öffnete die unverschlossene Tür.

Die Hütte als rustikal zu bezeichnen, war noch nett. Sie bestand aus einem einzelnen Raum und in einer Ecke standen ein Waschbecken und ein Herd. Auf dem Boden lag ein staubiger Teppich vor einer leeren Feuerstelle. Daneben stand ein Doppelbett mit Metallrahmen und einer durchgelegenen Matratze.

„Komm her, Süße." Er führte sie zum Bett. Es war eiskalt hier drin, aber ein Feuer zu machen, konnte er nicht riskieren. An einer Wand stand eine Holztruhe, in der er eine muffige Decke fand.

Er wickelte sie darin ein und kramte dann in seinem Rucksack nach den Vorräten. Wie sehr er doch wünschte, er könnte ihr ein heißes Getränk machen, aber sie mussten sich mit Wasser begnügen.

Sie aß zwei Müsliriegel und etwas Brot.

Cam setzte sich neben sie und aß selbst eine Kleinigkeit. „Du hast dich da draußen gut geschlagen. Hast dich kein einziges Mal beschwert."

Sie lächelte verhalten und hatte auch wieder etwas Farbe auf den Wangen. „Ich warne dich lieber gleich. Ab jetzt machen wir nur noch Strandurlaube."

Ihre Worte trafen ihn mitten ins Herz. Sie redete, als wären sie zusammen. „Ich denke, damit käme ich klar."

Sie aß weiter. „Mmh, ich fühle mich schon besser." Sie gähnte.

„Gut. Warum versuchst du nicht, ein wenig zu schlafen?"

Sie sah ihn mit ihren braunen Augen an. „Ich dachte, sie hätten dich getötet, Cam."

Ein Stechen in seinem Herzen. „Ich weiß. Es tut mir ja so leid."

„Es war die Hölle." Sie legte eine Hand an sein stoppeliges Kinn. „Ich kann gar nicht in Worte fassen, wie es sich anfühlt, zu wissen, dass du am Leben bist."

Ihre Lippen trafen sich. Dieser Kuss war nicht leidenschaftlich oder feurig, aber die Hitze war da. Ein unterschwelliges Köcheln.

Als sie sich trennten, keuchte sie und Lust flackerte in ihren Augen auf.

„Ich kann jetzt nicht mit dir schlafen, Baby. Ich muss wachsam bleiben. Ich muss für deine Sicherheit sorgen."

Sie nickte und beugte sich vor, küsste sein Kinn, seine Wangen, seine Augenlider. Sie verteilte winzige Küsse auf seinem ganzen Gesicht.

„Bis ich dich getroffen habe, wollte ich nie jemanden so sehr", sagte sie.

Alles in ihm begann zu kribbeln. „Ich weiß. Mir geht es genauso."

Sie küsste ihn auf die Schläfe. „Ich bin so froh, dass du am Leben bist, Cam. Ich liebe dich."

Seine Hände an ihrem Körper spannten sich an und seine Kehle wurde eng. „Saskia –"

„Schh, sag nichts. Du musst nichts darauf antworten. Was auch immer passiert, ich wollte nur, dass du weißt, was ich für dich empfinde."

Er war überwältigt. War das Liebe? So viel auf einmal zu fühlen, dass man diese Fülle an Emotionen nicht eindämmen konnte, während man gleichzeitig panische Angst bekam?

Menschen starben. Das wusste er. So wie Kris gestorben war. Und wenn sie es taten, riss es einem das Herz aus der Brust.

„Halte mich einfach", murmelte sie.

Das tat er. Verdammt, er hätte sie für immer so halten können.

Doch dann hörte er ein Geräusch.

Er hob den Kopf.

„Cam?"

Er spannte seinen Körper an. „Ich höre Quads. Sie kommen in diese Richtung."

KAPITEL ACHTZEHN

Saskia versuchte, ruhig zu bleiben, und beobachtete, wie Cam durch die Hütte lief und ihre Sachen einsammelte.

„Niemand darf wissen, dass wir hier waren." Seine Stimme war düster.

„Können wir vor ihnen weglaufen?", fragte sie.

Sein aufgewühlter, grüner Blick traf den ihren. „Nein."

„Was sollen wir dann tun?"

„Du versteckst dich und ich kämpfe. Was auch immer passiert, komm nicht raus."

Ihr Magen zog sich zusammen. „Und du?"

„Ich erledige sie." Er öffnete die Eingangstür und winkte sie hinaus.

Wieder einmal würde ihr Mann sein Leben für sie riskieren.

„Cam –"

Er zog sie für einen wilden, besitzergreifenden Kuss an sich. „Bitte, Saskia. Ich muss wissen, dass du in Sicherheit bist. Wenn mir etwas zustößt, *musst* du in deinem Versteck bleiben, bis Vander dich findet."

Sie konnte kaum atmen. *Wenn mir etwas zustößt ...* Er sagte diese schwerwiegenden Worte so sachlich, als wäre nichts dabei.

Sie packte ihn am Revers seines Mantels und sah die Überraschung in seinen Augen.

„Dir passiert besser *nichts*, Cam. Nach dieser Sache hier wirst du mich heiraten. Ich werde nach San Francisco ziehen und wir werden glücklich bis ans Ende unserer Tage leben, verliebt sein, exzellenten Sex haben und eines Tages in der Zukunft wirst du mir Kinder schenken."

Sie nahm sich eine Sekunde Zeit, seinen Gesichtsausdruck zu genießen – als wäre er mit dem Kopf gegen einen Stahlträger geknallt. Dann küsste sie ihn erneut. „Pass auf dich auf, Cam. Deine Familie und deine Freunde brauchen dich. Ich brauche dich."

Er hielt sie für einen Moment ganz fest, ein intensiver Blick in seinen Augen. Als ob alles, was er in diesem Moment empfand, sich in seinem Inneren verstrickte und er den Knoten nicht lösen konnte.

Jetzt hörte sie sie auch, die Motorengeräusche der herannahenden Quads.

„Na los, unter die Hütte, Süße." Er führte sie auf die Veranda. „Und nimm den Rucksack."

Sie kniete sich hin. „Hast du eine Waffe?"

Er schüttelte den Kopf. „Aber ich habe ein Messer. Und jetzt los."

Sie kroch unter die Hütte. Der Boden war eiskalt und ihr Blick fiel auf jede Menge Spinnweben. Ein oder zwei

Spinnen waren allerdings immer noch besser als Mikhailov.

Cam ging in die Hocke und reichte ihr den Rucksack. Die Intensität seines Blicks ließ ihr einen Schauer über den Rücken laufen.

Dann stand er auf und war weg.

Wie ein Geist.

Saskia kroch noch ein Stück weiter unter die Bodenplatte und versteckte sich dann hinter einem alten Holzsockel. Sie versuchte, ruhig zu bleiben, aber es war einfach unmöglich.

Die Motorengeräusche wurden immer lauter.

Sie stieß einen zittrigen Atemzug aus. Ihr Herz pochte in ihren Ohren.

Die Quads kamen laut dröhnend in Sicht und hielten vor der Hütte. Sie spähte hinaus und beobachtete, wie mit Jeans bekleidete Beine sich von den Fahrzeugen schwangen.

„Rogers, Iwanow, durchsucht die Hütte."

Saskia erstarrte beim Klang der Stimme. *Mikhailov.*

Sie sah mehrere Paare robuster Stiefel umherlaufen. Zwei Männer stürmten die Treppe hinauf und in die Hütte.

„Sie müssen in der Nähe sein", sagte Mikhailov. „Die Frau kann nicht weit gekommen sein."

Einer der Wachmänner spuckte auf den Boden. „Sie hat jemanden, der ihr hilft."

„Und ihretwegen kommt er langsamer vorwärts."

Saskia ballte ihre Hände zu Fäusten. Es waren drei Quads. Fünf Wachmänner und Mikhailov.

Cam war allein.

„Hier drin ist niemand, Boss."

Derjenige, der es gesagt hatte, war Amerikaner.

„Aber es sieht so aus, als wäre unlängst jemand hier gewesen", sagte ein weiterer Mann, dessen Akzent eindeutig russisch war. „Könnten die beiden gewesen sein."

Sie starrte auf Mikhailovs glänzende, saubere Stiefel, die ein paar Schritte machten. „Sucht die Gegend nach Anzeichen von ihnen ab."

Ihr Magen drehte sich um. Sie wünschte sich, diese Kerle würden einfach *gehen*, schickte ein Stoßgebet zum Himmel, dass sie abhauten.

Stattdessen schwärmten die sechs Männer um die Hütte herum aus.

Gott, Cam.

Sie lehnte ihre Stirn gegen das raue Holz. Wenn eine der Wachen unter der Hütte nachsah, würde sie mit ziemlich hoher Wahrscheinlichkeit entdeckt werden.

Ein Mann umrundete die Hütte. Plötzlich hörte sie ein Geräusch. Sie hob den Kopf und sah, wie er gepackt wurde. Es gab ein kurzes Handgemenge und der Wachmann wurde zwischen die Bäume gezerrt.

Cam.

„Hey, Alek, irgendwas gefunden?" Ein zweiter Wachmann kam um die Hütte. Sie sah, wie die Füße des Mannes erst stehenblieben und sich dann im Kreis drehten. „Alek? Wo zum Teufel bist du?"

Die anderen eilten zu ihm. Einer von ihnen hockte sich hin und Saskia erstarrte. Wenn er den Kopf drehte, würde er sie sehen.

„Hier ist der Boden aufgewühlt." Der Mann erhob sich.

„Sie sind hier!", rief Mikhailov aus. „*Findet* sie. Ich will die Frau."

Auf der anderen Seite der Hütte nahm sie eine Bewegung wahr. Cam machte sich an den Quads zu schaffen. Dann war er wieder weg.

„Ich nehme ein Quad und fahre eine Runde", sagte der Amerikaner. „Sie könnten auf der Flucht sein."

Der Wachmann sprang auf eines der Quads. Nichts passierte.

„*Verflucht.* Es springt nicht an."

„Überprüft die anderen", rief Mikhailov.

„Nichts. Der Scheißkerl hat etwas damit gemacht."

Mikhailov knurrte. „Findet sie!"

Die Wachen gingen auf die Bäume zu. Saskia folgte einem von ihnen mit ihrem Blick. Er trat zwischen zwei Baumstämme und etwas fiel auf ihn. Sie sah, wie Cam den Mann zu Boden rang und dann schnell sein Messer aufblitzen ließ. Der Wachmann sackte zusammen und hatte nicht einmal die Chance, einen Laut von sich zu geben.

Dann verschwand Cam wieder.

„Yuri! Yuri ist am Boden." Drei der Wachen rannten zu dem Mann.

„Kehle aufgeschlitzt", knurrte einer von ihnen.

Sie spürte die Anspannung unter den Männern. Saskia biss sich auf die Lippe. Es waren nur noch drei Wachen übrig.

Sie verspürte einen Funken Hoffnung. Wenn jemand sie hier rausholen konnte, dann Cam.

„*Da*. Ich habe etwas zwischen den Bäumen gesehen."

Schüsse ertönten. Saskia presste sich die Hände auf die Ohren.

„Da ist er!"

Jemand fluchte auf Russisch. „Erschießt das Arschloch."

Sie hörte Laufschritte. Stiefel rannten an der Hütte vorbei.

Sie hielt den Atem an. *Cam.*

Es fielen weitere Schüsse. Sie entdeckte seine Stiefel und musste zusehen, als er zusammenzuckte und auf ein Knie sank.

Nein. Hatten sie ihn erwischt? Wie schwer?

Er sah nicht in ihre Richtung. An seinem Arm lief Blut herunter.

Cam. Sie betete, dass er aufstehen würde.

Dann stürzten sich die drei verbleibenden Wachen auf ihn. Sie traten und schlugen ihn.

Saskia zuckte zusammen. Sie biss sich so fest auf die Lippe, dass sie Blut schmeckte.

„Bringt ihn mir", rief Mikhailov.

Zwei der Wachen zogen Cam hoch und schleppten ihn zu ihrem Boss.

CAM WEHRTE sich gegen die Männer, die ihn gepackt hielten. Einer rammte ihm brutal die Faust in den unteren Rücken.

Er biss die Zähne zusammen und ließ den Schmerz

vorüberziehen. Darin hatte er eine Menge Training und Erfahrung.

Solange sie Saskia nicht fanden, wäre alles in Ordnung.

Die beiden Wachen, die er getötet hatte, lagen neben den unbrauchbaren Quads.

Mikhailov stellte sich vor ihn.

Er sah nicht ganz so elegant und gefasst aus wie sonst. Er war in einen dicken Mantel gehüllt, sein Gesicht von Stress gezeichnet.

„Wo ist die Frau?", fragte der Mann.

Cam gab keinen Ton von sich.

Mikhailov verzog das Gesicht zu einer boshaften Fratze. „Meine Männer kennen viele Wege, Ihnen Schmerzen zuzufügen."

Cam starrte ihn nur teilnahmslos an.

„Hmm." Mikhailov ging auf und ab. „Es gibt keinen Grund, Ihr Blut zu vergießen, Mr. Morgan. Sagen Sie mir einfach, wo sie ist."

Cam ließ ihn warten. Diese Arschlöcher hörten sich so gern selbst reden.

Mikhailov brummte und machte eine Bewegung mit der Hand.

Der dritte Wachmann kam näher und boxte Cam in den Bauch.

Er stöhnte. Der hatte gesessen.

„Ich weiß, dass Sie eine militärische Ausbildung haben. Ich versichere Ihnen, dass das nicht helfen wird. Mein Onkel war früher beim FSB, oder KGB, wie es zu seiner Zeit hieß." Ein gemächliches Lächeln legte sich auf Mikhailovs Lippen. „Ich kenne eine Menge Tricks."

Cam hob nur sein Kinn.

„Sie sind ein ehrenwerter Mann." Mikhailov nickte wie ein freundlicher, verständnisvoller Onkel. „Sie haben das Bedürfnis, Frauen zu beschützen. Ich weiß, dass Sie in einer geheimen Organisation des amerikanischen Militärs waren, aber das wird Ihnen jetzt nicht helfen. Hier sind Sie ganz allein."

„Geheime Organisation?", fragte der Amerikaner.

„Ich konnte nicht alle Informationen finden." Mikhailov winkte mit der Hand ab. „Gerüchten zufolge hieß das Team Ghost Ops."

Der Amerikaner wich zurück. „Ghost Ops. *Fuck*." Er wurde kreidebleich und Cam verbarg seine Genugtuung. *Du solltest auch Angst haben.*

„Keine Sorge", sagte Mikhailov. „Allein kann er nicht viel ausrichten."

„Ghost Ops ... die sind zu allem fähig." Der Amerikaner wirkte fast schon panisch.

„Ach was, ihr seid zu dritt." Mikhailov trat näher an Cam heran. „Sie können Sie nicht vor mir beschützen. Ich werde sie kriegen."

„Sie werden sie nicht kriegen", sagte Cam. „Weil sie mir gehört. Es ist mein Bett, in dem sie geschlafen hat. Mein Schwanz, den sie genommen hat. Sie gehört zu mir. Für alle Ewigkeit."

Mikhailov knurrte. Eine Ader in seiner Schläfe pochte. Er drehte sich zum Wachmann neben ihm und riss ihm das Jagdmesser aus der Hand.

„Sie hätten meine Tänzerin nicht anfassen sollen, Mr. Morgan."

Der ältere Mann fuhr mit der Spitze des Messers über Cams unversehrte Wange. Es brannte.

„Ich glaube, Sie brauchen auch eine Narbe auf dieser Seite. Das gleicht die Sache aus."

Cam zwang sich, ruhig zu bleiben.

„Mein Onkel sagte immer, der beste Weg, Leute zum Reden zu bringen, ist es, die Dinge einfach zu halten. Ein Ohr abzuschneiden –", das Messer bewegte sich an Cams Ohr vorbei und dann an der Seite seines Halses hinunter, „oder die Nase. Oder andere verletzliche Körperteile." Das Messer glitt tiefer. Dann rammte Mikhailov es gegen Cams Genitalien. Er konnte nicht anders, als zusammenzuzucken.

„Kein Mann will seinen Schwanz und seine Eier verlieren, Mr. Morgan. Und hier draußen werden Sie verbluten."

Das Messer bohrte sich tiefer hinein. Cam gab ein ersticktes Geräusch von sich.

„Wo ist sie?"

Cam starrte einfach nur geradeaus, ohne einen Ton zu sagen.

„Zieht ihm die Hose aus." Mikhailov lachte. „Ich werde mit seinen Eiern anfangen."

Cam bäumte sich auf und versuchte, den Mann abzuwehren, der nach seinem Gürtel griff.

„Aufhören. Hören Sie auf!"

Nein, verdammt. Jeder Muskel in seinem Körper spannte sich an. „Saskia, nein. *Lauf.*"

Verdreckt kroch sie unter der Hütte hervor. Sie hob die Hände über den Kopf und starrte die Männer panisch an.

„Tun Sie ihm nichts", rief sie.

„Saskia." Mikhailov wandte sich ihr zu. „Endlich." Er machte ein paar Schritte in ihre Richtung. „Du hast mir das Leben sehr schwer gemacht."

„Ihr Leben?" Ihre Augen funkelten. „*Sie* haben *mich* entführt, Sie hirnverbranntes Arschloch. Sie Verge-waltiger."

Mikhailov rang nach Luft.

„Sie glauben, Sie sind etwas Besonderes, weil sie viel Geld besitzen? Schmutziges Geld?", fuhr sie fort. „Der einzige Weg, wie Sie an eine Frau kommen können, ist, sie zu entführen! Gegen ihren Willen! Sie sind der letzte Dreck."

Er packte sie an den Haaren und riss brutal daran. Sie schrie auf.

„Sei still!", fauchte er.

Cam wollte sich befreien, aber die beiden Wachen verstärkten ihren Griff um ihn.

„Ich will Rache." Mikhailov hob seine andere Hand, zog den Reißverschluss ihres Mantels auf und griff hinein, um ihr grob an die Brust zu fassen.

Knurrend riss sich Cam los, aber die beiden Männer packten ihn und rangen ihn zu Boden.

Zwei Stiefel bohrten sich in seinen Rücken und fixierten ihn auf dem Waldboden.

Mikhailovs Grinsen war selbstgefällig und zufrieden.

„Jetzt muss ich mich entscheiden. Soll ich dich hier nehmen, im Schmutz, und ihn zusehen lassen? Oder lasse ich dich zusehen, während ich ihm eine Kugel ins Hirn jage?"

Saskia wimmerte auf.

Mikhailov nahm die Pistole eines seiner Wachmänner.

Fuck. *Fuck.* Cam spannte sich an, seine Gedanken rasten, suchten nach einem Ausweg. Wenn er starb, hätte Mikhailov Saskia. Das war inakzeptabel.

Er hatte Kris im Stich gelassen, aber er würde auf keinen Fall noch einmal versagen. Egal, was geschah, er würde Saskia beschützen.

Er suchte nach einer Gelegenheit, anzugreifen.

Aber Saskia kam ihm zuvor.

Sie stürzte nach vorn und griff nach der Handfeuerwaffe.

Sie überraschte den Wachmann und riss sie Mikhailov aus der Hand. Im nächsten Moment erhob sie beide Hände, wirbelte herum und schoss auf die Wachen. Die Kugel verfehlte Cam nur knapp, traf aber zum Glück einen der Wachmänner.

Einer sprang zur Seite und der, der getroffen worden war, wich zuckend und mit einem schockierten Schrei zurück. Cam riss sich los, rollte sich ab und verpasste dem anderen Kerl einen kräftigen Tritt in den Bauch.

Der Mann flog durch die Luft.

Cam sprang auf und wirbelte herum. Saskia kämpfte mit Mikhailov um die Waffe.

Der andere Wachmann, der Amerikaner, stand wie erstarrt da und wusste nicht, was er tun sollte.

Cam griff ihn an. Aber er konnte nur einen harten Schlag landen, bevor der Mann wieder zu sich kam und sich zu wehren begann.

Dann ertönte ein lauter Knall, als ein zweiter Schuss abgefeuert wurde.

Saskia.

Cam duckte sich und konnte dem Amerikaner einen weiteren Schlag verpassen. Der Mann kippte grunzend vornüber. Cam drehte sich um.

Mikhailov umklammerte einen blutenden Arm. Saskia hielt immer noch die Waffe in der Hand.

„Schnappt sie!", schrie Mikhailov.

Cam rannte auf Saskia zu. Einer der Männer packte sie und sie knallte mit voller Wucht auf den Boden.

Cam rammte dem Mann sein Knie in den Bauch, aber der Wachmann mit der Schusswunde war wieder da. Er bohrte Cam den Lauf einer Pistole in den Rücken.

„Keine Bewegung", knurrte er.

Cam erstarrte und fluchte innerlich.

Der andere Wachmann zerrte eine benommene Saskia auf die Beine. Ihr Blick traf den von Cam.

Er sah immer noch Widerstand darin und sah ihr tief in die Augen.

„*Blyad.*" Mikhailov warf eine Hand in die Luft, während er die andere auf die Wunde an seinem Arm presste, aus der Blut durch seine Finger sickerte. „*Genug.* Sie macht zu viel Ärger." Er schnaubte. „Tötet sie beide."

KAPITEL NEUNZEHN

S askia stolperte zu Cam. Er zog sie an sich und sie klammerte sich an ihn.

Seine Wärme und seine Stärke waren beruhigend, aber sie hatten keine Waffen. Tränen brannten ihr in den Augen. Blut lief seinen Arm hinunter.

Mikhailovs verbleibende Wachen stellten sich vor sie.

„Ich will sie beide tot sehen", brüllte Mikhailov. „Lasst sie hier verrotten, wo die Vögel und Bären sie auffressen können."

Plötzlich schärfte sich Saskias Wahrnehmung. Alles war auf einmal viel intensiver –der Sonnenschein, der Duft der Bäume, das Zwitschern eines Vogels. Gott, sie wollte nicht sterben. „Cam."

Er zog sie an seine Brust.

„Ich ... ich möchte, dass du weißt, dass ich dich liebe."

Sein Blick traf ihren.

„Bedingungslos", sagte sie. „Ich liebe keinen Teil von

dir mehr als den anderen. Ich liebe dich einfach. Alles an dir."

Seine Arme legten sich enger um sie. Sein Blick wanderte von ihr weg zu den Bäumen. Der Vogel zwitscherte immer noch.

Dann zog er sie noch fester an sich. „Alles wird gut."

Sie hatte keine Ahnung, wie alles jetzt noch gut werden sollte.

Ihre Finger gruben sich in Cams Mantel. Und doch, als sie dem kräftigen Schlag seines Herzens lauschte, war sie froh, dass sie wenigstens zusammen waren.

Die Wachen hoben ihre Waffen an und zielten auf sie.

Saskia unterdrückte einen Schrei. Sie sah Mikhailov, der mit leuchtenden Augen zusah.

Schüsse fielen.

Sie kniff die Augen zusammen. Schreie hallten über die Lichtung.

Sie spürte keinen Schmerz. Kein Brennen. Nichts.

Plötzlich stieß Cam sie vorwärts. Sie schlugen auf dem Boden auf und sein großer Körper bedeckte ihren, schirmte sie ab.

Sie drehte den Kopf und entdeckte schwarz gekleidete Gestalten, die aus dem Wald auf sie zurannten.

Ein großer, muskulöser Mann stürmte an ihnen vorbei und krachte gegen eine der Wachen. Er hob seinen bärtigen Kopf und Saskia keuchte. Wolf.

Der Stellvertreter ihres Bruders verpasste dem Kerl mehrere harte, gnadenlose Fausthiebe ins Gesicht.

Ein zweiter Mann tauchte aus dem Nichts auf. Er war etwas schlanker, aber er bewegte sich blitzschnell.

Der Draht einer Garrotte funkelte über dem Kopf einer der Wachen auf und der Angreifer zog die beiden Enden kräftig zusammen. Der Wachmann griff sich verzweifelt an den Hals, japste, röchelte, strampelte wild mit den Beinen.

Der Angreifer ließ nicht locker. Der Blick in seinen dunkelblauen Augen war konzentriert und intensiv.

Vander.

Von der Seite konnte sie sehen, wie Saxon den dritten Wachmann mit ein paar Tritten und Schlägen niederstreckte.

Und dann sah sie eine große Gestalt auf Mikhailov zugehen, von der eine Aura der Macht ausging.

Der Russe stolperte hastig rückwärts. Er wurde schneller und versuchte, die Bäume zu erreichen.

Killian ging weiter, sein Gesicht eine Maske der unbarmherzigen Entschlossenheit.

Ihr Bruder schnappte sich zwei Messer von seinem Gürtel und warf sie schnell hintereinander.

Mikhailov prallte rücklings gegen einen Baumstamm und zwei Messer, die sich durch seine Schultern bohrten, fixierten ihn daran.

Saskia zappelte unter Cams Körper.

„Bleib unten", flüsterte er ihr ins Ohr.

Killian schritt auf Mikhailov zu. „Sie haben einige unverzeihliche Fehler gemacht, Mikhailov." Killians Stimme war scharf und schneidend, wie seine Klingen.

„Wer sind Sie?", stotterte der Russe.

„Man nennt mich Steel."

Mikhailov wurde leichenblass. „*Nein.* Sie sind ein Mythos. Ein Geist."

„Ich bin aus Fleisch und Blut." Killian lehnte sich näher heran. „Für Gewalt gegen Frauen gibt es keine Entschuldigung."

Beim Tonfall ihres Bruders zuckte Mikhailov zusammen.

„Und mit der Entführung meiner Schwester haben Sie Ihr eigenes Todesurteil unterschrieben."

Jeder Rest von Farbe wich aus Mikhailovs Gesicht. Sein Mund klappte auf und wieder zu. „Schwester?"

„Meiner Schwester", bestätigte Killian.

„Süße, dein Bruder ist echt nicht ohne", murmelte Cam.

„Äh, ich weiß." Nicht, dass sie ihn jemals von dieser furchterregenden Seite gesehen hätte.

„Sie werden nie wieder jemandes Schwester wehtun." Killian zog ein weiteres Messer hervor.

Mikhailov schien sich zu rüsten.

„Und Ihr Tod wird weder kurz noch schmerzlos sein", säuselte Killian genüsslich. „Ich habe Sie den Behörden versprochen. Sieht so aus, als würden sich das FBI und die CIA um Sie streiten. Sie wollen all Ihre Geheimnisse. Und die Geheimnisse Ihrer Freunde. Man wird Sie in einem streng geheimen Hochsicherheitsgefängnis wegsperren." Killian beugte sich dicht an sein Gesicht. „Aber seien Sie auf der Hut, Mikhailov. Ich habe überall Kontakte und ich kenne Leute, die Vergewaltiger verabscheuen."

Mikhailov stieß einen erstickten, panischen Laut aus.

Killian drehte sich um und seine schwarzen Augen leuchteten wie glühende Kohlen. „Wolf?"

„Ich habe ihn." Wolf zog ein Paar Handschellen von seinem Gürtel und ging auf Mikhailov zu.

Cams Gewicht hob sich von Saskia und er zog sie mit sich hoch.

Als Killian einen Schritt näher kam, legte Cam einen Arm um ihre Taille und drückte sie an seine Brust.

Killian fixierte ihn mit einem Blick, der dem eines Raubvogels alle Ehre machte.

Er war also der gefürchtete Black-Ops-Agent. Der gefährliche Mann. Killian ,Steel' Hawke. Saskia schluckte. Er zeigte ihr diese Seite nur selten, aber sie hatte immer gewusst, dass sie in ihm steckte.

Sie fragte sich, wie viel von seinem wahren Ich ihr Bruder vor der Welt verborgen hielt. Würde er sich jemals so weit öffnen können, dass er eine Frau fand, der er alles von sich zeigen wollte?

Ihr wurde klar, dass Killian und Camden mehr gemeinsam hatten, als sie vermutet hatte.

Killian legte den Kopf schief. „Lässt du mich vielleicht mal meine Schwester umarmen, Morgan?"

Cams Arme spannten sich um sie an.

Sie tätschelte seinen Unterarm. „Ist schon gut, Cam." Sie drehte sich zu ihm und küsste sein Kinn.

Sie ignorierte das Geräusch, das Killian dabei von sich gab, ging zu ihm und umarmte ihren Bruder.

„Hallo", murmelte sie.

Seine Arme schlossen sich um sie. In diesem Moment war er einfach nur ihr Bruder – nicht der ehemalige Agent, Killer oder Gründer von Sentinel Security. Einfach nur Killian.

„Geht es dir gut?", fragte er.

„Ja. Danke, dass du uns gerettet hast." Sie zog sich zurück und lächelte.

„Es war Teamwork."

„Hey, Saskia." Wolf erschien. Er zog sie in eine herzliche Umarmung und sie schlang ihre Arme um seinen Bauch.

„Danke, dass du gekommen bist, Nick."

„Jederzeit, meine Schöne."

Plötzlich wurde sie zurück in Cams Arme gezerrt. Er und Killian starrten einander wieder nieder.

„Sie kommt mit mir zurück nach New York", sagte Killian.

„Nein, tut sie nicht", knurrte Cam.

Vander und Saxon standen etwas abseits. Sie sah, wie sie einander einen Blick zuwarfen. Das einzige Anzeichen für Vanders Reaktion war ein leichtes Zucken seiner Augenbraue. Saxon hingegen grinste unverhohlen.

„Sie muss zurück nach Hause", sagte Killian.

Jetzt hatte sie wohl zwei überfürsorgliche Männer in ihrem Leben, die sie liebte. „Ich möchte bei Cam bleiben", sagte sie leise.

Gott, die Erkenntnis traf sie. Sie waren *am Leben*. Sie konnte ihr Glück kaum fassen.

Sie schwebte nicht mehr in Gefahr.

Sie waren durch die Hölle gegangen und auf der anderen Seite heil wieder herausgekommen. Cam hatte die Worte nicht ausgesprochen, aber sie wusste, dass ihr Beschützer, der so verdammt viel durchgemacht hatte, sie liebte.

Saskia drehte sich um, warf ihre Arme um Cams Hals und küsste ihn.

Eine Millisekunde lang rührte er sich nicht, dann zog er sie hoch und war nicht mehr zu bremsen.

CAM LIESS sich für einen Moment von ihrem Kuss mitreißen.

Sie hatten es geschafft. Die Gefahr war gebannt.

Er drückte ihre Hüften und zog sich dann zurück.

Langsam warf er einen Blick auf die vier Männer, die sie beobachteten. Saxon lächelte. Vanders Mundwinkel hoben sich leicht. Wolf blickte finster drein und hatte seine muskulösen Arme vor der Brust verschränkt. Killians Blick war ausdruckslos, was keinen Zweifel daran ließ, dass er Cam am liebsten umbringen wollte.

Saskia lehnte sich an seine Seite. „Wie habt ihr uns gefunden?"

„Wir haben Cams Anruf zu einer nahe gelegenen Ranch zurückverfolgt", sagte Vander.

„Wir sind davon ausgegangen, dass Morgan dich dort rausgeholt hat", sagte Killian. „Wolf und ich waren schon von der Ostküste auf dem Weg zu dir. Vander und Saxon sind von der Westküste eingeflogen. Als wir hier ankamen, schickte ich eine von Hex' Drohnen in die Luft. Wir haben euch kurz nach Mikhailov gefunden." Killian warf dem stöhnenden Mann einen stechenden Blick zu.

Der mit Handschellen gefesselte Mikhailov blutete stark aus den Wunden an seinen Schultern und hatte offensichtlich höllische Schmerzen. Cam konnte sich nicht dazu durchringen, ihn zu bemitleiden. Nach allem, was das Arschloch Saskia angetan hatte, was er mit ihr vorgehabt hatte ...

Cam begegnete dem Blick des Mannes. Er ließ Mikhailov die ganze Wucht seiner Gedanken spüren.

Mikhailovs Blick senkte sich zu Boden.

„Er soll mit seinem Leben bezahlen", knurrte Cam.

Saskias Griff um ihn wurde fester. Sie drückte ihre Handfläche flach auf seinen Bauch.

„Wir werden ihn an die Behörden ausliefern. Sie werden ihn ausgiebig verhören und dann wandert er ins Gefängnis." Killians Stimme senkte sich. „Und er wird für den Rest seines elenden Lebens einen Blick über seine Schulter werfen müssen."

Verdammt, war der Typ unheimlich.

„Endlich haben wir jemanden gefunden, der noch furchteinflößender ist als du, Norcross", sagte Saxon und sprach damit Cams eigenen Gedanken laut aus.

Vander grunzte nur.

„Er darf also einfach ein gemütliches Leben im Gefängnis führen?", fauchte Saskia und ihre Augen funkelten.

„Wo er hingeht, ist es definitiv nicht gemütlich", sagte Killian trocken.

Cam war sich sicher, dass Mikhailov in einem üblen, geheimen Gefängnis landen würde. Er konnte sich nicht vorstellen, dass Hawke zufrieden wäre, wenn der Kerl nicht den vollen Preis für seine Taten zahlen musste.

„Nach allem, was er getan hat?" Saskia warf die Hände in die Luft. „All die Frauen, die er verletzt, vergewaltigt und vermutlich ermordet hat?" Sie riss sich von Cam los und stürzte auf Mikhailov zu.

„Saskia –" Cam versuchte, sie aufzuhalten.

Aber sie war stinksauer und fest entschlossen. Sie verpasste Mikhailov einen Tritt in den Bauch.

Der Mann stöhnte. Dann einen zwischen die Beine. Noch einen.

Bei dem Geräusch, das er machte, zuckte sogar Cam zusammen.

„Okay, Süße." Er hob sie hoch. Sie wehrte sich und strampelte mit den Beinen.

„Er hat *so* viel Schlimmeres verdient als das", wetterte sie.

„Ich weiß, aber im Moment mache ich mir mehr Sorgen um dich", sagte Cam.

Sie schlang ihre Beine um seine Taille. Er schob seine Hände unter ihren Hintern und hielt sie fest. Die Wut wich aus ihr und er drückte seine Stirn gegen ihre.

„Bring mich nach Hause, Cam", flüsterte sie.

„Das werde ich."

Er sah, wie Killian sie beobachtete, und nach einem Moment nickte der Mann.

Er wirkte nicht gerade begeistert, aber das war Cam egal.

„Unsere Autos stehen nicht weit von hier", sagte Vander. „Wir sind zu Fuß gekommen."

Cam setzte Saskia ab.

„Ich gehe zurück und hole eines", sagte Wolf, seine Stimme ein tiefes Grollen.

„Ich komme mit." Saxon setzte sich in Bewegung.

Es dauerte nicht lange, bis die Teams von Norcross und Sentinel die Leichen, die gefesselten Wachmänner und Mikhailov in Vanders Fahrzeug verladen hatten.

Saxon verarztete den Streifschuss an Cams Arm, so gut er konnte, um die Blutung zu stoppen. Er musste vielleicht genäht werden, aber für den Moment würde es reichen. Cam half Saskia auf den Rücksitz eines schwarzen Jeep Grand Cherokee.

In der Nähe hielt Killian eine Hand hoch. Eine kleine Drohne, wie Cam sie noch nie zuvor gesehen hatte, flog herab und der Mann packte sie aus der Luft. Cam hatte schon viele Hightech-Geräte des Militärs gesehen, aber nichts, was diesem kleinen, schnittigen Ding glich.

„Eines von Hex' Spielzeugen", sagte Saskia. „Sentinel macht viel im Bereich von Cybersicherheit. Sie haben Top-Ausrüstung."

„Geht es dir gut?", fragte er nur.

Sie lehnte ihren Kopf an seine Schulter. Wie sehr sie ihm doch vertraute. Wie viel Trost sie von ihm schöpfte.

Die Gefühlsverstrickung in seinem Herzen war verschwunden. Sie hatte sich entwirrt und in Luft aufgelöst. Eine innere Stimme sagte ihm, dass Kris glücklich für sie beide wäre.

Mann, sie ist viel zu gut für dich, Morgan. Halte sie fest. Mach sie glücklich.

Sie fuhren auf die Straße.

„Wo genau sind wir?" In der Ferne waren atemberaubende Berge zu sehen, aber die dichten Bäume und Ranches halfen ihr nicht, sich zu orientieren.

„Nicht weit von der Red Lodge", sagte Killian. „Die Ranch gehört einem russisch-amerikanischen Geschäftsmann. Er schuldete Mikhailov einige Gefallen."

Vanders Wagen mit den geschnappten Männern

fuhr vor ihnen. Wolf lenkte ihren Geländewagen und Killian saß auf dem Beifahrersitz.

„Wir bringen euch beide erst zu eurem Jet und wir beide sind in ein paar Stunden zu Hause", sagte Cam. Dann, wenn sie allein waren, wollte er ihr noch einmal sagen, dass er sich in sie verliebt hatte.

Sie lächelte und strich sich ein paar Haare hinters Ohr.

Er drückte ihr einen Kuss auf die Lippen.

„Hör auf, meine Schwester zu küssen."

Cam sah auf. Killian starrte geradeaus.

„Nö." Cam küsste sie erneut und Saskia kicherte.

„Der Kerl hat Eier", murmelte Wolf.

Fünfzehn Minuten vergingen, dann spürte Cam, wie sich die beiden Männer vor ihm anspannten. Er sah hoch.

„Wir haben Gesellschaft", murmelte Wolf.

Cam warf einen Blick über seine Schulter. Drei schwarze Mercedes-Geländewagen folgten ihnen und wurden schneller.

„Fuck", fluchte Killian.

Das führende Fahrzeug überholte sie und Vander und schnitt ihm den Weg ab. Das zweite fuhr neben ihnen her und das dritte kesselte sie von hinten ein.

Cam zog Saskia an sich.

„Was jetzt?", stöhnte sie.

„Hawke, ich brauche eine Waffe", sagte Cam.

Wolf trat auf die Bremse. Ihr kleiner Konvoi kam auf der leeren Straße zum Stehen.

„Du wirst keine Waffe brauchen, Morgan." Killian stieß seine Tür auf und stieg aus dem Fahrzeug. Er umrundete ihren Wagen und ging auf den Mercedes neben ihnen zu.

„Was zum Teufel ist hier los?", fragte Cam.

Vor sich sah er Vander und Saxon aussteigen, die Glocks in den Händen an ihren Seiten.

„Bundespolizei", sagte Wolf.

Die Hintertür des mittleren Mercedes öffnete sich und eine Frau stieg aus.

Sie trug einen schwarzen Rollkragenpullover und eine eng anliegende, schwarze Hose. Ihr rotbraunes Haar trug sie hochgesteckt und ein Pony fiel über ihr atemberaubend schönes Gesicht. Sie hatte markante Wangenknochen und eine zierliche Nase und trug eine dunkle Sonnenbrille, die ihre Augen bedeckte. Sie lächelte nicht.

Killian schritt auf sie zu. Die Frau trat ihm entgegen.

Saskia beugte sich vor. „Wer ist das?"

„Der Fluch von Steels Existenz und das Objekt seiner Begierde", murmelte Wolf.

Saskia lachte grunzend auf. „Ich wusste gar nicht, dass du auf Bridgerton stehst, Wolf."

Der große Mann blinzelte und sah sie ausdruckslos an. „Was?"

„Dieser Satz –"

„Hex hat das mal gesagt", knurrte Wolf.

„Oh, na dann." Saskias Blick wanderte zurück zu ihrem Bruder, der offensichtlich ein Streitgespräch mit dem Rotschopf führte.

Ganz offensichtlich lieferten sie sich ein Wortgefecht.

„Ist sie vom FBI?", fragte Saskia.

„Nein."

„CIA?"

„Nicht ganz", sagte Wolf.

Killian beugte sich zu ihr vor. Unbekümmert verschränkte die Frau die Arme und hob ihr Kinn.

„Er ist erledigt", murmelte Cam.

„Jepp", stimmte Wolf zu.

Einen Moment später stiegen mehrere Agenten aus dem Mercedes aus. Mikhailov und seine Gorillas wurden in die Regierungsfahrzeuge verladen.

Dann lächelte die schöne Rothaarige, machte auf dem Absatz kehrt und schlenderte mit schwingenden Hüften zurück zu ihrem Fahrzeug.

Cam war zwar in Saskia verliebt, aber nur ein toter Mann wüsste diesen Anblick nicht zu schätzen.

Killian stieg ein und die Wut, die von ihm ausging, war für alle spürbar.

„Du hattest von Anfang an vor, Mikhailov auszuliefern", stellte Wolf fest.

„Fahr einfach", schnauzte Killian ihn an.

Cam schmunzelte und küsste Saskia auf den Kopf. Sie betrachtete ihren Bruder und grinste.

KAPITEL ZWANZIG

Als der Privatjet zum Stillstand kam, schreckte Saskia aus einem unruhigen Schlaf hoch.

Sie lag halb über Cam ausgestreckt. Gott, sie hoffte, dass sie ihn nicht vollgesabbert hatte.

Ihr gegenüber saß Vander, die Beine vor sich ausgestreckt, die Augen geschlossen. Seine Hände ruhten auf seinem flachen Bauch. Im Schlaf konnte sie ihn zur Abwechslung ansehen, ohne dass seine intensive Ausstrahlung sie nervös machte. Er sah wirklich gut aus, obwohl er so furchteinflößend war.

Neben ihm saß Saxon und tippte etwas auf seinem Handy.

Sie drehte ihren Kopf. Überraschenderweise waren auch Wolf und Killian mitgekommen. Ihr Bruder hatte den Jet von Sentinel Security zurück nach New York geschickt.

Er hatte gesagt, er wolle noch ein wenig mehr Zeit mit ihr verbringen. Sie war überzeugt, dass er diese Zeit nutzen würde, um Cam noch mehr finstere Blicke zuzuwerfen und sich zu vergewissern, dass sie in Sicherheit war.

Wenn es eine Sache gab, an der sie nie gezweifelt hatte, dann war es die Liebe ihres Bruders. Er war kühl und kontrolliert, aber er sorgte immer dafür, dass sie wusste, dass er für sie da war.

Er hob den Kopf und fing ihren Blick auf, zwinkerte ihr zu.

Sie lächelte ihn an.

Dann fuhr Cam mit einer Hand über ihren Arm.

„Bereit?", fragte er.

Sie nickte.

Sie erhob sich und die Männer standen ebenfalls auf. Gott, alle vier waren groß, gut gebaut und viel zu attraktiv.

Es war bereits Nachmittag. Sie sah aus dem Flugzeugfenster auf das Rollfeld und konnte kaum glauben, dass diese ganze schreckliche Angelegenheit vorbei war.

Mikhailov war in Gewahrsam und würde nie wieder zurückkommen.

Sie war in Sicherheit.

Es würde wohl eine Weile dauern, bis sie diese Tatsache realisierte.

Cam ging vor ihr in Richtung Ausgang und betrat die Treppe. Er blieb so ruckartig stehen, dass sie fast in ihn hineingelaufen wäre.

„Cam?"

Er fluchte leise, lächelte aber dabei. Er zog sie zu sich hinaus.

Saskia keuchte.

Die gesamte Norcross-Gang war am Fuße der

kleinen Flugzeugtreppe versammelt und mehrere Autos parkten in der Nähe. Alle Männer und ihre Frauen, einschließlich Ace und Maggie und ihr Baby, waren da. Das Computergenie wiegte das winzige Baby in einem Tragetuch an seiner Brust.

„Saskia!" Savannah drängte sich nach vorn und Hunt war nur einen Schritt hinter ihr.

Saskia eilte die Treppe hinunter. Savannah rannte auf sie zu und schloss sie fest in die Arme. Dann drängten sich auch Haven, Harlow, Gia und Sofie um sie. Brynn und Siv standen lächelnd an der Seite.

„Gott, ich bin *so* froh, dass es dir gut geht." Savannah hatte Tränen in den Augen. „Ich habe dir frische Sachen mitgebracht."

„Du bist ein Engel", sagte Saskia.

„Ich habe dir Make-up und Sachen fürs Bad gekauft." Harlow hielt eine Tüte hoch. „Klingt, als hättest du dir ein ausgiebiges Bad verdient."

Haven lächelte. „Ich habe dir ein paar Bücher mitgebracht."

„Und ich neue Dessous." Gia zwinkerte schelmisch.

„Von mir bekommst du einen Korb mit Delikatessen", sagte Sofie.

„Und wir haben etwas für die gute Laune", sagte Siv und stupste Brynn an.

„Hervorragenden Wein", fügte der Detective hinzu.

„Äh ... aber wozu brauche ich das alles?", fragte Saskia und nahm Cams Hand.

Ace machte einen Schritt nach vorn. „Weil", sagte er, „wir für dich und Cam für ein paar Tage die Präsidentensuite im Fairmont Hotel gebucht haben. Dort seid ihr ungestört."

Ihr ging das Herz auf. Sie sah den überraschten Blick auf Cams Gesicht.

Ace deutete mit dem Daumen über seine Schulter. „Easton hat gezahlt."

Der Milliardär lächelte nur.

Vander klopfte Cam auf die Schulter. „Du hast dir ein paar freie Tage verdient, Morgan."

Saskia grinste zu ihm hoch. „Was sagst du dazu?" Ein paar Tage allein mit Cam – keine bösen Jungs, jede Menge heißer Sex und Zimmerservice. Ein Traum, der endlich wahr wurde.

Er berührte ihre Wange. „Ich bin dabei."

„Küss sie nicht, wenn ich zusehe, Mann", sagte Killian sichtlich genervt.

Saskia zog die Nase kraus, aber ihr Lächeln wurde breiter.

„Brynn und ich laden morgen Abend alle bei uns zu Hause zum Essen ein", sagte Vander und sah seine Frau an.

Die dunkelhaarige Schönheit lächelte und ging auf ihn zu. „Klingt nach einem Plan."

„Komm mit, Hawke", sagte Vander zu Killian. „Für dich und Wolf haben wir auch ein Hotel organisiert."

Es dauerte nicht lange, bis Cam und Saskia am Fairmont Hotel abgesetzt wurden und mit dem Lift in die Präsidentensuite hochfuhren.

„O mein Gott." Saskia betrat den opulenten Wohnbereich. Die Rundumfenster boten einen unglaublichen Blick auf die Skyline der Stadt, die Bucht und die

Brücken. Davor stand ein Messing-Teleskop, das sie später ausprobieren wollte. Die Möbel waren elegant und modern, wirkten aber dennoch bequem.

Sie stellte sich ans Fenster und fühlte sich wie auf dem Gipfel der Welt.

„Geh dich duschen, Süße. Mach es dir bequem. Ich bestelle uns etwas vom Zimmerservice."

Sie nickte Cam zu. Sie hatten keine Eile – ganz im Gegenteil. Jetzt hatten sie alle Zeit der Welt.

Niemand machte mehr Jagd auf sie. Niemand schoss mehr auf sie oder wollte sie in die Luft jagen.

Saskia duschte in dem luxuriösen Badezimmer und wusch sich zweimal die Haare. Danach kramte sie in den Taschen, die ihre Freundinnen ihr gegeben hatten, und holte ein sexy Negligé aus durchsichtiger, pink-violetter Spitze heraus. Sie zog es an und schlüpfte in das dazu passende Höschen. Es war unverschämt heiß.

Cam hatte Musik angemacht, als sie ins Wohnzimmer kam. Er hatte auch geduscht, seine Füße waren nackt und sein Haar feucht.

„Ich habe –" Er drehte sich um und starrte sie an.

Oh, sie hoffte, dass er sie immer so ansehen würde. „Setz dich, Camden."

Gehorsam ließ er sich in einen Sessel fallen, ohne seinen Blick von ihr abzuwenden.

Sie ging zur Musikanlage hinüber und wechselte das Lied. Ein starker Beat begann zu wummern.

Anmutig ließ sie sich auf die Knie fallen und von der Musik durchströmen. Sie bewegte sich und neigte sich weit nach hinten, bevor sie graziös aufstand.

Dann tanzte sie.

Sie sprang und drehte sich, hob ihr Bein, als ob sie einen Spagat machen würde, und warf den Kopf zurück.

Sie wirbelte herum und sah dabei Cam an.

Er lehnte sich nach vorn, die Hände baumelten zwischen seinen Knien und sein hungriger Blick war auf sie gerichtet.

Die Musik wurde wilder und sie bewegte sich wieder, ließ sich von allem, was sie fühlte – Erleichterung, Liebe, Verlangen – leiten.

Sie brauchte keine Bühne und keinen Beifall, um das Tanzen zu genießen. Es floss in ihren Adern.

Sie neigte sich noch einmal weit nach hinten, die Arme über dem Kopf.

Als das Lied zu Ende war, sank sie vor ihm auf die Knie und ihr Herz klopfte wie wild.

„Komm her, Saskia." Seine Stimme war tief und in ihr schwang etwas mit, das sie nicht genau einordnen konnte.

Sie stand auf und ging auf ihn zu. Konnte den Blick nicht von seinen grünen Augen abwenden.

Er zog sie auf seinen Schoß. Als er zusammenzuckte, hob sie die Augenbrauen. „Was ist los?"

„Nur ein paar Prellungen von den Kugeln."

Sie bewegte sich, vorsichtig, um ihm nicht wehzutun. Die Erinnerung daran, dass sie ihn fast verloren hatte, ließ sie gegen einen plötzlichen Kloß in ihrem Hals ankämpfen.

„Du bist so unbeschreiblich schön", sagte er. „Wenn du tanzt, ist es wie Magie, aber es wäre mir auch egal, wenn du nie wieder auch nur eine einzige Pirouette drehen würdest. Ich liebe dich. Alles an dir, bedingungslos."

„Cam." Tränen des Glücks ließen ihre Sicht verschwimmen.

„Ich liebe alles, was dich ausmacht." Seine Hand glitt ihren Körper hinunter. „Ich bin mir immer noch nicht sicher, ob ich das bin, was du verdient hast –"

Sie holte Luft, bereit, ihm zu widersprechen.

Doch er legte sanft einen Finger auf ihre Lippen. „Aber ich werde jeden Tag damit verbringen, zu versuchen, der Mann zu sein, den du verdienst, der dich liebt und der dich glücklich macht."

Ihr Mann. Ihr Liebhaber. Ihr Beschützer.

„Ich liebe dich, Camden. Und du bist bereits dieser Mann und du machst mich bereits überglücklich."

Er küsste sie. Gemeinsam standen sie auf.

„Wollen wir das riesige Bett ausprobieren?", murmelte er.

„Ja, bitte."

Sie machten sich auf den Weg.

CAM NAHM sich ein Bier aus dem Eiskübel, dann sah er sich auf der Party um.

Vander hatte trotz der kühlen Luft die Türen zu seiner riesigen Dachterrasse geöffnet. Draußen brannten Holzscheite in mehreren strategisch günstig positionierten Feuerschalen.

Die Frauen saßen alle auf Stühlen um eine davon

gedrängt und hielten Cocktailgläser und Weingläser in den Händen.

Saskia trug ein dunkelgrünes Kleid, das sich verführerisch an ihren Körper schmiegte. Es war hoch geschlossen, hatte lange Ärmel und reichte bis zur Mitte ihrer Waden, war aber so hauteng, dass es verdammt sexy aussah.

Er konnte es kaum erwarten, es ihr später auszuziehen.

Sie hatten die meiste Zeit der letzten vierundzwanzig Stunden im Bett ihrer Suite verbracht, sich geliebt und Pläne geschmiedet.

„Du siehst glücklich aus."

Er drehte sich um und sah Brynn vor sich stehen. Seine Cousine nippte an einem Glas Rotwein.

„Das bin ich."

Sie lächelte. „Du klingst überrascht."

„Vor einer Woche war ich auch noch nicht glücklich. Schon seltsam, wie sich das Leben von einer Sekunde auf die andere ändern kann."

„Das verstehe ich vollkommen." Ihr Blick wanderte zu Vander, der sich mit Ryder und Siv unterhielt. „Genieße jede Sekunde davon, Cam."

Er nickte.

„Habt ihr eine Lösung gefunden?", fragte sie.

„Saskia zieht hierher."

Brynn strahlte ihn an. „Das sind ja tolle Neuigkeiten. Savannah wird begeistert sein, ihre beste Freundin in der Nähe zu haben." Brynn legte den Kopf schief. „Was ist mit ihrem Ensemble?"

„Sie sagt, sie ist bereit, das Tanzen an den Nagel zu

hängen. Es ist anstrengend für den Körper, und ihr Knie macht ihr schon seit einiger Zeit zu schaffen." Er selbst war sich immer noch nicht sicher, ob es die richtige Entscheidung war, aber Saskia schien nicht daran zu zweifeln. „Sie überlegt, ob sie eine Ballettschule eröffnen soll."

„Das ist ja großartig, Cam."

Er bemerkte, dass Saskia aufstand. Er folgte ihrem Blick und sah, dass Killian und Wolf angekommen waren. Sie ging auf sie zu und umarmte ihren Bruder und seinen Kumpel. Während Wolf sich etwas zu trinken holte, stellten Saskia und Killian sich ans Geländer. Die Stadt lieferte eine atemberaubende Kulisse.

Saskia sagte etwas und Cam sah, wie Killian ein langes Gesicht machte.

Jepp, Hawke war wohl nicht glücklich darüber, dass seine kleine Schwester auf die andere Seite des Landes zog, um mit einem Mann zusammenzuwohnen.

„Sei lieber vorsichtig." Brynn tätschelte Cams Arm. „Ich bin mir ziemlich sicher, dass Killian dich umbringen könnte und wir deine Leiche nie finden würden."

Cam tippte ihr auf die Nasenspitze. „Danke für den tollen Rat."

Sie ging zu den anderen Frauen, die sich damit abwechselten, Baby Isabel zu halten. Ace lauerte im Hintergrund und sah aus, als wollte er seine Tochter jeden Moment wieder an sich nehmen, sehr zu Maggies Belustigung.

Killian wandte sich ab und kam auf Cam zu.

Cam nippte an seinem Bier und nahm wahr, wie Saskia ihrem Bruder verzweifelt nachsah.

„Morgan."

„Hawke. Vergiss nicht, dass meine Brüder hier sind und einer von ihnen ein Cop ist. Ich bin mir ziemlich sicher, dass wir es mit dir aufnehmen können."

„Das bezweifle ich." Killian ließ die Hände in die Hosentaschen gleiten. „Kein Mann ist gut genug für meine Schwester."

„Stimmt."

Der ehemalige Spion bedachte ihn mit einem Blick. „Wenigstens weiß ich, dass du sie beschützen wirst. Das hast du in der Mikhailov-Situation bewiesen."

Cams angespannte Schultern lockerten sich ein wenig. „Ich würde mein Leben geben, um sie zu beschützen."

Killian nickte. „Gut."

„Ich liebe sie. Ich werde nie gut genug für sie sein, aber ich werde dafür sorgen, dass es ihr an nichts fehlt."

In Killians dunklen Augen blitzte etwas auf, aber er nickte. „Wenn du sie unglücklich machst, wirst du es bereuen." Dann sah er an Cam vorbei und runzelte die Stirn. „Ich glaube, Saxon versucht, Wolf abzuwerben." Er machte einen Schritt zur Seite, dann hielt er noch einmal inne. „Danke, dass du auf sie aufgepasst hast, als ich es nicht konnte." Damit marschierte er davon.

Okay, das klang ganz danach, als hätte er Killians Segen. Cam nippte wieder an seinem Bier.

Seine Mutter war die Nächste, die herüberkam und ihren Arm durch seinen schob. Sie hatte sich bis jetzt mit Vanders Eltern unterhalten.

„Hey, Mom." Er küsste sie auf die Wange.

„Alle meine Babys an einem Ort. Sicher, glücklich,

verliebt."

Er hörte den weinerlichen Tonfall und wusste, dass sie begeistert war. Er wies sie nicht darauf hin, dass ihre Kinder mittlerweile alle weit über einen Meter achtzig groß und ehemalige Soldaten waren.

„Ich mag deine Saskia wirklich, wirklich gern, Camden."

„Ich auch. Ich liebe sie."

Seine Mutter schniefte. „Das kann ich sehen. Ich hätte mir keine bessere Frau für dich wünschen können. Sie liebt dich. Es steht ihr ins Gesicht geschrieben."

Er drückte den Arm seiner Mutter. „Es geht mir gut, Mom."

Sie lehnte ihr Gesicht an seine Schulter. „Ich weiß. Es macht mich so glücklich. Es war ein solcher Kampf für dich, aber zu sehen, wie du wieder auf die Beine kommst ... Ich bin so stolz auf dich, Camden. Dein Vater wäre es auch."

Er spürte, wie sein Herz in seiner Brust heftig schlug.

„Und ich bin sicher, Kris würde sich auch für dich freuen." Sie streichelte Cams Arm. „Er würde sagen, du hättest mit deiner schönen Ballerina einen Sechser im Lotto gewonnen."

„Ja, das würde er." Die Trauer überkam ihn diesmal nicht ganz so heftig wie sonst. Er würde seinen Freund immer vermissen, aber er erinnerte sich auch an die guten Zeiten.

Nach dem Gespräch mit seiner Mutter holte sich Cam von dem kleinen Büfett drinnen etwas zu essen. Mrs. Norcross hatte sich wie immer selbst übertroffen. Die Frau liebte es, zu kochen.

Zurück auf der Terrasse sah er Saskia bei Killian und Wolf stehen. Wolf telefonierte und sah extrem unglücklich aus. Er murrte etwas und schnaubte, bevor er etwas zu Killian sagte und hineinstapfte.

Cam stellte sich neben Saskia. „Alles in Ordnung mit Wolf?"

„Seine kleine Schwester hat angerufen", sagte Saskia. „Ihre beste Freundin ist eine erfolgreiche Unternehmerin. Sie ist die Gründerin von Pintura."

Cam hob eine Augenbraue. Selbst er hatte schon von der beliebten Online-Design-Website gehört.

„Anscheinend hat diese Freundin Probleme", fuhr Saskia fort.

„Probleme?"

„Sie erhält Drohbriefe und Mails", sagte Killian. „Es geht bis zu Morddrohungen. Jetzt hat Wolfs Schwester ihn um Hilfe gebeten."

„Alles klar", sagte Cam.

„Wolf ist stinksauer, weil sie so lange damit gewartet haben, ihn einzuschalten", sagte Killian. „Anscheinend ist diese Freundin wie eine Schwester für ihn. Eine enge Freundin der Familie. Wir müssen morgen zurück nach New York." Killian deutete auf Cam. „Pass gut auf meine Schwester auf, Morgan, oder ich bin schneller zurück, als dir lieb ist."

„Kill." Saskia verdrehte die Augen.

Er umarmte sie und als sie die Umarmung erwiderte, hatte sie Tränen in den Augen.

„Ich werde dich vermissen", sagte sie.

„Ich komme bald wieder." Killian strich ihr mit der Hand übers Haar. „Um nach dir zu sehen."

Das brachte ihm ein weiteres Augenrollen ein. Sie schmiegte sich in Cams Armbeuge. Er liebte es, wie perfekt sie dort hinpasste.

Killian streckte eine Hand aus und Cam schüttelte sie.

„Hach, meine beiden Lieblingsmänner freunden sich an", sagte Saskia und grinste.

Cam und Killian warfen einander genervte Blicke zu.

Saskia stieß ein Lachen aus. Es war Musik in Cams Ohren. Er wollte dafür sorgen, dass sie für den Rest ihres Lebens viele Anlässe hatte, zu lachen.

KAPITEL EINUNDZWANZIG

Ein paar Tage später

„Wie sehe ich aus?" Saskia drehte sich.

„Wunderschön", sagte Gia.

„Umwerfend", verkündete Harlow.

Haven betrachtete Saskias dunkelblaues Tutu und ihre Spitzenschuhe. Sie seufzte. „Wenn ich groß bin, möchte ich auch Ballerina werden."

Gia nickte. „Ich glaube, Saxon würde mich in einem Tutu richtig schön finden." Sie zwinkerte frech. „Oder genießen, es mir auszuziehen."

„Nun, ich gebe euch allen kostenlosen Unterricht in meiner Schule", sagte Saskia. „Sobald ich sie eröffnet habe."

„Dann willst du wirklich eine Ballettschule aufmachen?", fragte Siv.

Saskia nickte. „Ich werde mich so schnell wie

möglich auf die Suche nach passenden Räumlichkeiten machen."

„Das wird so toll werden", sagte Savannah. „Und ich werde ein paar Bilder dafür malen."

Das wäre großartig. Ihre beste Freundin freute sich so sehr, dass Saskia jetzt in San Francisco lebte und ihr eigenes Unternehmen gründete.

„Saskia, vielen Dank, dass du heute Abend auf der Wohltätigkeitsveranstaltung tanzt." Sofie sah in ihrem grünen Designerkleid umwerfend aus. „Vor allem, weil es so kurzfristig war."

Sie standen alle dicht gedrängt in der kleinen Umkleidekabine, in der sich Saskia zum Tanzen bereit machte.

„Es ist mir ein Vergnügen. Schließlich ist es für einen so guten Zweck." Sofies Wohltätigkeitsveranstaltung sammelte Geld für Programme zur Förderung der psychischen Gesundheit von Kindern. Saskia dachte an ihre Mutter und spürte einen Stich im Herzen. Frühzeitige Intervention konnte bedeuten, dass manche Menschen nicht so leiden mussten, wie ihre Mutter es getan hatte.

„Okay, wir gehen lieber zurück auf unsere Plätze." Brynn klatschte in die Hände. Sie trug ein schwarzes, eng anliegendes Kleid aus schwarzer Seide, das ihren durchtrainierten Körper betonte. „Oder unsere heißen Jungs, die heute Abend in ihren Smokings ganz besonders heiß aussehen, werden noch von Horden lüsterner Frauen belagert."

Nachdem sie alle sich verabschiedet, Küsschen und Umarmungen verteilt und Saskia viel Glück für ihren Auftritt gewünscht hatten, machte sich die Ballerina auf den Weg zur Bühne. Dort warteten bereits drei weitere Tänzerinnen in weißen Kostümen.

„Saskia." Eine strahlende Addie eilte auf sie zu, ihr blondes Haar zu einem Dutt zurückgesteckt.

Sie umarmten sich. „Ich bin *so* froh, dass du es geschafft hast."

„Eine Anfrage von einer Prinzessin konnte ich wohl kaum ablehnen. Außerdem hat Prinzessin Sofia mich in der Business Class eingeflogen. Es war *fabelhaft*."

Saskia lächelte. Sie mochte Addie wirklich. „Es tut mir leid, dass ich nicht mehr in New York sein werde. Wir hätten sicher viel Spaß zusammen gehabt."

„Mir tut es auch leid." Addie drückte Saskias Hände. „Ich hätte nie gedacht, dass etwas Gutes dabei herauskommt, entführt zu werden. Aber dich kennenzulernen, ganz zu schweigen von der Tatsache, dass ich nächste Woche ein Vortanzen für *On the Street* bei Davison James habe ... das ist in meinen Augen eine ziemlich gute Bilanz."

„Ich weiß, was du meinst." Saskia hatte dank der Tortur, die sie durchgestanden hatte, einen Mann, den sie liebte, und ein neues Leben in San Francisco hinzugewonnen.

Die Musik fing an, zu spielen.

„Zeit, zu tanzen", sagte Saskia.

Addie und die anderen Tänzerinnen brachten sich in Position und schwebten anmutig auf die Bühne. Saskia beobachtete sie und lächelte.

Schließlich war sie an der Reihe.

Sie bewegte sich über die Bühne und die Musik erfüllte sie. Es war eine lebhafte, beschwingte Melodie.

Sie wirbelte herum und hob die Arme. Dank der hellen Lichter konnte sie das Publikum nicht sehen, aber sie spürte, dass Cam sie beobachtete. Spürte seine Aufmerksamkeit. Seinen Schutz. Seine Liebe.

Sie erhob ihr Bein zu einem *Jeté* und ließ eine Drehung folgen, die Arme erhoben und das Bein hinter sich ausgestreckt.

Das Stück endete und eine Sekunde später brach die Menge in Jubel aus. Saskia richtete sich auf und lächelte. Das Tanzen würde immer ein Teil von ihr sein, in all seinen vielen Formen. Es war ihr egal, wie sie es ausdrückte, oder ob sie vor Publikum oder nur für sich selbst tanzte – es würde ihr ständiger Begleiter sein.

Und jetzt hatte sie auch noch einen Mann, der sie liebte.

Sie konzentrierte sich auf die erste Reihe und entdeckte die Norcross-Gang. Brynn hatte recht gehabt. Die Männer sahen in ihren Smokings verboten heiß aus.

Sie sah, dass Cam, der aufgestanden war, klatschte und sie anlächelte.

Sie lächelte zurück.

Als der Beifall verklungen war, machte sie einen anmutigen Knicks und eilte dann in ihre Garderobe.

Dort wartete bereits ein riesiger Strauß gemischter Blumen von Sofie auf sie. Sie beugte sich vor und schnupperte daran. Sie dufteten fabelhaft.

Sie konnte es kaum erwarten, wieder bei den anderen zu sein, also zog sie rasch ihr Kostüm aus, schlüpfte in einen weißen, seidenen Morgenmantel und machte sich daran, ihr Make-up zu entfernen.

Plötzlich öffnete sich die Tür und Cam schlüpfte

herein. In der Hand hielt er einen kleinen Strauß Callas und eine Schachtel ihrer Lieblingspralinen.

„Du warst großartig, Süße."

„Danke." Sie roch an den Blumen und legte sie beiseite. Dann schlang sie ihre Arme um seinen Hals.

Der Kuss war heiß und himmlisch. Ein Kribbeln breitete sich in ihr aus und das Adrenalin von ihrem Auftritt steigerte ihre Erregung noch weiter.

Er streichelte ihr mit den Fingern über die Wange. „Ich wollte dich fragen, ob du dir sicher bist, dass du das hier aufgeben willst."

Sie zog sich zurück und runzelte die Stirn. „Cam –"

Seine andere Hand drückte ihre Hüfte. „Aber dann hast du mich angesehen und mir ist klar geworden, dass ich nicht mehr zu fragen brauche."

Sie lächelte. Ihr Mann hatte es endlich begriffen. „Ich liebe dich."

„Ich liebe dich auch. Ich liebe es, dich tanzen zu sehen. Du bist so talentiert. Wenn du solche Sachen machst –" Er schüttelte fasziniert den Kopf.

„Sachen wie das hier?" Sie hob ihr Bein und legte es auf seine Schulter. Ihr Morgenmantel fiel auf.

Seine feurigen Augen glitten über ihren nackten Körper. „Baby." Er schob seine Hände unter die Seide und dann war sein Mund auf ihrem.

„*Cam*." Sie drückte sich an ihn.

Er stöhnte und hob sie auf den Schminktisch. Etwas fiel herunter und zerbrach und sie musste lachen.

Es klopfte laut an der Tür. „Äh, entschuldigt die Störung." Es war die amüsierte Stimme von Ryder. „Aber Mom ist auf dem Weg hierher, mit Blumen für

Saskia, und auch der Rest der Bande wird gleich nachkommen."

„Also zieht euch an", fügte Siv hinzu. „Ihr habt jetzt keine Zeit für heißen Sex."

Cam drückte seine Stirn an Saskias und stöhnte.

„Und ich bin auch nicht scharf darauf, zuzuhören, wie mein Bruder heißen Sex hat", fügte Ryder hinzu.

Saskia lehnte ihren Kopf an Cams Schulter und kämpfte gegen ein Kichern an. Er küsste ihre Schläfe.

„Später gehörst du mir ganz allein", knurrte er. „Ich kenne ein paar interessante Stellungen, um deine Dehnbarkeit zu testen."

Saskia lachte. Ihr Leben war so erfüllt. Es bestand nicht mehr nur aus Tanzen. Jetzt hatte sie neue Freunde, ein neues Geschäft, das sie aufbauen wollte, und diesen Mann.

Einen Mann, der sie für den Rest ihres Lebens lieben und beschützen würde.

Sie knabberte an seiner Unterlippe. „Später."

„JA. Danke. Das hat mir sehr geholfen. Bis dann." Cam legte den Telefonhörer auf.

Er war wieder bei der Arbeit. Saskia war bei ihm zu Hause und organisierte, dass ihre Sachen mit der Spedition aus New York gebracht wurden.

Das Leben war schön.

Es klopfte an seiner Bürotür und Rhys steckte den Kopf herein. „Hey, Cam, ich habe eine Spur, der ich nachgehen muss. Willst du mitkommen?"

„Ich kann nicht, Mann, tut mir leid. Ich treffe mich mit Saskia zum Mittagessen."

Rhys lächelte und wackelte mit den Augenbrauen. „Mittagessen. Genau."

Cam schüttelte den Kopf und verscheuchte ihn mit einer Handbewegung. Er schnappte sich seine Schlüssel und sein Handy vom Schreibtisch und verließ dann das Büro.

Saskia hatte ihm per Text eine Adresse geschickt, an der er sie zum Mittagessen treffen sollte. Die Straße war nicht allzu weit weg.

Er joggte die Treppe zur Parkgarage hinunter und ging auf seinen nagelneuen, grauen Jaguar F-Type zu.

Endlich hatte er sich für ein Auto entschieden.

Saskia hatte ihm geholfen und er musste zugeben, dass der Sportwagen ein tolles Gefährt war.

Er stieg ein und fuhr aus der Garage unter der Norcross-Zentrale. Er und Saskia hatten auch über den Kauf einer Wohnung gesprochen. Sie diskutierten immer noch darüber, ob sie eine Eigentumswohnung, ein Reihenhaus oder ein Haus kaufen sollten. Und welche Lage für sie die beste wäre.

Anstelle der unterschwelligen Zweifel verspürte Cam Vorfreude.

Außerdem war er am Tag zuvor mit seiner Mutter unterwegs gewesen, um einen Ring zu kaufen. Er hatte noch nicht den richtigen gefunden – er wollte das perfekte Design für die Frau, die er liebte. Immer wieder erinnerte er sich daran, dass sie Zeit hatten, dass es keinen Grund zur Eile gab. Erst wollte er den perfekten Ring in seinen Händen halten und dann würde er den perfekten Antrag planen. Er wollte Saskia zu seiner Frau machen und sie auf Händen tragen.

An der Adresse, die sie ihm genannt hatte, hielt er. Er sah sich das Gebäude an und runzelte die Stirn. Es war etwas heruntergekommen und von einem Restaurant war nichts zu sehen. Er stellte fest, dass in den oberen Stockwerken Renovierungsarbeiten durchgeführt wurden.

Vielleicht hatte er die falsche Adresse?

Dann sah er Saskia, die die Glastüren aufstieß und ihm zuwinkte.

Cam kletterte aus dem Auto. Sie sah zum Anbeißen aus. Sie trug eine dunkle, eng anliegende Jeans und eine weiße Bluse und darüber eine dunkelgraue, taillierte Jacke mit Knöpfen, die ein wenig nach Militär aussah. Ihr schwarzes Haar trug sie offen.

„Hey." Sie stellte sich auf die Zehenspitzen und küsste ihn.

„Hey." Er blickte auf das Gebäude. „Ich dachte, wir würden zu Mittag essen?"

„Das tun wir." Sie nahm seine Hand und zog ihn hinein.

Es roch muffig. Die große Fläche war wahrscheinlich in einem früheren Leben ein Lebensmittelladen gewesen. Jetzt brauchte sie dringend einen neuen Anstrich. In der Mitte des riesigen Raumes war eine Picknickdecke ausgebreitet, auf der ein Korb stand.

„Was ist das hier?", fragte er.

„Ich habe in diesem kleinen Feinkostladen, den Gia mir empfohlen hat, etwas zu essen besorgt. Und das hier –", sie machte eine dramatische Pause und breitete dann die Arme aus, „ist meine neue Ballettschule."

Sie strahlte. Cam wandte den Blick ab und sah sich misstrauisch um.

„Okay, okay, ich sehe, dass du nicht sonderlich beeindruckt bist. Der Besitzer hat versprochen, alles zu renovieren, und die Miete ist genau richtig." Sie zappelte aufgeregt. „Du brauchst nur die richtige Vision." Sie rümpfte die Nase. „Und etwas Fantasie."

Er hörte zu, als sie weiterredete und ihm von den Plänen für ihre Tanzschule erzählte.

„In den Umkleideräumen will ich Waschbecken auf Kinderhöhe einbauen lassen. Hier draußen Spiegel entlang dieser Wand, und an dieser hier –", sie streckte einen Arm aus, „werde ich Savannah bitten, eine Reihe von Tänzerinnen in verschiedenen Posen zu malen. Und hinten brauche ich ein Büro."

Und auf einmal konnte er sie sehen – ihre Vision, aber auch ihre Leidenschaft und ihre Begeisterung.

Saskia wollte das hier wirklich. Er ging zu ihr zurück. „Süße, das hört sich großartig an."

Ihr Lächeln war so strahlend hell wie die Sonne. „Dann unterschreibe ich den Mietvertrag noch heute." Mit einem Quietschen sprang sie in seine Arme und klammerte sich mit den Beinen an seine Hüften.

Wie immer wurde der Kuss schnell heiß und geriet ein wenig außer Kontrolle.

Als sie sich voneinander lösten, war ihr leicht schwindelig.

„Komm, lass uns essen." Sie leckte sich über die Lippen. „Außerdem habe ich noch eine zweite Überraschung."

Er ließ sich von ihr zur Picknickdecke ziehen.

Als sie sich umdrehte, spielte sie mit ihren Haaren und wirkte plötzlich nervös.

Er runzelte die Stirn. „Was ist denn los, Süße?"

Was auch immer nicht stimmte, er würde es in Ordnung bringen.

„Camden, willst du mich heiraten?"

Er blinzelte sie an.

Sie ergriff seine Hände. „Ich liebe dich und du liebst mich. Ich freue mich so sehr auf unser gemeinsames Leben. Ich weiß, wir sind noch nicht lange zusammen –"

Er knurrte und zog sie an seine Brust. „Nein."

Sie erstarrte. „Was?"

„*Ich* werde *dir* einen Antrag machen." Jetzt war er sauer. „Ich plane ihn bereits. Ich habe zwar noch nicht den richtigen Ring gefunden, aber das wird schon."

Ihr Lächeln kehrte zurück. „Habe ich etwa deine Pläne durchkreuzt, Soldat?"

Er knabberte an ihrer Lippe. „Ja. Und ich denke, dafür hast du dir eine Strafe verdient." Er glitt mit seinem Mund an ihrem Hals abwärts.

Sie stöhnte und klammerte sich an ihn. „Wir können jetzt keinen Sex haben. Die Zeit reicht gerade mal fürs Mittagessen und dann muss ich zur Probe für die Aufführung heute Abend."

Er packte sie fest mit seinen großen Händen und stöhnte. Sofie hatte Saskia zu einem weiteren kurzfristigen Tanzauftritt bei einer ihrer Wohltätigkeitsveranstaltungen heute Abend überredet. Das bedeutete, dass Cam noch einmal seinen Smoking anziehen musste.

Immerhin würde er Saskia tanzen sehen.

Er küsste ihre Nase. „Ich kann es nicht erwarten, dir

beim Tanzen zuzusehen." Ein weiterer Kuss, diesmal direkt auf ihren Mund. „Aber noch mehr freue ich mich darauf, meine hinreißende Ballerina nach Hause zu bringen und nackt in unserem Bett zu haben."

Sie lächelte ihn an und die Liebe ließ ihre Augen leuchten. „Ich liebe dich, Camden."

Er wusste, dass sie es tat. Es war das Erstaunlichste, was ihm je passiert war.

Seine kaputte Seele hatte sich wie von selbst wieder zusammengeflickt. An manchen Stellen war sie immer noch rissig und manche Teile passten nicht so perfekt zusammen wie früher, aber er wusste, dass Saskia das egal war.

„Ich liebe dich auch, Süße. Und jetzt lass uns essen."

Ich hoffe, dir hat die Geschichte von Cam und Saskia gefallen!

Bald gibt es eine neue actiongeladene Serie. Halte Ausschau nach dem ersten Buch von **Treasure Hunter Security**, Verlorene Oase - kommt Januar 2024. **Lies weiter und erhalte einen Vorgeschmack auf das erste Kapitel.**

Verpasse nichts! Für Informationen über Neuerscheinungen, kostenlose Bücher und andere Geschenke, melde dich für meine VIP-Mailingliste an und erhalte deine kostenlose Bücherbox, bestehend aus drei englischen Liebesromanen, in denen es auch an Action nicht fehlt.

Hier klicken und anmelden: www.annahackett.com

Would you like a FREE BOX SET of my books?

VORGESCHMACK: VERLORENE OASE

Ihr war heiß, überall an ihrem Körper klebte Staub, und sie hatte sich noch nie lebendiger gefühlt.

Dr. Layne Rush wanderte über die Ausgrabungsstätte, ihre Stiefel sanken in den heißen ägyptischen Sand ein. Vor sich erblickte sie ihr Team aus Archäologen und Studenten, die über dem neuen Abschnitt der Ausgrabung knieten und mit Pinseln und kleinen Spaten den Sand entfernten, um ganz methodisch eine erst kürzlich entdeckte Grabstätte freizulegen.

Zu ihrer Linken gähnte die Grube im Boden, wo sie mit der tieferen Grabung begonnen hatten, wie ein großes, weit geöffnetes Maul, das auf einer Seite von einem Holzgerüst flankiert wurde.

Dort, unter dem Sand, befand sich eine ganz außergewöhnliche Grabstelle, und Layne hatte gerade erst begonnen, deren Geheimnisse zu entschlüsseln.

Sie hielt inne und atmete die warme Wüstenluft tief ein. Im Osten lag der Nil, das Lebenselixier Ägyptens. Sie drehte sich um und betrachtete den rot-orangefarbenen Ball der Sonne, die gerade im Sand der westlichen Wüste zu versinken schien. Ringsum glühten die Dünen im Sonnenuntergang. Es erinnerte sie an Gold.

Endorphine pulsierten durch ihre Blutbahn. Erst vor ein paar Tagen hatten sie bei den Ausgrabungen einige äußerst beeindruckende goldene Artefakte entdeckt. Das erste hatte sie selbst gefunden – eine kleine ushabtische Grabfigur, die dem noch unbekannten Bewohner des Grabes im Jenseits dienlich sein sollte. Danach hatte ihr Team noch Schmuck, einen goldenen Skarabäus und ein kleines Amulett eines hundeähnlichen Tieres entdeckt.

Sterne tauchten am Firmament auf, wie winzige Nadelstiche auf dunklem Samt. Sie atmete erneut tief durch. Das Aufregendste waren die seltsamen Inschriften, die in das Hundeamulett eingeritzt waren.

Sie erwähnten Zerzura.

Oh, Layne wollte wirklich so gerne daran glauben, dass Zerzura existierte – eine Legende über eine verlorene Oase in der Wüste, gefüllt mit Schätzen. Sie lächelte, als sie sah, wie die Dunkelheit der Nacht begann, die Dünen zuzudecken. Ihre Eltern hatten ihr als Kind im Bett häufig Geschichten über Zerzura vorgelesen.

Der Gedanke an ihre Eltern und dann die harte Erinnerung an die Trauer, die unmittelbar wie ein Schlag folgte, ließ Laynes Lächeln verschwinden. Leider hatte das Leben sie schon früh gelehrt, dass es keine Märchen gab.

Sie schüttelte die Melancholie von sich ab. Sie hatte sich dieses Leben ganz allein aufgebaut, einschließlich ihrer erfolgreichen Karriere, und verbrachte mittlerweile den Großteil ihrer Arbeitszeit und auch ihre Freizeit mit Abenteuern an abgelegenen Ausgrabungsstätten. Sie hatte kostbare Schätze mit ihren eigenen Händen berührt. Sie teilte ihre Liebe zur Archäologie mit jedem, der es hören wollte. Sie hoffte, dass ihre Mutter und ihr Vater, wenn sie noch am Leben wären, stolz auf das wären, was sie alles erreicht hatte.

Layne machte sich auf den Weg zu den großen quadratischen Zelten, die für die gefundenen Artefakte aufgestellt worden waren. Eines war für die Lagerung und eines für die wissenschaftlichen Untersuchungen.

„Hey, Dr. Rush."

Layne erblickte ihre Assistentin Piper Ross, die die Düne heraufgestapft kam. Die junge Frau war klug, eigenwillig und hatte keine Scheu, ihre Meinung zu vertreten. Ihr dunkles Haar war kurz geschnitten, die Spitzen lila gefärbt.

„Hi, Piper."

Die junge Frau grinste. „Fehlt nur noch die Peitsche und du siehst aus, wie aus einem Film entsprungen."

Piper fächelte sich mit einer Handfläche Luft zu. „Dr. Rush, verwegene Abenteurerin."

Layne rollte mit den Augen. „Fang jetzt du nicht auch noch damit an. Ich habe das letzte Interview immer noch nicht verdaut." Was Layne für einen seriösen Bericht über Archäologie gehalten hatte, hatte sich als ein Artikel entpuppt, der sie in eine verdammte Filmfigur verwandelt hatte. Man hatte ihr sogar per Photoshop eine Peitsche in die Hand gedrückt und einen Hut auf den Kopf gesetzt. „Wie geht es am neuen östlichen Quadranten voran?"

„Ausgezeichnet." Piper hielt inne und strich sich mit dem Arm über ihre schweißnasse Stirn. „Ich habe alles dokumentiert und fotografiert und das Maßband ausgelegt. Morgen früh können wir mit den Ausgrabungen beginnen."

„Gute Arbeit." Layne hoffte, dass der neue Grababschnitt einige hervorragende Funde zu Tage fördern würde.

„Nun, ich *bin* eben einfach wahnsinnig gut in meinem Job – deshalb hast du mich ja eingestellt, schon vergessen?" Piper grinste.

Layne tippte auf ihr Kinn. „War das deswegen? Ich dachte, es wäre daran gelegen, weil du mich ständig mit Diet Coke und Schokolade versorgst."

Piper schnaubte. „Hier nennen sie es Cola Light, weißt du noch?"

Layne rümpfte die Nase. „Ich erinnere mich. Dieses verdammte Zeug schmeckt noch nicht mal so."

„Ja, man muss hier draußen an diesen abgelegenen Ausgrabungsstätten wirklich leiden."

„Lass den Sarkasmus, Piper. Sonst vergesse ich vielleicht wirklich, warum ich dich eigentlich hierbehalte."

Piper lachte. „Ein paar von uns fahren heute Abend nach Dakhla. Willst du mitkommen?"

Die Oase Dakhla lag zwei Autostunden nordöstlich der Ausgrabungsstätte. Eine Reihe von Gemeinden, darunter der größere Ort Mut, lagen um die Oase herum verteilt. Von dort kamen auch die meisten der einheimischen Arbeiter, und von dort bezogen sie ihre Vorräte.

Layne schüttelte den Kopf. „Nein, aber danke für das Angebot. Ich möchte die Artefakte, die wir bisher gefunden haben, noch genauer untersuchen und mir die Grabpläne noch einmal zu Gemüte führen. Die Hauptgrabkammer und der Sarkophag müssen irgendwo da unten verborgen sein."

„Es sei denn, Grabräuber haben sie schon vor uns gefunden", meinte Piper.

Layne schüttelte den Kopf. „Als der einheimische Junge diesen Ort entdeckte, war die Stelle eindeutig noch unberührt." In der Zeit zwischen der Entdeckung, die für gehörig Schlagzeilen gesorgt hatte, und der Erteilung der Grabungsrechte an die Universität hatte das ägyptische Ministerium für Altertümer die Stelle hier strengstens bewacht. Ihr war bewusst, dass das Ministerium die Ausgrabung am liebsten selbst durchgeführt hätte, aber es verfügte einfach nicht über die Mittel, um jede einzelne Ausgrabung im Land zu finanzieren. „Ich werde herausfinden, wer hier begraben wurde, Piper."

Die jüngere Frau schüttelte den Kopf. „Nun, vergiss aber nicht, immer nur die Arbeit im Kopf und keinerlei Vergnügen macht Dr. Rush zu einer sehr langweiligen

Person – und genau die braucht dringend mal wieder Sex."

Layne verdrehte die Augen. „Ich kümmere mich selbst um mein Privatleben, danke für deine Fürsorge."

Piper stemmte ihre Hände in die Hüften. „Du hast dich seit Dr. Stevens mit niemandem mehr verabredet."

Igitt. Allein wenn sie schon den Namen ihres Kollegen hörte, drehte sich Layne der Magen um. Dr. Evan Stevens war ein kolossaler Fehler gewesen. Er war groß und gut aussehend, auf eine adrette Art und Weise, die gut zu seiner akademischen Karriere als Professor für Klassische Philologie und Geschichte passte.

Er war nett gewesen, intelligent. Sie hatten die gleichen Restaurants gemocht. Der Sex war nicht überragend gewesen, aber in Ordnung. Layne hatte ernsthaft gedacht, dass sie ihn lieben könnte. Mehr als alles andere träumte Layne davon, alles unter einen Hut bekommen – ihre Karriere, Reisen, einen Ehemann, der sie liebte, und vor allem eine eigene Familie. Sie wollte die Art von Liebe, die sie bei ihren Eltern erlebt hatte. Sie wollte aber auch die Karriere, die sie sich für sie erträumt hatten.

Vielleicht hatte sie das blind gemacht für die Tatsache, dass Evan eigentlich ein Arschloch war, das sich hinter einem teuren Anzug versteckte.

Layne winkte abweisend mit einer Hand. „Ich habe dir doch schon einmal gesagt, dass ich den Namen dieses Mannes nicht mehr hören will."

„Ich weiß, ihr hattet eine schlimme Trennung ..."

Was für eine Untertreibung! Piper wusste nicht einmal die Hälfte davon. Evan hatte einige von Laynes Forschungen gestohlen und sie dann als seine eigenen ausgegeben. Und er hatte die Frechheit gehabt, zu behaupten, sie sei schlecht im Bett. Idiot.

„Nun geh schon", erwiderte Layne. „Fahr zu deiner Oase, nimm ein Bad in den Quellen, entspann dich. Dir steht morgen eine Menge Arbeit in der heißen Sonne bevor."

Piper stöhnte. „Erinnere mich bloß nicht daran."

Aber Layne konnte in dem Funkeln der Augen der jungen Frau erkennen, dass sie wegen morgen schon ganz aufgeregt war. Layne sah dasselbe Funkeln jeden Tag in ihren eigenen Augen. Auf einer Ausgrabungsstätte zu arbeiten, bewirkte das immer in ihr. Ein Stück unbekannte Geschichte freizulegen ... sie konnte nie wirklich in Worte fassen, wie sie sich dabei fühlte. Etwas zu berühren, dass jemand vor Tausenden von Jahren hergestellt, benutzt und geschätzt hatte. Dessen Geheimnisse zu lüften und zu versuchen, herauszufinden, wo es seinen Platz in der Weltgeschichte hatte. Zu erkunden, was sie daraus lernen könnten, um mehr über die Menschheit an sich zu erfahren.

Sie fand das unendlich faszinierend. Der beste Job der Welt.

Nachdem sie sich von Piper verabschiedet hatte, ging Layne zum Lagerzelt. Die Zelttür war noch aufgerollt und oben befestigt. Als sie hineinging, sank die Temperatur ein wenig. Jetzt, da die Sonne untergegangen war, würden die Temperaturen noch tiefer sinken. Die Nächte in der Wüste konnten selbst im Frühling kalt sein. Sie sollte zur mobilen Campingdusche gehen, die sie aufgebaut hatten, und sich noch schnell duschen, bevor es zu kalt dafür wurde.

Sie hatte aufgehört, mitzuzählen, an wie vielen Ausgrabungen sie schon gearbeitete hatte. Im Dschungel, in der Wüste, unter Städten, im Meer. Es war ihr egal, wo sie sich befand, sie liebte einfach die Herausforderung und den Nervenkitzel, die Vergangenheit freizulegen und zu erforschen.

Layne knipste die batteriebetriebene Lampe an, die an der Zeltwand hing. Behelfsmäßige Regale säumten den Raum. Die meisten waren noch leer und warteten geduldig auf die Schätze, die sie noch zu entdecken hatten. Aber das erste Regal beherbergte bereits Keramikscherben, Fayence-Amulette und diverse gemeißelte Steinarbeiten. Doch am meisten interessierte sie sich für die verschlossene Kiste im unteren Bereich des Regals.

Sie stellte schnell den Code des Zylinderschlosses ein und öffnete den Deckel.

Gott. Ehrfürchtig strich sie über den Ushabti, dessen goldene Oberfläche im Lampenlicht sanft leuchtete. Ihre Eltern hätten das hier gerne miterlebt. Zu wissen, dass ihre Tochter diejenige war, die das gefunden hatte.

Die Halskette befand sich immer noch in ihren Einzelteilen, aber im Labor in Kairo würde sie jemand wieder komplett zusammensetzen. Der klobige goldene Skarabäus passte perfekt in ihre Handfläche. Vorsichtig hob sie das hundeähnliche Amulett auf. Es war etwas kleiner als der Skarabäus, und der Hund hatte einen schlanken Körper, so wie ein Windhund, und einen langen, geraden Schwanz, der am Ende gegabelt war. Sie war sich sicher, dass es sich um ein Seth-Tier handelte, das Symbol des ägyptischen Gottes Seth. Sie strich über die Hieroglyphen auf dem Körper des Tieres und über die Symbole, die Zerzura bedeuteten.

Leider ergaben die Hieroglyphen darauf keinen zusammenhängenden Sinn. Sie hatte viele Stunden damit verbracht, sie zu übersetzen. Es blieb trotzdem ein einziges Kauderwelsch.

Hinter ihr war ein Geräusch zu hören. Das Knirschen von Stiefeln im Sand.

Sie drehte sich um und fragte sich, wer außer ihr noch zurückgeblieben war.

Eine Faust traf sie mit einem harten Schlag direkt ins Gesicht.

Schmerz schoss durch Laynes Wange und sie schmeckte ihr eigenes Blut. Die Wucht des Schlages schleuderte sie in den Sand, und das Hunde-Amulett fiel ihr aus den Fingern.

Layne konnte nichts richtig fokussieren. Sie lag einfach nur still da, mit der Wange im Sand, und versuchte verzweifelt, einen klaren Kopf zu bekommen. Ihr Gesicht schmerzte und sie hörte Stimmen, die sich auf Arabisch unterhielten.

Ein schwarzer Stiefel erschien in ihrem Blickfeld.

Eine Hand griff nach unten und hob das Seth-Tier auf.

Sie schluckte und versuchte verzweifelt, ihr Gehirn zu aktivieren. Dann hörte sie eine andere Stimme. Ein tiefer, kalter Tonfall in einem britischen Dialekt, der ihr das Blut in den Adern gefrieren ließ.

„Bewegt euch. Ich will dies hier erledigt haben. Und zwar schnell."

Sie sah weitere Personen in ihr Blickfeld kommen.

Sie trugen alle schwarze Sturmhauben und fingen an, alle Artefakte einzusammeln und in Leinensäcke zu stecken.

„Nein." In ihrem Kopf klang ihr Aufschrei laut und empört. In Wirklichkeit war es nichts anderes als ein heiseres Flüstern.

„Alles einpacken", befahl die kalte Stimme hinter ihr.

Nein, sie würde nicht zulassen, dass diese Diebe ihre Artefakte stehlen. Dies war *ihre* Ausgrabung, und das waren ihre Altertümer, die sie schützen musste.

Sie stemmte sich auf ihre Hände und Knie. „Stopp." Dann schwang sie sich herum und trat gegen das Knie des Mannes, der ihr am nächsten stand.

Mit einem Schrei kippte er zur Seite.

„Mmh." Der Mann mit der kalten Stimme trat jetzt in ihr Blickfeld. Alles, was sie erkennen konnte, waren seine glänzenden schwarzen Stiefel. Bevor sie noch irgendetwas unternehmen konnte, griff eine Hand nach ihren Haaren und riss ihren Kopf zurück.

Der Schmerz ließ sie automatisch die Zähne zusammenbeißen. Tränen brannten in ihren Augen. Sie wand sich und versuchte, sich von ihm loszureißen.

„Ein Hitzkopf. Ich mag temperamentvolle Frauen. Schade, dass ich keine Zeit habe, mit dir zu spielen."

Er stand hinter ihr und sie konnte sein Gesicht nicht sehen. Sie versuchte, von ihm wegzukommen, aber eine harte Faust traf erneut ihren Kopf.

Nein, nein, nein. Ihre Sicht wurde dunkel, der Klang der Stimmen der Diebe leiser.

Alles wurde schwarz.

Declan Ward schritt durch die Lagerhalle, seine Stiefel hallten auf dem vernarbten Beton wider. Das Sonnenlicht von Colorado strömte durch die großen Fenster, die einen fantastischen Ausblick auf die Innenstadt von Denver boten.

Er war müde von seinem Jetlag und hatte sich immer noch nicht daran gewöhnt, jetzt wieder nach lokaler Mountain Time zu arbeiten.

Er war erst gegen Mitternacht von einem Job in Südostasien nach Hause gekommen. Er hatte lediglich seine Wohnung aufgeschlossen, war hineingestolpert, hatte sich noch schnell ausgezogen und war dann mit dem Gesicht nach unten einfach auf sein Bett gefallen.

Und jetzt war er schon wieder auf dem Weg zur Arbeit.

Zu seinem Glück war es von Vorteil, einer der Eigentümer zu sein. Er wohnte direkt über der Lagerhalle, in dem sich auch das Hauptbüro von Treasure Hunter Security befand.

Der größte Teil der offenen Halle, die in einem früheren Leben mal eine Getreidemühle gewesen war, war leer. Doch in einer Ecke sah es ganz anders aus.

Flachbildschirme bedeckten die Backsteinwand und zeigten verschiedene Bilder und scrollende Feeds an. Einige schlichte Schreibtische waren mit High-End-Computern bestückt.

In einer Ecke befand sich eine kleine Küchenzeile und daneben standen ein paar abgenutzte Sofas, die aussahen, als kämen sie direkt aus einem Secondhandladen oder aus der Wohnung eines Studenten. Gleich dahinter, in der Nähe der großen Fenster, standen ein Billardtisch und ein Air-Hockey-Tisch.

„Dec? Was machst du denn schon hier?"

Eine kleine, dunkelhaarige Frau erhob sich von ihrem Platz an einem der Computer. Wie immer war sie stilvoll gekleidet, mit dunklen Jeans, einem kuscheligen roten Pullover in der Farbe von Himbeeren und unmöglich hohen Absätzen.

„Ich arbeite hier", antwortete er. „Eigentlich gehört der Laden mir. Ich habe sogar eine Hypothek, die das beweist."

Seine Schwester ging direkt auf ihn zu und schlang ihre Arme um ihn. Er erwiderte ihre Umarmung und spürte ihre starke Energie, die Darcy immer auszustrahlen schien. Sie konnte nie still sitzen, nicht einmal, als sie noch ein kleines Mädchen war.

„Du bist gerade erst zurückgekommen. Du solltest dir eine Woche freinehmen." Sie tätschelte seine Arme und runzelte die Stirn. Sie besaß die gleichen grauen Augen wie er, aber ihre schienen immer blauer zu strahlen als seine.

„Der Job ist erledigt, ich bin bereit für den nächsten."

Ihr Stirnrunzeln vertiefte sich, und sie stemmte ihre Hände in die Hüften. „Du arbeitest zu hart."

„Darcy, ich bin müde und heute Morgen nicht wirklich in der Stimmung für diese Standpauke." Sie beherrschte die Kunst der Kommunikation einfach zu perfekt.

Sie stieß einen tiefen Atemzug aus. „Okay. Aber ich

bin noch nicht fertig mit dir. Du kannst dich dann später auf eine Standpauke gefasst machen."

Großartig. Er zwickte sie in die Nase. Das tat er schon, seit sie noch ein unschuldiges kleines Mädchen mit Zöpfen und vom Spielen verschmutzter Kleidung war, die ihm und ihrem Bruder Callum immer hinterherlief. Dec wusste, dass sie das hasste.

„Hey, Dec. Seit wann bist du zurück?"

Dec reichte einem aus seinem Team die Hand. Hale Carter war ein groß gewachsener Mann, noch ein paar Zentimeter größer als Dec mit seinen ein Meter neunzig. Er war ein verdammt guter SEAL gewesen, ein kleines Genie in Sachen Mechanik und ein Mann, der es schaffte, trotz allem noch zu lächeln. Er hatte ein breites Grinsen und dunkle Haut, die er seiner afroamerikanischen Mutter verdankte, sowie ein attraktives Gesicht, das die Frauen anlockte wie die Fliegen.

Aber Dec wusste, dass der Mann auch Geheimnisse mit sich trug, dunkle Geheimnisse. Verdammt, die hatten sie alle. Sie alle waren mit ihren SEAL-Teams an einigen schrecklichen Orten gewesen. Sie alle hatten Dinge gesehen und getan, die Narben hinterlassen hatten – sowohl körperliche als auch seelische.

Dec war nicht neugierig. Er bot den ehemaligen SEALs, die für ihn arbeiten wollten, Jobs an, bei denen normalerweise nicht auf sie geschossen wurde, und er verlangte auch nicht, dass sie all ihre Dämonen aus der Vergangenheit preisgaben.

Manche Dämonen konnten allerdings auch niemals ganz ausgelöscht werden. Er spürte, wie sich sein Magen bei dem Gedanken daran zusammenzog. Dec hatte schon vor langer Zeit gelernt, das zu akzeptieren.

„Bin erst gestern Abend angekommen. Es ist schön, wieder zu Hause zu sein." Aber schon während er diese Worte sagte, wusste Dec, dass das nicht stimmte. Er verspürte bereits jetzt schon den Drang, wieder hinauszukommen, in Bewegung zu bleiben, einen Job zu machen.

Es war jetzt zweieinhalb Jahre her, seitdem er die Navy verlassen hatte und sich nicht mehr in die schlimmsten Kriegsgebiete der Welt begeben musste. Verdammt, er war nicht freiwillig gegangen – sie hatten ihn hinausgeschmissen. Er war nur knapp einer unehrenhaften Entlassung entgangen, aber sie wollten ihn unbedingt loswerden, und er nahm es ihnen nicht einmal übel.

Er steckte die Hände in die Taschen seiner Jeans. In diesen zweieinhalb Jahren hatte er zusammen mit seinem Bruder und seiner Schwester Treasure Hunter Security gegründet, und er hatte nie mehr zurückgeblickt. Oder zumindest versuchte er, es nicht zu oft zu tun.

Hale war einer ihrer neuesten Rekruten und hatte sich gut in ihr Team eingefügt.

Dec machte sich auf den Weg zur Küchenzeile und schenkte sich eine Tasse Kaffee aus der Kanne ein. Darcy hatte ihn zubereitet, was bedeutete, dass er kaum trinkbar sein würde, aber er war schwarz und stark und enthielt Koffein, also war er genau das Richtige.

Er sah seinen besten Freund auf einem der Sofas sitzen, seine Stiefel auf dem vernarbten Couchtisch hochgelegt, seine langen Beine steckten in einer abgetragenen Jeans. Er schnippte ein Springmesser auf und zu.

„Logan."

„Dec."

Logan O'Connor war ein weiterer SEAL-Kamerad und der beste Freund, den Dec je hatte. Anfangs mochten sie sich nicht, aber nach einer besonders brutalen Mission – gefolgt von einer ebenso brutalen Kneipenschlägerei in den heruntergekommenen Gassen von Bangkok, bei der sie sich gegenseitig den Rücken freigehalten hatten –, waren sie ein unzertrennliches Gespann geworden.

Logan war ebenfalls groß, und die hochgekrempelten Ärmel seines Hemdes zeigten seine muskulösen Arme und Tattoos. Seit dem Tag, an dem er die Navy verlassen hatte, hatte Logan sein braunes Haar lang und wild wachsen lassen, und seine Wangen waren übersät mit Bartstoppeln. Er sah genau so aus, wie er auch wirklich war – gefährlich und ein wenig wild.

Sein Freund musterte Dec von oben bis unten und zog dann eine Augenbraue hoch. „Wie war der Job?"

„Das Übliche."

Eigentlich waren die Jobs nie gleich, und sie waren sich nie sicher, was alles passieren würde. Archäologische Ausgrabungen zu beschützen, gestohlene Artefakte wiederzubeschaffen, gelegentlich ein paar böse Jungs den Behörden zu übergeben, Museen zu bewachen oder Expeditionen für verrückte Schatzsucher zu sichern ... das machte die Sache interessant.

„Hat jemand auf dich geschossen?"

Die weibliche Stimme kam von drüben bei den

Computern. Morgan Kincaid saß mit gekreuzten Beinen auf einem der Tische. Sie war eine der wenigen Frauen, die die strenge BUD/S-Ausbildung der Navy SEALs bestanden hatte. Aber als die Navy sich geweigert hatte, sie in die aktiven Teams aufzunehmen, war sie einfach gegangen.

Der Verlust der Navy war der Gewinn für Dec. Morgan war zäh, skrupellos und äußerst gefährlich, wenn es zu einem Feuergefecht kam. Sie war hochgewachsen, trug ihr dunkles Haar kurz geschnitten und hatte eine Narbe auf der linken Seite ihres Gesichts von einem Messerkampf.

„Nicht auf dieser Reise", antwortete Dec.

„Schade", murmelte Morgan.

„Also gut, alle mal herhören." Darcys Stimme hallte in der Lagerhalle wider.

Sie gingen zu ihr hinüber, wo Darcy vor ihren Bildschirmen stand. Logan und Hale ließen sich auf einen Stuhl fallen, Morgan blieb auf dem Tisch sitzen, und Dec lehnte sich mit der Hüfte gegen einen Schreibtisch und nippte an seinem Kaffee.

„Wo ist Cal?", fragte er.

„Er ist vor ein paar Tagen wegen eines anderen Auftrags ausgeflogen. Ein Anthropologe wurde von einem einheimischen Stamm in Brasilien entführt."

„Ich hasse den Dschungel", murmelte Logan mit knurrender Stimme.

„Und Ronin?", fragte Dec.

Ronin Cooper war ein weiterer Vollzeitmitarbeiter von Treasure Hunter Security. Dec hatte ein kleines

Vollzeitteam und stellte weiteres vertrauenswürdiges Personal ein, wenn er mehr Leute brauchte.

„Coop ist in Nordkanada auf einer Expedition."

Dec zog die Brauen hoch und versuchte, sich Ronin im Schnee vorzustellen.

Hale brüllte vor Lachen. „Scheiße, es gibt da nicht allzu viele Schatten, in denen man sich verstecken kann, wenn man im Schnee steckt."

Dec nippte wieder an seinem Kaffee. Ronin Cooper war extrem gut darin, wie ein Schatten zu verschwinden. Man sah ihn nie kommen, es sei denn, er wollte, dass man es tat. Ronin, ein weiterer ehemaliger SEAL, war schon vor Dec entlassen worden und hatte einige Zeit für die CIA gearbeitet. Schlank und diskret, war Ronin eine unsichtbare Gefahr, die niemand kommen sah.

Dec lehnte sich gegen den Schreibtisch. „Was ist das für ein neuer Job?"

„Eine archäologische Ausgrabung in Ägypten wurde gestern angegriffen." Darcy richtete eine kleine Fernbedienung auf ihre Bildschirme. Es erschien eine Karte von Ägypten mit einem roten Punkt in der westlichen Wüste. „Sie wird von der Rhodes-Universität in Massachusetts geleitet."

Dec zog eine Augenbraue hoch. Rhodes hatte eine verdammt gute archäologische Abteilung. Sie hatten ihre Finger in Ausgrabungen auf der ganzen Welt und waren stolz darauf, einige der bedeutendsten Funde der letzten Zeit gemacht zu haben. Jedes Kind, das davon träumte, der nächste Indiana Jones zu werden, wollte auf dieser Universität studieren.

„Bei den Ausgrabungen wurde eine bisher unbekannte Grabstelle entdeckt und die Nekropole schon freigelegt", fuhr Darcy fort. „Sie haben erst kürzlich einige Artefakte gefunden." Sie zeigte wieder auf den Bildschirm und einige Fotos der Artefakte erschienen. „Alles aus Gold."

Hale pfiff anerkennend. „Sehr schön."

Decs Muskeln spannten sich an. Er ahnte, was als Nächstes kommen würde.

„Und jetzt sind die Artefakte weg." Darcy lehnte sich an ihrem Schreibtisch zurück. „Die Leiterin der Ausgrabungsstätte arbeitete zu dieser Zeit an den Artefakten und wurde persönlich angegriffen. Sie hat es überlebt. Und jetzt sind wir angeheuert worden. Erstens, um sicherzustellen, dass keine weiteren Artefakte gestohlen werden, zweitens, um die Sicherheit der Ausgrabung zu gewährleisten, und drittens", Darcys blaugrauer Blick traf den von Dec, „um die gestohlenen Artefakte wiederzubekommen."

Dec spürte, wie ein Muskel in seinem Kiefer kribbelte. „Das klingt nach Anders."

„Ach, verdammt." Logan warf den Kopf zurück. „Das klingt nicht gut."

Hale runzelte die Stirn. „Wer ist Anders?"

„Einer, den Dec nicht leiden kann", murmelte Morgan.

Dec ignorierte Logan und Morgan. „Ian Anders. Ein ehemaliger Soldat des britischen Special Air Service."

Hales Stirnrunzeln vertiefte sich. „Ich habe gehört, dass diese SAS-Typen knallhart sind."

„Das sind sie", bestätigt Dec.

Darcy meldete sich zu Wort. „Das SEAL-Team von

Declan und Logan war in einer gemeinsamen Mission mit Anders' Team im Nahen Osten unterwegs."

„Ich habe diesen sadistischen Wichser dabei erwischt, wie er Einheimische gefoltert hat." Selbst jetzt verfolgten die Schreie und das Stöhnen dieser Menschen Dec noch immer. Ein Albtraum, dem er nicht entkommen konnte. „Er hielt sie in einem Versteck gefangen und kam alle paar Tage vorbei. Männer, Frauen ... Kinder." Dec atmete aus. „Keine Ahnung, wie lange er sie dort schon festgehalten hatte."

„Du hast sie gerettet?", fragte Hale.

„Nein." Dec stand auf und trug seine Tasse zur Spüle. Er kippte den restlichen Kaffee, den er jetzt nicht mehr vertragen konnte, in den Abfluss.

„Du hattest das Richtige getan, Dec", knurrte Logan.

Stille trat ein. Dec hatte nicht vor, darüber zu sprechen.

Darcy räusperte sich. „Das britische Militär hat Anders lediglich einen Klaps auf die Finger gegeben."

„Scheiße", fluchte Hale. „Und was hat das mit gestohlenen Artefakten zu tun?"

„Als er den SAS verließ, begann er mit dem Schwarzhandel von Antiquitäten", erklärte Declan. „Wir sind ihm ein paarmal bei unserer Arbeit begegnet."

„Der Typ ist verrückt", fügte Logan noch hinzu. „Er liebt es, zu verletzen und zu töten. Und er liebt das schmutzige Geld, das er für den Verkauf von Artefakten bekommt."

„Und du glaubst, dass da ist sein Werk?" Hale deutete auf die Bildschirme.

Dec hatte gelernt, seinem Bauchgefühl zu vertrauen.

Manchmal sogar trotz Fakten oder Beweisen, trotz der Tatsache, dass man nichts anderes zur Hand hatte. „Ja, das riecht nach Anders."

„Logan, Morgan und Hale, das ist euer Auftrag", sagte Darcy. „Ihr fliegt nach Ägypten, um euch dort mit Dr. Layne Rush zu treffen."

Ein weiterer Bildschirm zeigt das Foto einer Frau.

Dec blinzelte und spürte, wie sich sein Bauch zusammenzog, obwohl er diese Frau noch nie zuvor gesehen hatte.

Er war sich nicht einmal sicher, warum es zu dieser Reaktion gekommen war. Sie war attraktiv, aber nicht die schönste Frau, die er jemals gesehen hatte. Auf dem Foto hatte sie ihre Sonnenbrille hoch auf ihren Kopf geschoben. Ihr Haar war schokoladenbraun und glatt wie ein Lineal. Es reichte ihr bis zu den Schultern, abgesehen von dem Pony, der stumpf über ihre Augen geschnitten war. Ihre Haut war so unglaublich klar, ohne einen einzigen Makel, und ihre Augen waren haselnussbraun.

Und sie machte einen klugen Eindruck. *Verdammt.* Dec hatte eine Schwäche für kluge Frauen.

Aber normalerweise hielt er sich von so etwas fern. Er war nicht für Romantik und Valentinstage gemacht. Er hatte einfach zu viel gesehen und zu viel erlebt. Seine Beziehungen dauerten meist nur eine Nacht, und er mochte Frauen, die dasselbe wollten wie er – unkomplizierten, unverbindlichen Sex.

„Ich gehe mit." Decs Stimme hallte in der Lagerhalle wider.

Darcys schönes Gesicht bekam einen verkniffenen Ausdruck. „Declan ..."

„Keine Widerrede, Darcy. Ich komme mit."

„Es ist wegen Anders", meinte sie.

Dec warf einen Blick auf das Foto von Dr. Rush. „Ich gehe jetzt packen."

Seine Schwester seufzte und sah Dec an. „Bist du dir sicher, dass du deine Meinung nicht ändern wirst?"

„Ja."

Ein weiterer Seufzer. „Der Jet ist aufgetankt und steht bereit. Logan, bitte halte ihn von Ärger fern."

Logan schnaubte. „Ich bin zwar gut, aber so gut bin ich nun auch wieder nicht."

Darcy schüttelte den Kopf. „Ich wünsche euch allen eine gute Reise ... und seid vorsichtig. Bitte."

Dec lächelte und versuchte, die Anspannung zu lockern. „Du kennst mich doch."

Ein resignierter Blick huschte über ihr Gesicht. „Ja, leider. Wenn es also irgendwelchen Ärger gibt, ruft mich an."

BÜCHER VON ANNA

DEUTSCH

Norcross Security

Der Ermittler

Der Troubleshooter

Der Spezialist

Der Bodyguard

Der Hacker

Der Drahtzieher

Der Detective

Der Lebensretter

ENGLISCH

Fury Brothers

Fury

Keep

Sentinel Security

Wolf

Hades

Striker

Steel

Excalibur

Hex

Also Available as Audiobooks!

Norcross Security

The Investigator

The Troubleshooter

The Specialist

The Bodyguard

The Hacker

The Powerbroker

The Detective

The Medic

The Protector

Also Available as Audiobooks!

Billionaire Heists

Stealing from Mr. Rich

Blackmailing Mr. Bossman

Hacking Mr. CEO

Also Available as Audiobooks!

Team 52

Mission: Her Protection

Mission: Her Rescue

Mission: Her Security

Mission: Her Defense

Mission: Her Safety

Mission: Her Freedom

Mission: Her Shield

Mission: Her Justice

Also Available as Audiobooks!

Treasure Hunter Security

Undiscovered

Uncharted

Unexplored

Unfathomed

Untraveled

Unmapped

Unidentified

Undetected

Also Available as Audiobooks!

Oronis Knights

Knightmaster

Knighthunter

Galactic Kings

Overlord

Emperor

Captain of the Guard

Conqueror

Also Available as Audiobooks!

Eon Warriors

Edge of Eon

Touch of Eon

Heart of Eon

Kiss of Eon

Mark of Eon

Claim of Eon

Storm of Eon

Soul of Eon

King of Eon

Also Available as Audiobooks!

Galactic Gladiators: House of Rone

Sentinel

Defender

Centurion

Paladin

Guard

Weapons Master

Also Available as Audiobooks!

Galactic Gladiators

Gladiator

Warrior

Hero

Protector

Champion

Barbarian

Beast

Rogue

Guardian

Cyborg

Imperator

Hunter

Also Available as Audiobooks!

Hell Squad

Marcus

Cruz

Gabe

Reed

Roth

Noah

Shaw

Holmes

Niko

Finn

Devlin

Theron

Hemi

Ash

Levi

Manu

Griff

Dom

Survivors

Tane

Also Available as Audiobooks!

The Anomaly Series

Time Thief

Mind Raider

Soul Stealer

Salvation

Anomaly Series Box Set

The Phoenix Adventures

Among Galactic Ruins

At Star's End

In the Devil's Nebula

On a Rogue Planet

Beneath a Trojan Moon

Beyond Galaxy's Edge

On a Cyborg Planet

Return to Dark Earth

On a Barbarian World

Lost in Barbarian Space

Through Uncharted Space

Crashed on an Ice World

Perma Series

Winter Fusion

A Galactic Holiday

Warriors of the Wind

Tempest

Storm & Seduction

Fury & Darkness

Standalone Titles

Savage Dragon

Hunter's Surrender

One Night with the Wolf

For more information visit www.annahackett.com

ÜBER DIE AUTORIN

Ich bin eine USA-Today-Bestsellerautorin für Liebesromane. Meine Leidenschaft sind Romane, in denen es an Action nicht mangelt, Science-Fiction Platz findet und auch die Liebe nicht zu kurz kommt. Ich liebe es, über Menschen zu schreiben, die entgegen allen Erwartungen die schwierigsten Situationen lösen und sich beim Erreichen ihrer Ziele selbst übertreffen.

Ich lebe mit meinem eigenen persönlichen Helden und zwei sehr aktiven Söhnen in Australien.

Für Erscheinungstermine, einen Blick hinter die Kulissen, kostenlose Bücher und andere tolle Goodies, melde dich hier an und verpasse nichts mehr: www.annahackett.com